COLLECTION
L'IMAGINAIRE

Manuel Puig

Le plus beau tango du monde

Traduit de l'espagnol
par Laure Guille-Bataillon

Denoël

Titre original :

BOQUITAS PINTADAS

Manuel Puig est né en 1922 en Argentine. D'abord tourné vers le cinéma, il fut assistant-réalisateur avant de se consacrer pleinement à la littérature avec un scénario avorté qui fut son premier et superbe roman, *La trahison de Rita Hayworth*. Il a publié depuis *Les mystères de Buenos Aires*, *Malédiction éternelle à qui lira ces pages*, *Le baiser de la femme araignée*, *Pubis Angelical* et *L'amour du sang partagé*. Il vit actuellement au Brésil.

I.

Le plus beau de tous les tangos du monde
C'est celui que j'ai dansé dans vos bras.

Première livraison

Chéri
tu parles bien au ciel parfois...
alors demande-lui si jamais
faiblit mon amour pour toi...
(« Perfidie », boléro)

ENTREFILET PARU DANS LE NUMÉRO D'AVRIL 1947 DE LA REVUE MENSUELLE « NOTRE PROVINCE », PUBLIÉE A CORONEL-VALLEJOS, DÉPARTEMENT DE TRENTE-LANQUEN :

« *Un cher disparu.* La disparition de monsieur Jean-Charles Etchepare, survenue le 18 avril dernier, fauché dans la fleur de l'âge, au cours de sa vingt-neuvième année et au terme d'une longue et incertaine maladie, a provoqué dans notre ville, dont le défunt était l'un des meilleurs fils, un sentiment général de stupeur affligée, bien que beaucoup de ses proches connussent la gravité de son mal.

Avec ce décès, disparaît de parmi nous un brillant sujet qui, de par ses remarquables qualités d'esprit et de caractère, s'était signalé à l'attention de tous et avait, semble-t-il, reçu en partage tous les dons du ciel et de la nature, en particulier le don de sympathie qui distingue du commun des mortels ceux qui le possèdent et qui lui valait l'admiration générale aussi bien de ses concitoyens que des étrangers.

Les restes de Jean-Charles Etchepare ont été inhumés à la nécropole locale et un long et douloureux cortège l'a suivi jusqu'à sa dernière demeure. »

Buenos Aires, 12 mai 1947

Chère doña Léonor,

C'est par la revue « Notre Province » que j'ai appris la triste nouvelle et après avoir beaucoup hésité je me décide tout de même à vous envoyer mes plus sincères condoléances pour la mort de votre fils.

Je suis Nelida Massa, née Fernandez, on m'appelait Nelly, vous vous souvenez de moi ? Ça fait plusieurs années déjà que j'habite Buenos Aires, j'y étais partie avec mon mari presque tout de suite après mon mariage mais cette si triste nouvelle m'a fait me décider à vous écrire malgré que, déjà même avant mon mariage, vous et votre fille ne me saluiez plus. Et lui, malgré tout, il continuait à me dire bonjour, pauvre Jean-Charles, que Dieu ait son âme. La dernière fois que je l'ai vu, ça doit bien remonter à neuf ans.

Je ne sais pas si vous m'en voulez encore mais moi, de toute façon, je prie pour que le Bon Dieu vous vienne en aide parce que ça doit être bien dur de se résigner à une pareille perte, celle d'un fils devenu homme.

Malgré les quatre cent soixante-cinq kilomètres qui séparent Buenos Aires de Coronel-Vallejos, je suis en ce moment près de vous. Et même si vous ne m'aimez pas, laissez-moi prier auprès de vous.

Nelly Massa

Sous le tube de néon de la cuisine, elle regarde ses mains après avoir rebouché le flacon d'encre et, voyant que les doigts qui ont tenu le porte-plume sont tachés, elle va vers l'évier. Elle frotte ses doigts avec une pierre ponce et s'essuie à un torchon. Elle prend l'enveloppe, lèche le bord gommé et regarde pendant quelques secondes les spirales multicolores de la toile cirée.

Buenos Aires, 24 mai 1947

Chère doña Léonor,

Que j'ai été heureuse de recevoir votre lettre ! Je ne m'y attendais pas, je croyais que vous ne me pardonneriez jamais. Je vois, par contre, que votre fille Célina continue de me mépriser, aussi je vous écrirai Poste restante comme vous me le demandez, comme ça, ça évitera les discussions. Vous savez même ce que j'ai pensé en recevant votre enveloppe ? Que vous me renvoyiez ma lettre sans l'avoir ouverte.

Chère madame... je suis si triste, je ne devrais pas vous le dire, à vous justement que je devrais plutôt consoler, mais, je ne sais pas comment vous expliquer, je ne peux parler de Jean-Charles à personne et je ne fais que penser à cette injustice, qu'un garçon aussi jeune et aussi beau que lui ait pu contracter une pareille maladie. La nuit, je me réveille souvent et malgré moi je me mets à penser à lui.

Je savais qu'il était malade, qu'il était reparti en montagne pour se soigner, mais, je ne sais pas pourquoi, ça ne me faisait pas de peine, sans doute parce que je ne pensais pas qu'il risquait de mourir. Et il y a une autre pensée qui me tourne dans la tête, lui qui n'allait jamais à l'église, est-ce qu'il s'est confessé avant de mourir ? J'espère que oui, ce serait une tranquillité d'esprit pour ceux qui restent, vous ne trouvez pas ? Moi, ça faisait longtemps que je ne priais plus, depuis trois ans, depuis la coqueluche de mon plus jeune, mais maintenant je me suis remise à prier. Ce qui me fait peur aussi c'est qu'il ait fait mettre à exécution ce qu'il voulait qu'on fasse de lui après sa mort. Vous êtes au courant ? J'espère que non ! Ça aussi me revient en tête quand je me réveille la nuit : Jean-Charles m'a dit plus d'une fois qu'il voulait être incinéré quand il mourrait. Je crois que c'est très mal vu par notre religion parce qu'on dit dans le catéchisme qu'après le Jugement Dernier viendra la Résurrection des Corps et des Ames. Moi, je ne vais plus me confesser depuis des années, j'en ai perdu l'habitude, mais je vais quand même poser la question à monsieur le curé quand je passerai devant l'église. Oui, chère madame, je suis sûre que Jean-Charles repose en paix, soudain j'ai eu la certitude que du moins il reposait en paix même s'il n'était pas encore dans la Gloire du Seigneur. Hélas, oui, on peut du moins être sûres de ça, parce que Jean-Charles n'a jamais fait de mal à personne. Bien, j'attends votre lettre avec impatience. Je me permets de vous embrasser.

Nelly

facilement, parce qu'elles n'ont plus leur enveloppe, quand je les collectionnais, j'ai été bête, j'ai jeté les enveloppes parce qu'il me semblait qu'elles avaient été touchées par trop de mains, vous ne trouvez pas que c'est un peu vrai ? L'enveloppe, beaucoup de mains la touchent à la poste, mais la feuille dedans, il n'y avait que Jean-Charles qui l'avait touchée, le pauvre, et puis après, moi, rien que nous deux, la lettre, ça oui c'est intime. Comme vous voyez, ce n'est même pas la peine de lire l'en-tête pour reconnaître mes lettres puisqu'il y a une faveur bleue.

Bien, chère madame, en souhaitant que ces lignes vous trouvent en meilleure santé, je vous embrasse.

Nelly

Elle ferme l'enveloppe, ouvre la radio et change de robe pour sortir. Le pot-pourri de tangos et rumbas est à peine commencé : un tango raconte les malheurs d'un homme qui, sous la pluie de l'hiver, se souvient de la nuit chaude de pleine lune où il connut sa bien-aimée et de la nuit de pluie où il la perdit, exprimant sa crainte que le soleil revienne sans que la bien-aimée pour autant le rejoigne, ce qui pourrait être un signe de mort. Si elle ne devait pas revenir, il supplie que les géraniums de sa cour ne fleurissent pas puisque leurs pétales se faneront sitôt fleuris. Le programme se poursuit avec une rumba qui raconte la séparation d'un couple, malgré leur grand amour, pour des raisons secrètes connues de lui seul : il ne peut les lui dire mais il lui demande de croire qu'il reviendra si les circonstances le permettent, comme la barque de pêche revient au port si les tempêtes de la mer Caraïbe ne l'engloutissent pas. L'émission est finie. Devant la glace Nelly continue de se regarder après s'être passé du rouge à lèvres et la houppette à poudre ; elle relève ses cheveux pour essayer de reconstituer une coiffure qui était à la mode il y a quelques années.

Buenos Aires, 22 juin 1947

Chère doña Léonor,

A l'instant où j'allais vous écrire, sans attendre votre réponse, je reçois votre bonne petite lettre. Je me réjouis de savoir que vous êtes plus tranquille, avec toutes ces visites vous ne pouviez pas vous reposer, les gens le font avec de bonnes intentions mais ils ne se rendent pas compte qu'ils fatiguent quand ils sont trop nombreux.

J'allais vous écrire parce que dans ma dernière lettre j'avais oublié de vous demander si Jean-Charles est enterré dans un caveau de famille ou sous une simple dalle. Je voudrais tant qu'il ne soit pas à même la terre... Vous ne vous êtes jamais mise dans un trou qu'on est en train de creuser ? Si on met la main contre la terre dure de la paroi, on sent comme elle est froide et humide avec des morceaux de cailloux coupants, et là où la terre est plus molle c'est pire encore parce que c'est là qu'il y a les vers. Je ne sais pas si ce sont ceux-là qui après vont chercher ce qui est pour eux de la nourriture, quoiqu'il vaudrait mieux ne pas en parler, je ne sais pas comment ils peuvent entrer dans le cercueil de bois qui est pourtant bien dur et bien épais. A moins qu'après plusieurs années le cercueil pourrisse et comme ça ils peuvent entrer mais alors pourquoi ne fait-on pas des cercueils en fer ou en acier ? Mais maintenant que j'y pense je crois que les vers nous les avons dans notre corps, je crois que j'ai lu quelque chose là-dessus, que les étudiants en médecine voient les vers quand ils découpent le cadavre à la morgue, je ne sais plus si je l'ai lu ou si quelqu'un me l'a dit. Ce serait bien mieux s'il était dans un caveau, à condition toutefois que ce soit celui de famille, sans ça, ça a l'air qu'on lui a fait une faveur, et même si ce n'est pas un caveau luxueux, il vaut mieux qu'il soit chez lui. Je me rappelle maintenant qui m'a dit cette chose si laide des vers que nous avons dedans, c'est Jean-Charles lui-même, c'est pour ça qu'il voulait qu'on le brûle après sa mort pour que les vers ne le mangent pas. Pardonnez-moi de vous impressionner peut-être avec tout ça mais avec qui puis-je parler de tous ces souvenirs si ce n'est avec vous ?

Par exemple, ce que je ne pourrais pas vous dire c'est comment commençaient les lettres de Jean-Charles. Que c'est étrange qu'elles n'aient plus leur ruban bleu. Vous avez vraiment retrouvé tant de lettres que ça ? C'est drôle, Jean-Charles m'avait pourtant juré que c'était la première fois qu'il écrivait à une fille, bien sûr, après, des années ont passé mais je m'étais imaginé qu'il avait fait une croix sur toutes ces histoires de correspondance avec les filles et qu'il ne correspondrait plus avec personne parce que nous, ça ne nous avait pas empêchés de rompre de nous écrire. Une idée que j'ai eue comme ça, c'est tout.

Les lettres qui m'étaient adressées sont toutes écrites sur le même papier, c'est moi-même qui le lui avais offert avec un stylo quand il est parti à Cordoba. C'est du papier blanc avec comme des petites rides, on dirait de la soie sauvage. L'en-tête change parfois, il ne mettait pas mon nom parce qu'il disait que c'était compromettant, si maman les avait trouvées je pouvais dire que c'était pour une amie. Ce qui peut le plus vous guider c'est qu'elles portent la date de juillet à septembre 1937 et si vous êtes amenée à en lire un peu, n'allez pas croire que tout est vrai, Jean-Charles était comme ça, il aimait me faire enrager.

Je vous demande de faire votre possible pour les retrouver et je vous remercie d'avance de me les envoyer.

Bons baisers et tendresses de

Néné

Elle n'a pas encore rédigé l'enveloppe, elle se lève brusquement, laisse l'encrier ouvert et le porte-plume sur le buvard qui absorbe une tache ronde. La lettre pliée est au fond de la poche de son tablier. Elle referme la porte de la chambre derrière elle, enlève au passage une poussière collée sur la Vierge de Lourdes en verre qui orne le dessus de la commode et se jette à plat ventre sur son lit. D'une main elle froisse les franges de soie du dessus de lit, l'autre main est immobile, paume ouverte, près de la poupée costumée en odalisque assise sur le traversin. Elle pousse un soupir. Elle caresse les franges pendant un moment. Soudain on entend des voix d'enfants dans la cage de l'escalier, elle lâche les franges et s'assure que la lettre est dans la poche de son tablier, hors de portée.

Buenos Aires, le 30 juin 1947

Chère doña Léonor,

J'ai eu le plaisir de recevoir votre lettre plus tôt que prévu, mais comme je suis ennuyée de voir que vous n'avez pas reçu ma précédente lettre ! Cela fait pourtant plus d'une semaine que je l'ai écrite, que s'est-il passé ? Ce que je crains c'est que quelqu'un soit allé la retirer à la poste. Comment faites-vous pour que Célina n'aille jamais chercher les lettres ? Ne sait-elle pas que vous vous en faites envoyer Poste restante ? Si c'est Célina qui va chercher mes lettres, elle est bien capable de me les brûler.

Ecoutez, madame, si cela vous donne trop de travail de chercher mes lettres parmi les autres, vous pouvez me les envoyer toutes et après je vous renvoie celles qui ne sont pas à moi. Je l'ai beaucoup aimé, madame, pardonnez-moi tout le mal que j'ai pu faire, je l'ai fait par amour.

Je vous demande de me répondre le plus vite possible, je vous embrasse bien fort.

Néné

Elle se lève, change de robe, regarde si elle a assez d'argent dans son sac, descend dans la rue et va jusqu'à la poste à trois cents mètres de chez elle.

Buenos Aires, 14 juillet 1947

Chère madame,

Je vous ai écrit il y a plus de dix jours et je n'ai pas encore eu de réponse. Mais à quoi sert de vous raconter tout ce qui me passe par la tête ? Cette lettre que vous n'avez pas reçue, Dieu sait où elle peut être et je vous en ai envoyé encore une après, vous l'avez reçue celle-là ? Peut-être vous avez changé d'idée et vous ne m'estimez plus, on vous a dit du mal de moi ? qu'est-ce qu'on vous a dit ? Si vous saviez comme je ne me sens pas bien, je n'ai plus envie de rien. Et ce n'est pas à mon mari ou aux enfants que je peux dire quelque chose, aussi aujourd'hui, dès que j'ai eu donné à manger aux enfants, je me suis couchée, comme ça au moins je n'ai pas eu à jouer la comédie plus longtemps. Qu'est-ce que j'ai mauvaise mine ! Aux enfants je leur dis que j'ai mal à la tête, comme ça ils me laissent un peu tranquille. Moi, le matin je vais au marché, après je fais la cuisine pendant que la femme de ménage nettoie partout, puis les enfants reviennent de l'école et nous déjeunons. Mon mari ne rentre pas à midi. Comme ça la matinée passe, je ne m'ennuie pas trop, mais l'après-midi, que c'est triste, ma pauvre madame. Heureusement que la femme de ménage ne repart chez elle qu'après m'avoir fait la vaisselle, mais hier et aujourd'hui elle n'est pas venue, hier j'ai fait un effort et j'ai lavé les assiettes avant de me mettre au lit mais aujourd'hui je n'ai même pas eu ce courage, je suis allée droit au lit sans même desservir la table tellement j'avais envie d'être enfin un peu seule. C'est la seule chose qui me soulage. Je ferme bien les rideaux et je peux me raconter que je suis seule avec vous et que nous allons sur la tombe du pauvre Jean-Charles et que nous pleurons jusqu'à ce qu'on n'en puisse plus. Il est quatre heures de l'après-midi et il fait un soleil qu'on dirait de printemps mais au lieu de sortir je me suis enfermée pour que personne ne me voie. Toutes les assiettes sales sont empilées dans l'évier mais j'aurai bien le temps de m'y mettre tout à l'heure. Quand je pense qu'une voisine est venue me rendre il y a un moment le fer à repasser que je lui avais prêté hier et que je l'ai presque mise à la porte sans raison ! Je tremble que mon mari ne revienne plus tôt que prévu de son bureau, si seulement il pouvait être un peu en retard, je pourrais aller poster cette lettre. Mais vous, oui, j'aurais envie de vous voir et de parler avec vous de toutes les choses que j'aimerais savoir de ces années où je ne voyais plus Jean-Charles. Je vous jure, madame, que quand j'ai épousé mon mari je ne pensais plus du tout à Jean-Charles, je l'estimais toujours comme ami mais rien de plus. Et maintenant je ne sais pas ce qui m'arrive, je pense que si Célina ne lui avait pas dit du mal de moi, peut-être qu'il serait vivant à l'heure qu'il est et marié avec une fille très bien ou même avec moi.

Je vous envoie ci-joint cet entrefilet de la revue « Notre Province », à l'occasion de la fête du printemps, en 1936, si mes calculs sont exacts, oui, bien sûr, puisque je venais juste d'avoir vingt ans. C'est là que tout a commencé. Si ça ne vous ennuie pas, j'aimerais que vous me le renvoyiez parce que c'est un souvenir.

BRILLANTE CÉLÉBRATION DU PREMIER JOUR DU PRINTEMPS

Suivant la coutume, le Cercle a inauguré la saison printanière par une brillante réunion dansante qui a eu lieu le samedi 22 septembre avec le concours des « Harmoniques », notre orchestre local si apprécié de tous. A minuit, au cours d'un intermède, on procéda à l'élection de la Reine du Printemps 1936 et ce fut la ravissante Nelly Fernandez qui fut élue (sa fine silhouette égaie nos colonnes ; à côté d'elle, on peut voir la belle Maria Inès Linuzzi, Reine du Printemps 1935). La soirée se poursuivit avec un tableau vivant présenté par le Comité des Fêtes du Cercle et intitulé « Trois époques de valses ». C'est Mme Laura Baños, notre sympathique animatrice, qui le dirigeait et qui récita le poétique commentaire avec beaucoup de talent. Le clou de cette rétrospective musicale fut une valse viennoise fin de siècle exécutée avec fougue par Mlle Nelly Fernandez et M. Jean-Charles Etchepare qui firent une convaincante démonstration de « la force de l'amour qui renverse tous les obstacles » comme le déclamait Mme Baños. Les costumes, effectivement magnifiques, de Mlles Rodriguez, Saenz et Fernandez furent spécialement applaudis ; il faut ajouter pour être juste qu'ils étaient fort bien mis en valeur par les fracs impeccables et la belle prestance de leurs cavaliers.

N'oublions pas, d'autre part, que c'est une tâche délicate et qui n'a rien d'une entreprise facile que de pénétrer dans les arcanes du monde historico-musical et d'essayer ensuite de les révéler avec brio, alors qu'on ne dispose que de très peu de temps pour répéter, et qu'on doit voler ce temps au sommeil et au repos. Il nous faudrait ici placer une réflexion philosophique : nombreux sont ceux qui vont de par cette vaste comédie qu'est le monde et qui parviennent à la fin de l'étape sans être arrivés à savoir quel rôle ils ont joué sur la scène de la vie !

Et si c'est le dernier couple qui recueillit les applaudissements les plus nourris, la rédaction de ce journal les félicite tous également. Ce fut une sympathique et, à bien des égards, inoubliable réunion qui, entre autres mérites, eut celui de réunir un grand nombre de personnes qui dansèrent avec animation jusqu'à l'apparition du jour.

Bien, avec tout ça je ne vous dis pas le principal ni la raison pour laquelle je vous écris cette lettre : je vous en prie, écrivez-moi vite, j'ai peur que mon mari ne finisse par s'apercevoir de quelque chose si je continue à être aussi cafardeuse.

Je vous embrasse,

votre Nelly

P.S. — Ne m'écrirez-vous plus jamais ?

Elle plie la lettre et la coupure de journal en trois et les met dans l'enveloppe. Elle les retire d'un mouvement brusque, déplie la lettre et la relit. Elle prend la coupure de journal et y pose plusieurs fois ses lèvres. Elle replie le tout, cachette l'enveloppe et la presse sur sa poitrine. Elle ouvre un tiroir du buffet de la cuisine et cache l'enveloppe parmi des serviettes. Elle porte la main à sa tête et se gratte le cuir chevelu de ses ongles courts, peints en rouge foncé. Elle allume le chauffe-eau pour laver la vaisselle à l'eau chaude.

Deuxième livraison

Chéri,
la mer où s'est miré mon cœur
pourrait dire à son tour
ô combien l'amour m'a coûté de pleurs...
(« Perfidie », boléro)

Buenos Aires, 23 juillet 1947

Bien chère doña Léonor,

Que de temps sans nouvelles de vous ! Presque quatre semaines, j'espère qu'il ne vous est rien arrivé de grave. Non, je crois plutôt qu'il faut que la chance tourne maintenant de notre côté, n'est-ce pas ? S'il m'arrivait quelque chose, je ne sais pas comment je ferais pour le supporter. Pourquoi est-ce que vous ne m'écrivez pas ?

Cet après-midi, j'ai réussi que mon mari emmène les enfants au match de foot qui se donne tout près d'ici sur le terrain de River, comme ça je peux être seule un moment parce que si mon mari avait continué à me faire des réflexions, je ne sais pas ce que je lui aurais répondu. Il dit que maintenant je me lève toujours du mauvais pied.

Que faites-vous de beau en ce moment ? Les samedis après-midi, à Vallejos, il y avait toujours quelqu'une de mes amies qui venait prendre le maté à la maison. Penser que si j'y étais en ce moment, je ne pourrais même pas aller vous voir, à cause de Célina. Surtout que, quand on pense pourquoi s'est fâchées... des bêtises. Tout a commencé quand je suis entrée comme empaqueteuse au « Gagne-Petit ». Comme, à l'école primaire, j'avais été amie de Célina. Surtout que, quand on pense pourquoi on étaient revenues de Buenos Aires avec leur diplôme d'institutrices — sans compter que Mabel était pas mal riche — je suis allée avec elles au Club. Ecoutez, chère madame, là je veux bien reconnaître que j'ai eu tort, j'aurais dû écouter ma mère. Elle l'avait deviné, je ne sais pas comment, mais elle ne voulait pas que j'aille à ce Club. Quel genre de filles y allaient ? Des filles qui avaient de quoi être bien mises, soit parce que les parents avaient une bonne situation, soit parce qu'elles étaient institutrices, mais les vendeuses, elles, elles devaient se contenter du Groupe Récréatif. Maman me disait que si je ne restais pas à ma place, je ne m'attirerais que des ennuis. Je n'en fis pas cas. Cette année-là, pour la Fête du Printemps, ils ont préparé ces tableaux historiques et ils m'ont choisie moi et pas Célina. Mabel, on savait qu'on la choisirait de toute façon parce que son père faisait la pluie et le beau temps au Club. La troisième fille n'était pas sociétaire, elle non plus, mais ça c'est une autre histoire ; peu importe, à la première répétition, il y avait les trois couples choisis, la fille Pagliolo au piano et Mme Baños qui nous apprenait les pas et les figures avec son manuel illustré où il y avait toutes les indications. La mère Baños, qui voulait qu'on obéisse au doigt et à l'œil, avait demandé à la fille Pagliolo de jouer d'abord la musique des trois valses à la suite pour qu'on les connaisse, là-dessus voilà Célina qui s'amène et qui commence à me parler à l'oreille au lieu de me laisser écouter. Elle me dit qu'elle ne voulait plus être mon amie parce qu'on ne m'avait acceptée au Club que grâce à elle et que maintenant je ne la soutenais pas pour protester qu'on l'ait exclue du Tableau Vivant. Elle m'avait déjà demandé de refuser, par solidarité, mais elle ne l'avait pas demandé à Mabel, alors moi, ça m'a mise en colère, pourquoi elle n'avait pas eu le courage de dire la même chose à Mabel ? Parce que Mabel avait des sous et moi pas ? Ou bien parce qu'elle était institutrice et que moi je n'avais pas dépassé le cours supérieur ? Je ne vois pas pourquoi Célina voulait me sacrifier, moi, et pas l'autre. J'avais déjà dit plus de cent fois à Célina qu'on ne l'avait pas exclue mais que, comme elle était très petite, les robes de location qu'on avait commandées à Buenos Aires ne lui iraient pas. La mère Baños était hors d'elle de nous voir bavarder au lieu d'écouter et c'est depuis ce jour-là, j'en suis sûre, qu'elle m'a eue dans le nez.

Mais ce qui me fichait surtout en rogne c'est que Célina aurait bien voulu mettre le grappin sur Mabel pour son frère, surtout que Jean-Charles l'avait un peu courtisée au début. Avant de me fréquenter, bien sûr. Ils ne se voyaient plus depuis longtemps mais ça n'empêchait pas Célina de garder l'espoir qu'elle pourrait un jour entrer dans la famille de Mabel.

Les jours de semaine, je ne sortais pas avant sept heures du magasin et ces jours-là on ne se voyait pas avec Célina et Mabel, mais le samedi elles venaient toutes les deux à la maison à l'heure de la sieste pour prendre le maté et maman faisait une mise en plis à Mabel pour le soir parce que c'était une fille qui n'avait aucune idée pour s'arranger les cheveux. La première répétition a eu lieu un lundi, je m'en souviens comme si c'était hier, et Célina, je ne l'ai pas rencontrée une seule fois dans la rue de toute la semaine qui a suivi, chose étrange, et, le samedi, Mabel est venue seule à la maison. Si Mabel n'était pas venue, j'étais décidée à abandonner les répétitions. Si seulement elle avait pu ne pas venir, mais ça devait être écrit dans le livre du destin. C'est terrible de penser que lorsque Mabel m'appela, du portillon, cet après-midi-là, tout était déjà écrit. Je crois qu'à ce moment-là, j'ai jeté ce que j'avais à la main pour courir lui ouvrir, tellement j'étais contente. Et dire que maintenant j'ai tellement changé, je ne me suis pas coiffée de tout aujourd'hui, je n'ai envie que de mourir.

Mais pour en finir avec Célina, je vais être sincère : ce qu'elle m'a dit à l'oreille c'est que je n'aurais jamais mis les pieds au Club si elle ne m'avait pas recommandée et que d'ailleurs tout le monde savait ce qui s'était passé avec le docteur Aschero. Avant de rentrer au « Gagne-Petit » j'étais chez le docteur Aschero pour ouvrir la porte et lui préparer les piqûres et quand j'en suis partie brusquement, les gens ont raconté des saletés, vous pensez, un homme marié et père de trois enfants. Bon, chère madame, il vaut mieux que je m'arrête pour aujourd'hui parce que si mon mari arrivait et se mettait à lire la lettre, vous vous imaginez. Je continuerai lundi quand il ne sera pas là.

Lundi 25

Ma chère amie, je suis seule au monde, toute seule. Les enfants, ma belle-mère ou n'importe qui les élèverait mieux que moi si je disparaissais. Hier, je me suis enfermée dans ma chambre et mon mari a forcé la porte, j'ai cru qu'il allait me tuer mais il ne m'a rien fait, il s'est approché du lit et m'a retournée parce que j'avais la tête enfouie dans l'oreiller et moi, comme une folle, je lui ai craché au visage. Il m'a dit que je le lui paierais mais il n'a pas osé me frapper. J'ai cru qu'il allait me mettre en miettes.

Et aujourd'hui, par-dessus le marché, je me suis mise à penser à Aschero et je me suis fait du mauvais sang à plaisir, comme si les années n'avaient pas passé. Lui, je ne l'ai pas aimé comme Jean-Charles, le seul que j'aie aimé c'est Jean-Charles. Aschero, lui, c'était un profiteur. Et maintenant c'est fini, Jean-Charles je ne le verrai plus en ce monde ; surtout qu'on ne me le brûle pas ! Entre Aschero et Célina ils ont réussi à le séparer de moi, à me le faire mourir et maintenant il faut que je supporte cet emplâtre de mari pendant toute ma vie. C'est Célina la coupable de tout, votre fille, une vraie vipère, faites bien attention à elle. Et puisque je suis en veine de confidences, je vais vous raconter comment je me suis laissé entraîner et ce qui m'a marquée pour toute la vie : j'avais 19 ans et on m'a mise chez le docteur Aschero pour apprendre à être infirmière. Un jour, dans son cabinet de consultation, il n'y avait personne et moi je toussais, alors il a commencé à m'ausculter mais il n'a pas pu se retenir et il s'est mis à me caresser alors moi je me suis échappée dans le petit cabinet de toilette, toute rouge de honte, j'ai remis mon chemisier et je lui ai dit que c'était de ma faute, qu'il m'excuse d'avoir voulu éviter la dépense d'un autre médecin. Vous vous rendez compte si j'étais bête. Les choses en restèrent là mais moi j'en avais des cauchemars toutes les nuits, tellement j'avais peur qu'il recommence.

Un jour, nous sommes allés en voiture faire une transfusion d'urgence dans une ferme éloignée. C'était une femme qui avait eu une hémorragie après un accouchement et on a pu la sauver parce qu'on n'a pas plaint notre peine. En partant, ils ont voulu à tout prix qu'on trinque avec eux tellement ils étaient contents et je n'ai pas pu faire autrement. A la moitié du voyage de retour, Aschero m'a dit d'appuyer la tête contre le dossier pour dormir un peu. Je lui ai obéi, comme je lui obéissais en tout, et j'ai fermé les yeux, alors il m'a embrassée tout doucement. Je n'ai rien dit et il a arrêté la voiture. Et dire que j'use de l'encre à parler de ce salaud ! Ah ! je l'ai payée cher, ma bêtise d'un moment.

Après ça, on se retrouvait partout où on pouvait et même dans son cabinet de consultation avec juste une cloison qui nous séparait de la pièce où était sa femme, mais au bout d'un certain temps elle s'est rendu compte et il a fallu que je m'en aille. Lui, il m'a complètement laissée tomber.

Et tout ça pour quoi ? Vous savez, je finirai par en crever de cette vie que je mène, rien qu'à travailler dans la maison et à gronder les enfants. Le matin, tous les matins que le Bon Dieu fait, il me faut les tirer du lit, le plus grand c'est le pire, il a huit ans et il est au cours élémentaire ; le plus jeune, heureusement qu'il va cette année à la maternelle ; les faire déjeuner, les habiller et les accompagner à l'école, sans parler des gifles qui pleuvent, qu'est-ce qu'ils sont fatigants les garçons, quand ce n'est pas l'un c'est l'autre. Au retour je fais mes courses, tout au marché parce que c'est moins cher mais c'est aussi beaucoup plus fatigant parce qu'il faut faire la queue à chaque étalage. Pendant ce temps, la femme de ménage me fait la maison et lave le linge, moi, je fais la cuisine et si j'ai le temps je liquide le repassage mais l'après-midi, je ne peux pas leur faire faire la sieste à ces pirates, que c'est différent quand ils sont bébés, ils sont si mignons, je les mangerais, que c'est adorable un bébé, dès que je vois un bébé dans la rue ou en photo je perds la tête mais ils grandissent si vite et deviennent de vrais sauvages. Les miens crient pendant toute la sieste. C'est la femme de ménage qui va les chercher. Il y a des rues très dangereuses à traverser.

Comme c'était différent à Vallejos ! L'après-midi, une amie venait, nous bavardions, nous écoutions le feuilleton à la radio, bon, ça c'était avant d'entrer au magasin, mais ça m'a avancée à quoi de venir à Buenos Aires ? Je ne connais personne, les voisins sont des Italiens arrivés depuis peu et qui sont plus vulgaires que je ne sais quoi et une blonde qui doit être une femme entretenue, mon mari en est sûr. Je ne sais pas avec qui je pourrais parler, avec personne, et l'après-midi j'essaie de coudre un peu en surveillant mes deux sauvages pendant qu'ils font leurs devoirs. Vous ne pouvez pas savoir ce que c'est deux enfants enfermés dans un appartement. Ils jouent avec leurs petites autos en courant à toute vitesse entre les meubles. Heureusement que je n'ai pas encore de meubles neufs, c'est pour ça que je n'invite pas des gens de Vallejos, après ils ne font que critiquer et dire que je n'ai pas de beaux meubles, comme c'est déjà arrivé une fois, je ne vous dis pas qui c'est, total, qu'est-ce que ça peut faire...

Il est déjà six heures et j'ai une de ces migraines, je n'y vois plus, et tous les jours c'est pareil et quand mon mari rentre c'est encore pire, il veut son repas tout de suite s'il n'est pas prêt, et s'il est prêt il veut d'abord prendre son bain, il n'est pas mauvais au fond, mais que voulez-vous, dès qu'il rentre, j'aurais envie de tout casser, ça me met dans une de ces rages qu'il rentre, et qu'est-ce qu'il pourrait faire d'autre puisque c'est la sienne cette maison et, vous me direz, je n'avais qu'à pas me marier et pourtant, jeune mariée, ce n'était pas la patience qui me manquait. Maintenant il y a que je ne supporte plus cette vie, tous les jours la même chose.

Ce matin je suis reallée au Jardin Zoologique, ce n'est pas tellement loin, après tout, dix minutes d'autobus, parce que l'autre jour un camarade des petits leur avait dit qu'il y avait un petit lion nouveau-né et nous étions allés le voir hier dimanche. Qu'il était adorable, si j'ai assez d'argent au début du mois prochain je m'achèterai un petit chat ou un petit chien de race. Qu'il était adorable le petit lion, comme il se blottissait près de la lionne ! et ils se faisaient des câlins. Ce matin, ça m'a pris tout d'un coup et je suis repartie le voir, il n'y avait presque personne. Le petit lion se renverse sur le dos les pattes en l'air, il se tortille dans tous les sens puis il va se coucher sous le ventre de sa mère. Comme un petit bébé. Il faudrait que je sorte un peu tous les jours, je l'ai dit à je ne sais plus qui, que je n'en pouvais plus de la maison et des enfants, ah oui je me rappelle, une bonne femme du marché, la marchande de fruits, une petite vieille qui m'a dit un jour que j'étais bien nerveuse, que je ne pouvais jamais attendre mon tour, alors je lui ai dit que je n'y pouvais rien et elle m'a répondu qu'en vieillissant on se calmait. Ça veut dire que tant que je serai jeune il faudra que je me fasse braire ? Après, quand on est vieux, tout est fichu et adieu, j'aime autant vous dire que s'il ne se surveille pas, l'autre, je l'enverrai drôlement promener... Vous croyez que je pourrais encore trouver un garçon qui me ferait une autre vie ?

J'aimerais un garçon comme ceux d'avant, maintenant ils ont tous des têtes d'idiots. Pas tous, tout de même, l'autre jour, soudain, j'en ai vu de très beaux, ça faisait longtemps que je ne voyais pas un vrai beau garçon, j'étais allée à un Club pour y inscrire les enfants et il y avait des jeunes gens comme ceux du Club à Vallejos. Mais évidemment, ils avaient tous moins de 25 ans et moi maintenant, je vais sur mes trente. Non mais quels idiots à ce Club, ils veulent qu'on soit présentés par un autre membre du Club mais ici, à Buenos Aires, nous ne connaissons presque personne. Je l'ai dit à mon mari et il ne m'a même pas répondu, comme pour dire débrouille-toi moi ça ne me regarde pas, ah ma pauvre madame, penser que dans un moment il va me falloir revoir sa tête. S'il n'était pas là, est-ce que quelqu'un ferait attention à moi ? Mais je suis finie, foutue, seulement, après le Déluge et le Jugement Dernier, je veux rejoindre Jean-Charles, quelle consolation c'est pour nous, madame, la Résurrection de la Chair, c'est pour ça que j'aurais été si désespérée si on me l'avait brûlé... Qu'est-ce qu'il était beau, Jean-Charles, vous avez eu un fils hors ligne, par contre, votre fille, une vraie salope, si je l'avais là près de moi je l'étranglerais. Elle a fait ça par pure jalousie, vous m'entendez, je sais bien pourquoi, allez, elle, elle a commencé à se laisser tripoter dès l'âge de seize ans par un des Alvarez, après, elle est passée de main en main et déjà à vingt ans, au bal, personne ne voulait plus l'inviter tellement elle était collante, jusqu'à ce qu'elle entre dans la bande des voyageurs de commerce, alors là, c'est pas ce qui manquait ceux qui voulaient la raccompagner chez elle après le bal.

Mais elle ne m'avait pas pardonné d'avoir pêché son frère et c'est pour ça qu'elle vous a dit qu'Aschero m'avait fait des choses. Mais moi, il n'y en a eu qu'un, et encore parce que j'étais trop jeune, tandis qu'elle, ils se la sont envoyée tant qu'ils ont voulu. C'est pour ça qu'elle est restée vieille fille et c'est ça qui la fait enrager ! Vieille fille ! L'idiote, elle ne sait pas que c'est bien pire d'être mariée, avec un type qu'on a tout le temps sur le dos, jusqu'à la mort. Je voudrais bien être célibataire moi, elle ne sait pas que c'est elle qui a tiré le meilleur numéro, elle est sa propre maîtresse, elle peut aller où elle veut, tandis que moi je suis enchaînée à perpétuité !

Elle lance violemment le porte-plume contre l'évier, prend toutes les feuilles écrites et les déchire. Un des enfants ramasse le porte-plume, l'examine et informe sa mère qu'il est cassé.

Buenos Aires, 12 août 1947

Chère doña Léonor,

J'espère que ce mot vous trouvera en bonne santé et tous les vôtres réunis. Après avoir beaucoup hésité, je me suis quand même décidée à vous écrire mais auparavant je voudrais vous préciser une chose : moi, madame, grâce à Dieu, j'ai une famille que beaucoup de personnes pourraient m'envier, mon mari est quelqu'un d'irréprochable, très apprécié dans sa partie et il ne me laisse manquer de rien, mes deux enfants sont bien beaux quoique ça ne devrait pas être à la mère de le dire mais puisque j'ai décidé d'être sincère, il faut dire les choses telles qu'elles sont. Ce qui fait que je n'ai pas à me plaindre, même si certaines de mes lettres ont pu vous donner à penser le contraire parce que j'ai eu un moment de faiblesse. J'avais pitié de la souffrance d'une mère et je m'étais dit que ça vous consolerait un peu de penser que j'étais près de vous en pensée. Mais maintenant que vous ne voulez plus de moi, permettez-moi de vous dire une chose : je ne permettrai à personne de me traiter comme un torchon.

Je ne comprends pas la raison de votre silence, mais au cas où quelqu'un serait venu vous raconter des histoires sur mon compte, je veux que vous sachiez toute la vérité par ma bouche, et après seulement vous aurez le droit de me juger. La seule chose que je vous demande, si vous êtes décidée à ne plus m'écrire, c'est de me renvoyer cette lettre, ouverte, comme preuve que vous l'avez lue. Ou est-ce trop vous demander ?

Bon, je ne devrais pas vous parler comme si c'était de votre faute, c'est la faute de qui vous a raconté des mensonges. Et puisqu'on vous cache la vérité à mon sujet, moi je vais vous la dire. Voici quelle fut ma vie...

Mon père n'a pas pu me faire continuer mes études, ça coûtait trop cher de m'envoyer en pension à Buenos Aires pour être institutrice et il n'était que jardinier (mais je n'en ai pas honte). Maman était blanchisseuse et tout ce qu'elle gagnait allait à mon livret de Caisse d'Epargne pour quand je me marierais, pour que je puisse avoir ma maison avec tout ce qu'il faut. Je l'ai, mais, pauvre maman, pas grâce à elle parce que tout est parti en médecins et en remèdes au moment de la mort de papa. Enfin, Célina, elle, a étudié. Et depuis ce moment-là, elle s'en croyait beaucoup.

Bon, où en étais-je ? Cela ne faisait pas longtemps que nous nous parlions, Jean-Charles et moi, quand il a eu ce rhume qui n'en finissait pas. Maintenant, que Célina, pour sa gouverne, sache une chose : plus je le retenais, moi, le soir, devant la maison, plus tard il allait chez la veuve Di Carlo. Personne ne se privait de me le dire, que Jean-Charles passait par le grillage du garde-barrière pour aller chez cette veuve sainte nitouche. C'était elle qui lui mangeait les sangs et pas moi. Quoiqu'à la fin il n'y allait plus parce que moi je lui avais dit que je ne voulais pas le revoir s'il continuait à la voir, évidemment c'était la jalousie qui me faisait parler, est-ce que je pouvais savoir que les radios allaient révéler ces ombres aux poumons ? En tout cas, si Jean-Charles, même après qu'on était fiancés, allait chez la veuve, c'est parce qu'avec moi il se conduisait comme quelqu'un de très sérieux, qu'on se le tienne pour dit.

Là-dessus, il est parti à Cordoba. Il était magnifique quand il est revenu trois mois après. Et permettez-moi de vous dire que ce n'est pas parce que la femme d'Aschero a crié à son mari devant la bonne qu'il la trompait avec moi que cela prouve quelque chose. Mais vous avez cru tous ces racontars et vous vous êtes opposée aux fiançailles officielles. Où sont les preuves de ma mauvaise conduite ? Vous n'en avez jamais eu.

Et vous croyez que Jean-Charles continuait d'aller chez la veuve ? Pas du tout. Si cela peut vous intéresser, il y a une chose que je n'ai jamais pu éclaircir et cela m'est toujours resté sur le cœur ; peu de temps avant de nous séparer pour toujours j'ai surpris Jean-Charles en flagrant délit de mensonge. Il avait gardé un petit mouchoir de femme, tout parfumé, dans le fond de sa poche, bien au fond, et je ne suis pas arrivée à voir l'initiale qui avait beaucoup de guirlandes mais je suis sûre que ce n'était pas un E et la veuve Di Carlo s'appelle Elsa. Il m'a dit que c'était une fille qu'il avait connue à Cordoba, qu'il était un homme, que la vie avait des exigences, mais quand je lui ai demandé de me le donner... il me l'a arraché des mains. Ce qui voulait dire que c'était une fille de Vallejos, vous ne croyez pas ? Je ne savais pas à qui m'en prendre et je lui ai dit que je finirais par l'étrangler, cette saloperie de veuve, alors il a pris un air grave et il m'a assuré que la veuve c'était une « affaire classée », avec ces mots si blessants qu'ils ont les hommes quand ils parlent des femmes, même si c'est une femme comme Elsa Di Carlo. Et ce doute m'est longtemps resté sur le cœur.

Après, il y a eu toutes ces histoires et nous avons cessé de nous voir mais c'est dommage que vous ne vouliez plus m'écrire parce qu'entre nous deux nous aurions pu peut-être arracher le masque de celle qui a vraiment tué Jean-Charles. C'est à celle-là que votre fille devrait s'en prendre et pas à moi. Puisque Célina est célibataire et a du temps libre, qu'elle n'a ni maison ni mari ni enfants pour s'occuper, elle pourrait être utile à quelque chose et aider au triomphe de la vérité.

Pour en revenir aux lettres de Jean-Charles et savoir si elles m'appartiennent ou pas, faites ce que votre conscience vous dictera. Avec mes meilleurs sentiments.

Nelly

P.S. — Si vous ne me répondez pas, c'est la dernière lettre que je vous écris.

Devant elle, assis à la table, un enfant écrit soigneusement au crayon sur son cahier ; sur quatre lignes il trace le mot miaou et sur les quatre suivantes le mot ouah. Entre les pieds de la table, un autre enfant cherche une petite auto de course.

Troisième livraison

J'ai cueilli sur ta bouche mignonne
Le frisson de l'amour qui se donne.
(« Mary-Lou », tango)

Album de photographies

La couverture est en poil de vache, noir et blanc. Les pages, imitation parchemin. Sur la première, écrit à l'encre : Jean-Charles Etchepare, 1934 ; la deuxième est laissée en blanc et la troisième est entièrement occupée par de grosses lettres imprimées, entrelacées à des lances, des éperons, des lassos et des ceinturons de gauchos, formant le mot MA PATRIE ET MOI. Sur les pages qui suivent, à droite, des inscriptions imprimées, à gauche, rien. Inscriptions : « Pampa, pays où j'ai vu le jour... », « Mes parents vénérés », « La mauvaise herbe pousse », « A l'école, comme Charlemagne », « Je renonce à Satan, à ses œuvres », « Mon premier pantalon long », « Le repos du gaucho », « Jamais deux sans trois », « Appelé sous les drapeaux », « Serment du gaucho à sa future », « Les dragées du mariage » et « Mes lionceaux ». Ces trois dernières inscriptions ont été recouvertes par de grandes photos qui les cachent complètement, les pages qui suivent sont occupées, à droite par de grandes photos, à gauche par des groupes de petites photos. Premier groupe de gauche : un vieux monsieur et une vieille dame, buste du vieux monsieur, buste de la vieille dame, rue d'un village basque, un bébé, une famille dans une carriole attelée à un cheval blanc.

Première grande photo de droite : un bébé tout nu, blond. Second groupe de gauche : un homme et une femme, lui avec gilet et redingote, elle en robe sombre jusqu'aux pieds, le même couple avec deux enfants sur les bras, trois photos de la femme en robe longue avec deux vieilles personnes et deux enfants. Deuxième grande photo de droite : entre un oranger et un palmier en caisse il y a un puits couronné d'une grille ; assis sur la margelle, un enfant de trois ans, pieds nus et vêtu seulement d'un petit pantalon blanc, boit du lait dans un biberon en balançant les jambes, à côté de lui une femme en robe blanche tient dans ses bras une petite fille de quelques mois, toute nue, qui joue avec les longs colliers de la jeune femme. Troisième groupe de gauche : différentes poses de la famille devant la mer en vêtements de ville et ombrelle japonaise. Troisième grande photo de droite : un jardin à petits massifs ronds bordés d'arceaux et fleuris de jacinthes, avec un petit palmier nain au centre de chaque massif, à demi cachés par un petit garçon en veste à bords ronds, cravate lavallière, pantalon arrêté au genou et guêtres claires et une petite fille bouclée avec un grand nœud blanc transparent sur le sommet du crâne, robe blanche courte, gonflée par un jupon. Les autres photos de gauche, jusqu'à la fin de l'album, illustrent différents moments des années vingt à quarante ; on y retrouve constamment un jeune garçon à cheveux châtain clair qui lui couvrent les oreilles, taille athlétique, sourire invariable. A droite, comme on l'a déjà dit, une seule grande photo par page. Apparaissent dans l'ordre : un terrain vague avec barres, trapèzes, balançoire, anneaux, clôture de grillage et derrière, quelques maisons disséminées dans la plaine, herbe rase, un adolescent à cheveux châtain clair, appuyé à une barre et l'œil fixé sur l'objectif, chemise à col ouvert, cravate et brassard noir, pantalon jusqu'au-dessous du genou, chaussettes noires et espadrilles, à côté de lui, un autre adolescent à cheveux noirs frisés qui s'échappent du béret basque, vêtements usés et un air de joie sauvage, il se hisse d'un seul bras aux anneaux, les jambes à angle droit avec le corps ; le visage d'un jeune agent de police, cheveux noirs frisés huilés, nez droit à fortes narines, moustache épaisse et grande bouche, avec cette dédicace : « A Jean-Charles, plus qu'un ami, un frère, Pancho » ; les deux mêmes jeunes gens, souriant, assis à une table couverte de bouteilles de bière et de verres, ils tiennent sur leurs genoux deux femmes jeunes, décolletés profonds, chairs fatiguées, visage abîmé par les fards, au fond, le comptoir chargé de dames-jeannes, une barrique de vin, étagère avec boîtes de conserves, flacons d'épices, cigarettes, bouteilles ; scène champêtre sous un caroubier, une nappe étendue sur l'herbe, des plats avec des escalopes panées, des œufs durs, des omelettes et des fruits, au deuxième plan, jeunes gens et jeunes filles dans des attitudes diverses, devant, assise sur l'herbe, une jeune fille à cheveux noirs ondulés encadrant étroitement un visage à l'ovale parfait, de grands yeux noirs ombrés de cils drus, une expression absente, un petit nez, une petite bouche, la poitrine serrée dans une robe de voile fleuri, et un jeune homme aux cheveux châtain clair, chemise ouverte d'où sortent des poils frisés, menaçant d'une fourchette qu'il empoigne comme une dague le plat d'escalopes panées ; la même jeune fille, assise, posant chez le photographe, même expression indifférente, la robe forme un drapé autour de la poitrine, collier de perles, cheveux plus longs, plats, bouts frisés, permanente, avec une raie au milieu, dédicace : « Avec toute ma sympathie, Mabel, décembre 1935 » ; à nouveau le visage de cette jeune fille, même coiffure, avec, en plus, un ruban noué au-dessus du front, la dédicace est cette fois : « Souvenir de Mabel, juin 1936 » ; trois couples en costumes d'époque, respectivement, Restauration, Troisième empire, et Fin de siècle, la jeune fille qui incarne la dernière époque est la plus près de l'objectif, cheveux blonds relevés en chignon sur le haut de la tête, nuque dégagée, des yeux clairs, l'air ébloui de qui contemple ou imagine quelque chose de beau, nez légèrement aquilin, cou long, silhouette fine ; sur un fond de montagnes et de peupliers, enveloppé dans un poncho, large pantalon blanc à ceinture montant jusqu'à mi-poitrine, le jeune homme à cheveux châtain clair, plus mince qu'avant mais la peau bronzée par le soleil et toujours le méme sourire, dédicace : « Avec toute l'affection de Jean-Charles pour sa mère et sa petite sœur, Cosquin 1937 » ; près d'un gâteau d'anniversaire, levant son verre, une jeune fille, petite malgré les cheveux crêpés haut sur le front, décolleté carré et une broche à chaque coin, une femme âgée, robe sévère, et le jeune homme à cheveux châtain, encore plus mince, les yeux extrêmement cernés et enfoncés dans leur orbite, regardant son verre avec un sourire à peine esquissé ; le même jeune homme dans un sulky sur fond de montagnes et de cactus, on ne distingue pas les détails, la photo ayant été prise à contre-jour.

Chambre de jeune fille en 1937

En entrant, à droite, un grand lit d'une place, un crucifix de bois avec christ de bronze accroché à la tête du lit. A gauche, une petite bibliothèque de quatre rayons chargés de livres de l'Ecole Normale et de quelques romans. Les livres d'école recouverts de papier marron et étiquetés « Maria Mabel Saenz - Collège Notre-Dame del Pilar - Buenos Aires ». A la droite du lit, la table de nuit avec une veilleuse à abat-jour de tulle blanc à pois verts, assorti aux rideaux et au dessus de lit. Sous le verre qui recouvre la table une carte postale de la Promenade « La Perle » à Mar del Plata, une autre du Pont de l'Inca à Mendoza et la photo d'un garçon assez gros en costume de cheval, prêt à monter en selle, avec un valet de ferme qui serre la sangle du pur-sang. Au pied du lit, une petite couverture en fourrure de lapin blanche, noire et marron. Sur le mur de gauche, une fenêtre avec, d'un côté, une étagère garnie de poupées de toutes les tailles, cheveux naturels et yeux mobiles et, de l'autre, une commode surmontée d'un miroir. Sur la commode, miroir et brosses gainés de velours, disposés en rond autour d'un cadre à photo en lézard, jeune fille assise, robe à décolleté drapé, collier de perles, cheveux longs avec la raie au milieu, bouts frisés, permanente. Autres décorations sur le mur : un bénitier de nacre, trois fanions d'étudiants, une statuette de sainte Thérèse en bois sculpté et quatre sous-verre l'un à côté de l'autre avec des photos représentant les différentes phases d'un *asado* champêtre où l'on revoit le gros jeune homme en costume de cheval. Au milieu du plafond, un petit lustre. Le mur du fond est entièrement occupé par une armoire. Lit, table de nuit, commode, miroir, lustre, armoire, de style appelé provençal ou rustique, bois foncé et charnières apparentes. L'étagère et la bibliothèque seules sont en bois clair et verni. Dans l'armoire, des robes, des manteaux et deux tabliers de collège blancs, plissés et amidonnés. Est également suspendu un petit sac de soie plein de fleurs de lavande séchées. D'un côté de la penderie, une série de tiroirs pleins de linge : chemisiers, mouchoirs, bas, serviettes de toilette et draps. Cachée entre les draps de fil brodés, une enveloppe de bouillotte bordée de dentelle. Dans l'enveloppe, deux livres intitulés l'un : *Qu'est-ce que le mariage ?*, l'autre, *La vérité sur l'amour*. Entre les deux livres, une grande photo où l'on voit un couple assis près d'une nappe de pique-nique, elle, l'air absent, lui visant un plat avec sa fourchette. Au dos de la photo on peut lire : « Mon amour, ce fut le jour le plus heureus de ma vie. Je n'aurai jamais osé révé que je pouvai te faire mienne ! Et le jour du printemps ! Cache cette photo jusqu'à ce que tout s'arange. J'écri ces indiscrétions expré comme ça tu ne pouras montré la photo à personne parce que là-dessus j'ai l'air un peu « parti ». Et tu sais qu'on veut me faire une réputation de lève-coude. En ce moment je voudrai te prendre par la main et t'emmené jusqu'au ciel, ou au moins quelquepart très loin d'ici. Tu te souviens des soles pleureurs près de la petite lagune. Moi je ne les oublierai jamais.

Je t'aime de plus en plus. Jean-Charles,

21 septembre 1935. »

Dans le même tiroir, sous le papier blanc fixé par des punaises qui recouvre le fond du tiroir, sont cachés deux numéros de la revue « Le Monde féminin » du 30 avril et du 22 juin 1936. A la page *Courrier du cœur,* on peut lire les doléances d'une lectrice qui signe « Cœur perplexe » et les réponses faites par Marie-Louise Diaz-Pardo, rédactrice du *Courrier.* Le texte du premier numéro est le suivant : « Chère amie, voici plus d'un an que j'achète « Le Monde féminin » et je lis toujours votre *Courrier,* généralement passionnant. Mais je n'imaginais pas que j'aurais un jour à vous demander conseil. J'ai dix-huit ans, je viens d'être nommée institutrice et mes parents ont une belle situation. Je suis aimée d'un jeune homme très gentil mais sans grand avenir, j'en ai peur. Il travaille comme aide-comptable mais il a déjà eu maille à partir avec ses supérieurs à cause d'absences répétées. Il vient de traverser une période de rhumes et de grippes et il se sentait très souvent fatigué. Moi, cela me paraît plausible mais je sais qu'on raconte que c'est un coureur et qu'une fois par semaine au moins ils se réunissent entre bons amis pour s'enivrer. Il m'accompagne au bal et à la promenade depuis quelques mois ; au début j'étais sûre de l'aimer de toute mon âme mais tous les soirs (il vient me retrouver quotidiennement après son travail, je l'attends à la porte de dehors comme ça il n'a pas besoin de sonner ni d'entrer, et nous flânons un peu dans les rues du village et s'il fait très froid nous nous réfugions dans le couloir, car notre intimité ne va pas plus loin), donc, tous les soirs, quand je rentre à la maison, il me faut supporter les reproches de mes parents et c'est comme la goutte d'eau sur la pierre, ça finit par m'user. Ce qui fait que j'attends sa venue avec plaisir évidemment mais dès que j'aperçois sa haute et mince silhouette au bout de la rue, je deviens nerveuse parce que je pense à maman qui pourrait sortir juste à ce moment-là ou pire encore, papa, qui pourrait exiger des explications de mon soupirant ou lui faire quelque remarque blessante, et tout cela finit par me rendre irritable. Je lui dis que je suis énervée parce que c'est la première année que j'exerce et qu'on m'a donné rien moins que le cours supérieur. Mais au fond ce qui me rend nerveuse, c'est le doute : je ne sais plus si je l'aime ou pas. Et dernièrement a surgi un nouvel élément de discorde : un jeune propriétaire terrien, d'origine anglaise, moins beau garçon que « lui » mais de conversation agréable et qui a profité de son amitié avec papa pour se faire inviter à la maison et m'adresser des galanteries. Et voici en quelle alternative je me trouve : il m'a invitée avec un chaperon (je choisirai une de mes tantes) à passer dans sa propriété les quatre jours de vacances que nous aurons à partir du 25 mai prochain, mes parents insistent pour que j'y aille mais « lui » s'y est absolument opposé. Moi j'ai décidé... d'y aller, comme ça je verrai bien si je « le » regrette ou pas. Mais s'il tient parole et s'il ne me regarde plus, comme il me l'a signifié ?

Chère amie, j'attends vos précieux conseils et je signe

Cœur Perplexe »

La réponse de la journaliste est la suivante : « Enviable Cœur Perplexe : ce n'est pas la perplexité de ton cœur que j'envie mais tout ce que tu as dans la vie. Je crois que tu n'aimes pas ton soupirant au point d'envisager une rupture avec tes parents. Ton cas est typique des jeunes filles élevées au sein d'un foyer heureux et prospère. T'entêter dans cette amourette (pardonne-moi le terme) risquerait de rompre une harmonie familiale que tu sens déjà menacée. Et crois-moi, une amourette ne vaut pas qu'on la paie à si haut prix. Tu es très jeune et tu peux attendre l'arrivée d'un prince charmant au goût de tous. Bon séjour dans la propriété de ton admirateur, étudie l'anglais et apprends à dire (comme point final mais jamais au début) le mot « yes ». En employant parcimonieusement ce vocable, tu conquerras le monde, et, plus important encore, tu assureras ton bonheur et celui de tes parents. Je reste à ta disposition.

Marie-Louise Diaz-Pardo »

Pour ce qui est du numéro du 22 juin, voici la lettre de la consultante : « Chère amie, la vie m'a joué un mauvais tour. Ce que vous m'avez conseillé était plein de bon sens mais il a surgi des complications imprévues. Mon soupirant s'est bel et bien fâché que j'aille chez « l'autre » et il a coupé court à nos relations. Et puis, le séjour dans la propriété n'a pas été du tout ce que j'en attendais car nous passions de longs moments en tête à tête, ce monsieur et moi, sans nous dire un mot. Au moment de partir, il a voulu m'arracher une promesse mais je lui ai répondu que cela me paraissait prématuré puisque je ne lui inspirais ni gestes ni paroles. Il m'a répondu que le caractère anglais était ainsi fait, très réservé, qu'il enviait les Latins si bavards mais qu'il se trouvait « très à son goût » près de moi même s'il ne disait rien. Quant aux gestes, c'était de ma part une façon de parler, je voulais dire qu'il ne me cueillait pas des fleurs, qu'il ne cherchait pas à mettre des disques qui me plaisent (on écoutait toujours ceux qu'il aimait) mais il n'a pas compris ce que je voulais dire, il a cru que je lui reprochais de ne pas prendre de libertés avec moi et il a déclaré que si nos vies devaient s'unir, nous aurions tout le temps pour cela. Comme c'est peu romantique, n'est-ce pas ? Pour tout vous dire, j'attendais un baiser passionné pour savoir s'il me plaisait ou pas. De toute façon, je ne lui ai rien promis. Qu'est-ce que cela veut dire « yes » ? J'ignore tout de ce mot mais, comme vous l'aviez deviné, cela a produit un certain effet puisqu'il vient d'écrire à mes parents pour nous inviter pendant deux semaines aux vacances d'hiver. Il se peut que nous acceptions. Mais ce que j'ai à vous raconter maintenant est si triste que cela m'oppresse et que je ne sais comment m'exprimer.

Quelques jours après que j'étais revenue de la campagne, papa m'a fait venir dans son bureau où il y avait notre médecin de famille. Sous le sceau du secret, il m'a dit que mon ex-soupirant était assez fragile de la poitrine comme le révélaient de récentes analyses. Il est atteint d'une certaine maladie éminemment contagieuse ! Je n'en croyais pas mes oreilles et j'ai même pensé que c'était une ruse de papa. Le médecin a ajouté que je devais éviter sa compagnie et que je pouvais prendre prétexte du différend survenu entre nous pour ne plus le voir jusqu'à ce qu'il soit complètement guéri. Le jour suivant, j'ai rencontré la mère et la sœur de mon ex-soupirant par hasard dans un grand magasin et j'ai remarqué que, malgré leur gentillesse envers moi, elles avaient l'air terriblement tristes. Ce qui a fini par me persuader que tout cela était, malheureusement, vrai. Sans compter que, le jour suivant, maman, sans me consulter, a pris rendez-vous chez le médecin, pour que je passe une radio. Nous avons le résultat. Je n'ai pas été contaminée. Bien, mais à présent que faire pour aider mon cher ami ? En ce moment, j'ai honte de l'avoir fait souffrir. Peut-être la vie nous réunira-t-elle un jour parce que je crois l'aimer pour de bon — ou bien n'est-ce que de la pitié ? Je vous demande, chère amie de bon conseil, de m'aider à y voir clair en moi-même.

Cœur Perplexe — qui attend votre réponse avec une grande impatience. »

La réponse de la rédactrice est la suivante : « Cœur Perplexe mais généreux : j'ai bonne confiance, tu surmonteras cette mauvaise passe. Ce que tu éprouves pour lui à présent est certainement de la pitié jointe à la nostalgie de jours plus heureux. J'ai consulté un médecin et il m'a dit que tu pouvais le revoir en amie, en prenant certaines précautions. Arrange-toi pour ne pas l'approcher de trop près, pour ne pas lui serrer la main en arrivant, seulement en partant parce qu'alors tu auras la possibilité de te laver les mains tout de suite en arrivant chez toi et de bien les frotter ensuite avec un coton imbibé d'alcool. Oui, offre-lui ton amitié mais pas d'une façon soudaine qui lui donnerait des soupçons, attends un moment propice car ceux qui sont atteints de cette maladie développent une très grande susceptibilité. Ne lui laisse pas voir ta pitié. Etant donné son caractère, c'est ce qui le blesserait le plus.

Quant à ton futur, n'oublie pas que l'anglais est une étrange mais belle langue. Tout à toi,

Marie-Louise Diaz-Pardo »

Dans ce même numéro de la revue féminine il manque deux illustrations découpées avec des ciseaux et qui correspondaient aux légendes suivantes : « Ravissant ensemble pour cocktail en soie moirée, corsage à basques Juliette, d'après la nouvelle mode créée pour Norma Shearer dans la super-production de la Metro-Goldwyn-Mayer, *Roméo et Juliette* de l'immortel Shakespeare. Photo M.G.M ». « La nouvelle étoile d'Hollywood, Deanna Durbin, propose aux jeunes filles ce lumineux ensemble pour bicyclette, réalisé en jersey de fil blanc, avec les bords soutachés de rouge vif. Photo Universal Pictures. »

Par la fenêtre de la chambre décrite plus haut on voit une première cour avec une tonnelle de vigne et des plates-bandes de rosiers et de jasmins, puis un grand figuier qui dépasse le mur du fond bordant un terrain vague où l'on construit un bâtiment de deux étages, le nouveau commissariat de police. Un des maçons du chantier a un béret basque d'où s'échappent des cheveux frisés, noirs comme l'épaisse moustache au-dessus de sa grande bouche et comme ses yeux qui, du haut de l'échafaudage, regardent à travers les feuilles du figuier, en direction de la cour des rosiers, jasmins, vignes grimpantes, fenêtres voilées de rideaux de tulle blanc à pois verts.

Agenda 1935

Mars. — Mardi 14, sainte Mathilde, reine. Vieil agenda de mes deux ! J'ai trouvé une veuve comme il y en a peu !

Mercredi 15, saint César, martyr. Demandé avance de 15 pesos pour cadeau voisin veuve, cadeau veuve et frais généraux.

Samedi 18, saint Gabriel, archange. Poker à « La Créole ». Périco passé en auto.

Dimanche 19, saint Joseph. Bal au Club, invité Pepe et les frères Barros, deux tournées. Ce sera leur tour la prochaine fois.

Mercredi 22, sainte Léa, religieuse. Rendez-vous à 19 h. Clairette.

Jeudi 23, saint Victor, martyr. Rendez-vous à « La Créole », Amalia, se procurer voiture.

Samedi 25, Annonciation. Veuve, deux heures du matin.

Dimanche 26, jour de Pâques. Promis aller messe avec maman et Célina (sur brancard ?).

Jeudi 30, le Bienheureux saint Amédée. Rendez-vous à « La Créole », Amalia, demander voiture à Périco ? Annuler, grippe, demander Pancho avertir Amalia. Non, Pancho dangereux, qu'elle attende, assise pour ne pas se fatiguer.

Avril. — Mardi 4, saint Isidore, martyr. Touché mon mois, moins l'avance, crédié.

Jeudi 6, saint Célestin, martyr. Manqué le travail. Rechute. Grippe, lit.

Vendredi 7, saint Albert, martyr. Toujours grippe, lit.

Lundi 10, saint Térence, évêque. Encore grippe. Me suis un peu levé.

Mardi 11, Léon Ier, pape. Repris le joug.

Jeudi 20, sainte Anaïs, vierge. Gagné 120 pesos poker Club !

Samedi 22, saint Anselme, évêque. Emmener Pancho poker « La Créole ». Les Barros veule m'avoir.

Dimanche 23, saint Albert, martyr. Aller sortie messe, demander pardon Clairette.

Clairette terminé, qu'elle aille se faire demandé pardon par le pape si ça lui chante.

Je jure sur mon honneur entière fidélité à la veuve, alias La Sage.

Jeudi 27, sainte Ida. Manqué rendez-vous veuve, faute « La Créole », Pancho pas sortable, vomi sur la table. Se rappeler demander pardon veuve, alias La Bonne.

Juillet. — Vendredi 7, sainte Rita. Arrivée 20 h 15 train de Buenos Aires collégiennes vacances. Aller jeter coup d'œil.

Samedi 8, saint Adrien, martyr. Pince-fesses Club. Prêté fric Pancho poker « La Créole ». Tout perdu. Fait une touche au Club.

Dimanche 9, sainte Anastasie. Manqué rendez-vous messe, impardonnable. Un pauvre type comme moi poser un lapin à la plus jolie petite du pays ! Un jour entier enfermé à la maison, prétexte toux. Le fond de l'histoire : que c'est chouette de pouvoir dormir jusqu'à midi !

Lundi 10, saint Félix, martyr. Je l'ai vue ! Elle a cru ce que lui a raconté ma sœur, merci Célina ! « Ça se voit que tu es un garçon sérieux, tu préfères rester au lit le dimanche pour pouvoir aller travailler le lundi ». Ça se voit que tu es bien jolie...

Jeudi 13, saint Anaclète, pape. Trois jours que je l'ai pas vue. Rendez-vous avec la veuve 23 h 30.

Vendredi 14, saint Bonaventure. Merci saint Bonaventure. Je l'ai rencontrée à la sortie de la neuvaine. Mabel, Mabel, Ma Belle. Rendez-vous avec Célina et son petit frère pour aller au cinéma. Rien compris au film, pas étonnant.

Samedi 15, saint Henri. Réunion intime chez Mabel, long au revoir dans le couloir. Le monde est à moi.

Dimanche 16, Vierge du Carmen. Elle est repartie à Buenos Aires. J'ai envie de me faire bonne sœur pour aller la retrouver à l'internat. Qui pourrait m'en empêcher ? J'ai la vocation.

. . . .

Septembre. — Mardi 10, saint Casimir, martyr. Plus que 10 jours.

Mercredi 11, saint Germain, roi. Plus que 9 jours.

Jeudi 12, saint Séraphin, évêque. Plus que 8 jours.

Vendredi 13, saint Edouard, roi. Plus que 7 jours.

Samedi 14, saint Calixte, évêque. Plus que 6 jours. J'en ai été pour 97 pesos de ma poche à « La Créole ».

Dimanche 15, sainte Thérèse, vierge. Tenir promesse. Aller messe. Plus que cinq jours.

Lundi 16, saint Gallien, martyr. Plus que 4 jours. Rendez-vous Amalia à « La Créole », demander auto Périco.

Mardi 17, sainte Edwige, martyre. Plus que 3 jours.

Mercredi 18, saint Luc, évangéliste. Après-demain...

Jeudi 19, saint Pierre. Demain !

Vendredi 20, sainte Irène, vierge. Le train en provenance de Buenos Aires entre en gare à 20 h 15.

Elle est encore plus jolie que je ne me le rappelais ! ! ! Nous nous sommes donné la main. Devant sa mère.

Samedi 21, saint Matthieu, apôtre. Jour du printemps, jour des étudiants, que tu es long à venir ! Excursion et pique-nique à la propriété « La Carolo ».

Rendez-vous 7 h 30 devant le Café-Glacier « Le Moderne ». Célina s'est chargée de la nourriture... JE SUIS LE PLUS HEUREUX DE LA TERRE ET JE JURE DEVANT DIEU DE ME CONDUIRE EN HOMME D'HONNEUR. JE JURE DE NE RIEN DIRE A PERSONNE ET DE L'EPOUSER.

Dimanche 22, saint Maurice, martyr. Départ du train 10 h 30. Comme décembre est loin... Elle m'a envoyé un baiser du bout des doigts, devant sa mère. En ce moment-ci elle doit être arrivée au Collège.

Quatrième livraison

> Vous avez l'éclat de la rose
> et la fraîcheur du jasmin...
>
> (fox-trot)

Le jeudi 23 avril 1937, le soleil se leva à 5 h 50. Il soufflait un vent léger Nord-Sud, le ciel était partiellement ennuagé et la température atteignait 14° centigrades. Nelly Fernandez dormit jusqu'à 7 h 45, heure à laquelle sa mère la réveilla. Nelly avait les cheveux enroulés sur des papillotes et maintenus en place par une résille noire. Une combinaison noire lui servait de chemise de nuit. Elle enfila une paire de vieilles espadrilles sans talons. Elle mit 37 minutes à échafauder sa coiffure quotidienne et à se farder, compte tenu des interruptions pour boire les cinq gorgées de maté que lui tendit sa mère. Tout en se peignant, elle pensa à la dispute de la veille avec la caissière, aux désavantages d'un déjeuner avec café au lait et tartines, au creux à l'estomac qu'on avait à 11 heures, à l'avantage que ce serait d'avoir toujours sur soi des pastilles de menthe, à l'aller-retour au pas de course pour rentrer chez elle à midi, aux tentatives de Jean-Charles la veille devant le portillon du jardin et à la nécessité de nettoyer ses souliers blancs pleins de boue avec un liquide approprié.

En se maquillant, elle pensa aux possibilités de séduction de son visage et aux diverses opinions entendues sur les avantages ou désavantages d'avoir les yeux cernés. A 8 h 30 elle quitta la maison. Elle portait l'uniforme de coton bleu, boutonné devant, à col rond et à manches longues. A 8 h 42, elle entra au « Gagne-Petit ». A 8 h 45 elle était à son poste derrière le comptoir des paquets, près de la caissière et de sa caisse enregistreuse. Les autres employées, vingt-sept au total, se mirent à préparer leur rayon. A neuf heures, on ouvrit les portes au public. L'empaqueteuse fit son premier paquet à 9 h 15, une demi-douzaine de boutons pour un costume d'homme. Entre onze heures et midi il lui fallut se presser pour que les clientes n'attendent pas. On ferma les portes à 12 h. Le dernier client sortit à 12 h 07. A 12 h 21 Nelly entrait chez elle, elle se lava les mains, se dit que son père — dans le hangar du fond, en train d'aiguiser ses cisailles — l'avait vue arriver et avait baissé la tête sans lui dire bonjour. Elle s'assit à table, le dos au feu, une cuisinière à bois. Son père entra, se lava les mains au-dessus de l'évier encombré de casseroles sales et lui reprocha d'être restée la veille avec Jean-Charles jusqu'à minuit à bavarder devant la porte malgré le froid. Nelly avala sa soupe sans répondre, sa mère servit des pommes de terre bouillies et du foie sauté à la poêle. Chacun but un demi-verre de vin. Nelly dit que la caissière ne lui avait pas dit bonjour le matin, prit quelques grappillons de raisin et alla s'étendre sur son lit. Elle pensa au gérant du magasin, au col dur amovible qu'il portait toujours, à la vendeuse qui était paraît-il sa maîtresse, à la chance que ce serait de les surprendre au sous-sol pour pouvoir les assurer de sa parfaite discrétion et s'attirer ainsi leur reconnaissance, au docteur Aschero et à sa flatteuse blouse de médecin à manches courtes avec martingale dans le dos, à ce qu'il perdait quand il l'enlevait, à la robe de chambre en soie importée de Chine de Mme Aschero, à l'uniforme gris de la bonne que tout le monde appelait Nénette, à la façade de la maison du docteur Aschero, avec son soubassement de marbre noir d'un mètre de haut faisant contraste avec le reste du mur tout blanc, à la façade de briques de la maison de Jean-Charles et à la cour intérieure avec des palmiers que l'on voyait de la rue, au col amidonné de la chemise à rayures de Jean-Charles, à ses plaintes au sujet de l'irritation causée par l'amidon, à ses exigences d'être embrassé à l'endroit irrité, aux jeux de mains qui s'ensuivirent, à la possibilité que Jean-Charles la quitte s'il venait à apprendre qu'il y avait eu un autre homme dans sa vie, à la possibilité de laisser Jean-Charles découvrir la chose juste quelques semaines avant le mariage, à la possibilité que Jean-Charles s'en aperçoive tout seul lors de la nuit de noces, à la possibilité que Jean-Charles l'étrangle dans un hôtel de Buenos Aires le soir de ses noces, à l'odeur de désinfectant du cabinet de consultation du docteur Aschero, à l'auto vert olive du docteur Aschero, à la malade qu'ils avaient sauvée dans une ferme éloignée, au soleil qui entrait par la fenêtre et l'empêchait de trouver le sommeil, au soulagement que c'était pour les yeux la pénombre de la chambre. A 13 h 30 sa mère la réveilla avec un maté sucré, à 14 h elle avait fini de réparer le désordre de sa toilette, à 14 h 13 elle entrait dans le magasin, essoufflée par un retour au pas de course. A 14 h 15 précises elle prit place derrière le comptoir des paquets. Mais elle s'aperçut qu'il n'y avait presque plus de papier moyen-rouleau, elle chercha des yeux le chef de rayon, ne le vit pas, pensa, immobile, qu'il risquait de passer pendant qu'elle irait chercher un rouleau neuf. La caissière n'était pas encore arrivée. Nelly descendit en courant au sous-sol et ne trouva pas de rouleau de rechange. En remontant elle croisa le chef de rayon qui, immédiatement, mit la main à la poche de son gilet et en sortit sa montre qu'il regarda d'un air sévère. Il dit à Nelly qu'elle était en retard. Nelly répondit qu'elle était allée chercher quelque chose au sous-sol et qu'elle ne l'avait pas trouvé ; une fois à son comptoir elle lui montra le rouleau de papier sur sa fin. Le chef répondit qu'il y en avait assez pour finir la journée et que, même si elle l'achevait, elle pourrait employer le grand rouleau en prenant la largeur du paquet dans le sens de la longueur du papier. Sans regarder Nelly il ajouta qu'il fallait faire servir son intelligence à quelque chose et qu'il fallait surtout être à l'heure à son poste. Cette dernière réflexion, il la fit en s'éloignant, le dos tourné pour éviter toute réponse. A 14 h 30, le magasin ouvrit ses portes. Les tissus et articles de « Mercerie fine » étaient faciles à envelopper, difficiles les chapeaux. Généralement, le paquet que Nelly faisait avec le plus de plaisir c'était celui de l'offre spéciale de boutons cliquetants cousus sur des petits carrés de carton ; mais elle redoutait les plantes en pot du nouveau rayon « Touvert ». Elle échangea quelques mots aimables avec une cliente qui regardait, flattée, le soin qu'elle mettait à envelopper son chapeau pour ne pas risquer d'abîmer la plume. La caissière intervint même dans la conversation pour glisser quelques observations flatteuses et quand la cliente fut partie, elle regarda Nelly pour la première fois de la journée et lui dit que le chef de rayon était un salaud. A 18 h 55 on commença à fermer les portes du magasin, et à 19 h 10 la dernière cliente sortit avec un petit paquet contenant une fermeture éclair et la facture correspondante. Avant de partir, Nelly dit au chef de rayon d'un air indifférent qu'il n'y avait plus de rouleau de papier moyen à la réserve et partit sans attendre de réponse. L'air dehors était agréable et elle pensa qu'il ne ferait pas froid ce soir devant le portillon. En passant devant le Bar de l'Union elle regarda à l'intérieur d'un air apparemment sévère. Elle vit la crinière bouclée de Jean-Charles de dos à une table de quatre où on jouait aux dés. Elle s'arrêta un instant, espérant que Jean-Charles tournerait la tête. Elle ne résista pas à l'envie de regarder dans la direction des autres tables. Le docteur Aschero prenait un apéritif avec un ami et ne la quittait pas des yeux. Elle rougit et poursuivit son chemin. Sa mère était en train d'essuyer le carrelage de la salle de bains et lui dit qu'il ne restait pas beaucoup d'eau chaude parce que son père venait de prendre un bain. Nelly lui demanda avec mauvaise humeur si elle avait bien lavé la baignoire. Sa mère lui demanda si elle la prenait pour une de ces vieilles sales de la campagne et lui fit remarquer qu'elle avait toujours trouvé la baignoire impeccable à son retour du magasin. Nelly prit avec dégoût le morceau de gros savon dont il lui faudrait se servir pour sa toilette. Elle se plongea dans la baignoire à demi pleine. Une fois dans l'eau jusqu'au cou, elle pensa à un nouveau produit du rayon « Cadeaux chics » : une boîte ovale en cellophane incolore remplie de tablettes vert émeraude pour parfumer l'eau du bain. Elle se demanda avec inquiétude si ce savon à linge n'allait pas laisser une mauvaise odeur sur sa peau ; l'eau du robinet était froide quand elle eut fini de se rincer soigneusement. Après s'être essuyée, elle renifla ses mains et fut rassurée, elle pensa que Jean-Charles ne voulait plus aller danser au Club le dimanche après-midi et préférait l'emmener au cinéma, elle pensa qu'elle n'avait plus d'amie au Club, elle pensa à Célina, à ses yeux verts, elle pensa au chat aux yeux verts, elle pensa à la façon de devenir amie d'un chat, amie d'une chatte, lui gratter le dos, elle pensa à une vieille chatte galeuse, comment soigner sa gale, lui apporter à manger, choisir la plus jolie assiette du placard, la remplir de lait frais pour une vieille chatte galeuse, elle pensa à la mère de Jean-Charles qu'ils avaient rencontrée à la sortie du ciné dimanche alors qu'elle venait de faire une neuvaine, à son bonjour sans un sourire, elle pensa à la mort naturelle ou par accident de la femme du docteur Aschero, à la possibilité que le docteur l'épouse en secondes noces, à la possibilité de se marier avec le docteur et de l'abandonner après la lune de miel, au rendez-vous qu'elle donnerait à Jean-Charles dans un refuge en pleine montagne, à Aschero dans le wagon-lit : en robe de chambre de soie naturelle, il sort des cabinets et se dirige le long du couloir vers leur compartiment, il frappe d'un doigt à la porte, il attend en vain la réponse, il se décide à ouvrir et trouve une lettre disant qu'elle est descendue à la station précédente, qu'il ne la cherche pas, entre-temps Jean-Charles accourt au rendez-vous et arrive au refuge, il la trouve en pantalon noir et pull noir à col roulé, cheveux flottant sur les épaules, blond platine, ils s'embrassent, Nelly finalement se donne à son véritable amour. Nelly pensa à la possibilité de ne pas nettoyer la baignoire. Après s'être habillée, elle la nettoya. Sa mère mangea les restes du foie sauté et Nelly une escalope panée avec une salade de laitue et d'œufs durs. Son père ne vint pas à table, il ne dînait pas le soir. A 20 h 30, ils cherchèrent à la radio un poste qui retransmît des chansons d'Espagne. Tout en écoutant, la mère desservit la table, Nelly passa un chiffon humide sur la toile cirée et installa sa boîte à ouvrage et une robe à laquelle manquaient les boutonnières. A 21 h l'émission de chansons espagnoles prit fin et le programme se poursuivit avec un radio-crochet. A 21 h 48 Nelly s'installa dans le jardin près du portillon. A 22 h 05 elle aperçut Jean-Charles au bout de la rue. A 22 h 20 Nelly et Jean-Charles constatèrent que la lumière dans la chambre des parents était éteinte. Ils abandonnèrent le trottoir et entrèrent dans le couloir. Nelly comme d'habitude s'appuya contre le mur et comme d'habitude elle ferma les yeux pour recevoir le premier baiser de la soirée. Machinalement, elle se dit que si la petite vieille qui mendiait à l'entrée de l'église lui mettait un poignard dans la main elle tuerait Célina avec plaisir. Jean-Charles l'embrassa de nouveau, cette fois en la serrant très fort dans ses bras. Nelly reçut des caresses, encore des baisers, un compliment et des embrassements d'intensité variée. Les yeux fermés, elle demanda à Jean-

Charles s'il profitait de ses jours de congé pour bien se reposer et ce qu'il avait fait cet après-midi avant d'aller au bar. Il ne répondit pas. Elle ouvrit les yeux en sentant qu'il la lâchait et le vit faire un pas vers la haie de troènes soigneusement taillée par son père. Elle ouvrit les yeux plus grand encore quand il étendit la main et arracha une petite branche, elle enchaîna en disant qu'elle lui racontait tout ce qu'elle faisait et qu'elle ne voyait pas la raison pour laquelle il n'en ferait pas autant. Jean-Charles repartit que pour les hommes ce n'était pas la même chose. Nelly regardait ses cheveux épais d'où s'échappaient quelques mèches que la lumière blanche de l'éclairage municipal faisait briller d'un éclat métallique et sans savoir pourquoi elle pensa à des terrains vagues couverts de longues herbes retombantes, éclairés la nuit par les ampoules de l'éclairage municipal. Nelly regarda les yeux clairs de Jean-Charles, pas verts comme ceux de Célina mais brun clair, et sans savoir pourquoi elle pensa à de somptueux pots de miel. Jean-Charles ferma les yeux quand Nelly caressa ses cheveux emmêlés et elle, en voyant ses cils épais et courbes, pensa, sans savoir pourquoi, à des ailes dépliées ; Nelly regarda le nez droit, la moustache fine, les grandes lèvres charnues, elle lui demanda de lui montrer ses dents et sans savoir pourquoi elle pensa à ces maisons de l'Antiquité qu'il y avait sur son livre d'histoire avec des balustres blancs et des colonnades ombrées, hautes et élégantes ; Nelly regarda la pomme d'Adam entre les deux muscles saillants du cou, les larges épaules et sans savoir pourquoi elle pensa aux arbres invincibles de la pampa sauvage : l'ombu et le quebracho, ses préférés. A

23 h 20 Nelly lui permit de passer une main sous son chemisier. A 23 h 30 Jean-Charles s'en alla en lui reprochant son égoïsme. A 23 h 47, Nelly finissait de rouler ses cheveux sur de multiples papillotes. Avant de s'endormir, elle pensa que le visage de Jean-Charles était sans défaut.

Le jeudi mentionné plus haut, Jean-Charles Etchepare se réveilla à 9 h 30 quand sa mère frappa à la porte et entra dans la chambre. Jean-Charles ne répondit pas au bonjour affectueux de sa mère. La tasse de thé resta sur la table de nuit. Jean-Charles passa une robe de chambre et alla se brosser les dents. Le mauvais goût qu'il avait dans la bouche disparut. Il revint dans sa chambre, le thé était tiède, il appela sa mère et lui demanda de le faire réchauffer. A 9 h 55 il prit au lit une tasse de thé presque bouillant, persuadé que la chaleur lui ferait du bien à la poitrine. Il pensa à la possibilité de boire constamment des choses très chaudes et de s'envelopper de serviettes chaudes, avec une bouillotte aux pieds, la tête entourée d'une écharpe de laine avec juste le nez et la bouche à l'air, pour en finir avec la fragilité de son appareil respiratoire. Il pensa à la possibilité d'étouffer des jours et des semaines entières dans son lit, jusqu'à ce que la chaleur sèche vienne à bout de l'humidité de ses poumons : l'humidité et le froid faisaient naître des moisissures dans ses poumons. Il se rendormit, rêva de briques rouges, du creuset où l'on mélangeait la matière première, du creuset ardent de la chaux, des briques molles, des briques pendant la cuisson, des briques durcies indestructibles, des briques livrées aux intempéries sur le chantier du nouveau commissariat, Pancho lui montrait une pile de briques cassées inutilisables, que l'on renvoie au four pour les triturer et les fondre à nouveau. Pancho lui expliquait que, dans le bâtiment, on ne laissait rien perdre. Sa mère le réveilla à 12 h, Jean-Charles était inondé de sueur. Debout, il se sentit très faible. Il demanda à sa mère s'il y avait de l'eau chaude pour prendre un bain et s'il lui fallait vraiment se raser avant d'aller chez le médecin. Sa mère lui dit de se raser sans plus attendre, et que c'était ce qu'il devrait commencer par faire tous les jours en se levant, et que la veille il s'était couché très tard, et qu'un garçon comme lui les filles l'aimeraient même s'il ne se rasait pas juste avant d'aller les voir. Elle ajouta que lorsqu'il reprendrait son travail à la mairie il lui faudrait prendre l'habitude de se lever un peu plus tôt pour pouvoir se raser parce qu'il est plus important d'être impeccable pour aller à son travail que pour aller flirtailler à droite et à gauche. Célina arriva sur ces entrefaites avec un tablier blanc de maîtresse d'école et des cahiers sous le bras, sa mère échangea un coup d'œil avec elle et demanda à Jean-Charles où il était allé la nuit dernière jusqu'à trois heures du matin et s'il avait perdu de l'argent au jeu. Jean-Charles répondit qu'il n'avait pas joué. Sa mère dit qu'alors il avait été avec Nelly. Jean-Charles ne dit pas non. Sa mère demanda comment il se pouvait que les parents de Nelly la laissent bavarder sur le trottoir jusqu'à trois heures du matin et, n'obtenant pas de réponse, elle demanda à Jean-Charles d'aller se baigner de grâce s'il voulait le faire avant de déjeuner. A 12 h 55 Jean-

Charles sortit de la salle de bains, douché mais pas rasé. En entrant dans la salle à manger, Jean-Charles se sentit pris d'un début de malaise. Il s'agrippa au dossier de sa chaise et se demanda s'il n'allait pas se remettre au lit, mais sa mère et Célina qui étaient déjà assises le regardaient, et Jean-Charles s'assit. Potage vermicelles cheveux d'ange, beefsteak au gril, purée. Le beefsteak de Jean-Charles était épais, saignant, juteux, comme il les aimait. Il commença à couper sa viande et sentit son front mouillé de sueurs froides. Sa mère lui dit d'aller se recoucher, qu'il serait dangereux de prendre froid sur une transpiration. Jean-Charles ne répondit pas et alla dans sa chambre. Quelques instants plus tard on lui apportait son repas sur un plateau. Jean-Charles trouva le beefsteak froid. On alla le remettre sur le gril, Célina prit bien soin de ne le laisser que très peu de temps de chaque côté pour qu'il ne soit pas trop cuit. Jean-Charles le trouva tout de même trop cuit. Sa mère et Célina étaient debout près de son lit à attendre des ordres. Jean-Charles leur dit d'aller finir leur repas. Il mangea lui-même sans faim. Quand sa mère entra avec le dessert, une pomme au four, Jean-Charles se sentait déjà mieux et dit qu'avant cette série de rhumes et de bronchites il avait eu quelquefois des bouffées de chaleur après une douche et qu'il était absurde de se frapper comme ils le faisaient tous. Cela lui avait fait du bien de manger, Célina et sa mère étaient allées faire la sieste, il sortit, après avoir enfilé sur sa tenue du déjeuner — pantalon de flanelle grise, chemise écossaise bleu clair, pull-over bleu marine — un blouson de cuir marron foncé à fermeture éclair. Ce vêtement, habituellement réservé aux riches propriétaires, provoqua dans la rue des réactions diverses. Jean-Charles sourit avec satisfaction en notant le regard méprisant d'un boulanger qui parlait devant sa porte avec un fournisseur. Le soleil réchauffait un peu l'air mais à l'ombre il faisait froid. Jean-Charles prit le trottoir côté soleil et ouvrit la fermeture de son blouson. A 14 h 48 il arriva au Bar de l'Union, le bar le plus chic de la ville. A une table, un homme à cheveux gris prenait un café et il agita la main en voyant Jean-Charles. Jean-Charles accepta de l'accompagner voir des bêtes à l'enclos à quelques kilomètres de Vallejos mais il commanda d'abord un café et alla téléphoner : en prenant soin de n'être entendu de personne, il donna une fausse excuse à l'infirmière pour faire annuler son rendez-vous chez le médecin. Jean-Charles pensa à la possibilité que le médecin lui dise après l'avoir examiné que sa semaine de repos lui avait fait du bien ; à la possibilité qu'il prolonge son congé de maladie ; à la possibilité qu'on le mette en congé pour tout l'hiver, comme il l'avait suggéré ; à la possibilité d'un mélange de radiographies et qu'on lui ait donné les résultats d'une autre, celle d'un pauvre bougre avec une légère tache au poumon droit et condamné à mourir dans deux ou trois ans sans femme et sans aucun plaisir. A 15 h 50 Jean-Charles se promenait sous le soleil tandis que son ami parlait aux ouvriers agricoles dans la cour de la ferme. Les champs étaient de couleur marron, claire ou foncée, autour d'un réservoir poussaient des camomilles naines à feuilles vertes, à fleurs blanches et cœur jaune. Jean-Charles se rappela qu'on lui disait quand il était petit de ne pas mâcher de la camomille parce que c'était du poison. A 16 h 15, le soleil était moins fort et Jean-Charles pensa que s'il était allé à la consultation il saurait à présent s'il était moins ou plus malade. A 16 h 15, son ami le déposa en voiture devant le chantier du nouveau commissariat ; Jean-Charles descendit, ils se dirent à tout à l'heure au bar. Jean-Charles entra dans le chantier et demanda à un électricien où était Pancho. Dans la future cour du commissariat, trois plâtriers enduisaient les murs des cabinets et douches pour le personnel subalterne. Pancho lui cria qu'il aurait fini sa journée dans un quart d'heure, Jean-Charles haussa les épaules et Pancho lui fit un « bras d'honneur » après quoi il se remit au travail mais quelques secondes après il courut vers Jean-Charles avec l'impression de faire une espièglerie et lui donna son jouet préféré : une cigarette. Jean-Charles alla la fumer sur le trottoir, conscient de chaque bouffée. Une petite fille, presque adolescente, passa et le regarda. A 16 h 55 les deux amis entrèrent dans le seul endroit où Pancho consentît à aller en bleu de travail, un bistrot devant la gare. Jean-Charles lui demanda si, pour sauver sa vie, il accepterait de se passer de femmes, de ne plus boire et de ne plus fumer. Pancho lui dit que ce n'était pas la peine de revenir là-dessus et il vida son verre d'eau-de-vie. Jean-Charles dit qu'il parlait sérieusement. Pancho ne répondit pas. Jean-Charles ouvrit la bouche pour dire quelque chose mais il se retint : s'il lui fallait renoncer à vivre comme un homme bien portant, il préférait mourir et même si on lui permettait les femmes et le tabac mais qu'il lui faille trimer comme une bête du matin au soir pour quatre malheureux sous et pour avoir le droit de se retirer le soir dans une cahute et de se laver sous le jet d'eau froide d'une pompe, il préférait mourir aussi. Jean-Charles demanda une autre cigarette. Pancho la lui donna sans protester. Reconnaissant, Jean-Charles commanda une autre tournée d'eau-de-vie. Pancho lui demanda s'il en avait profité tout à l'heure pour regarder si la cour du nouveau commissariat était la même de jour que de nuit. Jean-Charles demanda à Pancho s'il avait eu des relations sexuelles la nuit précédente. Pancho répondit qu'à la fin du mois il n'avait pas d'argent pour aller à « La Créole ». Jean-Charles lui promit d'y aller avec lui le 1er du mois prochain et qu'en attendant il ferait bien d'aborder Nénette, la bonne du docteur Aschero. Pancho lui demanda pourquoi on l'appelait parfois Nénouille et Jean-Charles lui dit que quand elle était petite on l'appelait Nénette mais comme elle n'était pas maline on l'appelait aussi Nénouille à l'école. A 17 h 40 la discussion à propos de Nénette fut close sur ce conseil de Jean-Charles que si Pancho ne faisait pas vinaigre le morceau lui passerait sous le nez. A 18 h Jean-Charles entra seul au Bar de l'Union et remarqua qu'aucun des clients ne toussait. A une table près de la fenêtre, il y avait l'agronome Peretti, le commerçant Juarez et le vétérinaire Rolla : respectivement un cocu, un pauvre type et un grippe-sou, pensa Jean-Charles. A une autre table, le docteur Aschero et le bijoutier-horloger Roig : un salaud qui puait de la bouche et un faux-jeton lèche-bottes, pensa Jean-Charles de nouveau. Il se dirigea vers une table du fond où on l'attendait pour jouer au poker : parmi ces trois propriétaires, encore un cocu, un autre cocu, et un joyeux saoulographe, se dit Jean-Charles. Il avait très chaud mais quand il eut enlevé son blouson il se sentit mieux ; il rêva à la possibilité de gagner au jeu comme la veille pour couvrir tous les frais de bar et de ciné de ces deux semaines de congé et il se concentra sur la partie. Une heure après, il sentit des picotements dans la gorge, réprima son envie de tousser et chercha le garçon du regard : la deuxième tasse de café n'arrivait pas. Il avait froid aux pieds mais, à partir de la taille, sentait monter des bouffées de chaleur ; il déboutonna le col de sa chemise. Le garçon apporta le café. Les picotements dans la gorge augmentèrent. Jean-Charles enleva rapidement le papier des morceaux de sucre et sans attendre qu'ils soient fondus, il vida sa tasse d'un trait. D'un geste discret il toucha son front, chaud mais encore sec, il pensa que la faute de tout ça devait être le froid devant le portillon de Nelly. A 20 h 15, après avoir perdu quelques centimes, il s'en retourna chez lui et passa directement dans la salle de bains. Il se rasa avec un savon spécial et de l'eau très chaude que sa mère lui apporta. A 20 h 40 on se mit à table. Célina raconta que la mère de Mabel était désespérée parce que sa bonne était partie juste au moment des foires, et qu'elle ne savait plus où donner de la tête avec le fiancé de Mabel de passage à Vallejos et ses visites constantes à la maison. Le repas fini, Célina joua au piano une chanson de l'album qu'elle avait commandé à Buenos Aires et qui s'intitulait : *Derniers succès de José Mojica et Alfonso Ortiz.* Jean-Charles leur rappela qu'il avait le droit de fumer une cigarette, la seule que lui permettait le médecin dans la journée. Alors sa mère lui demanda d'une voix qu'elle s'efforçait de rendre naturelle ce qu'avait dit le médecin cet après-midi. Jean-Charles répondit qu'il avait eu une urgence et qu'il avait dû renvoyer ses consultations. A 22 h il quitta la maison, parcourut quelque deux cents mètres par des chemins de terre et retrouva Nelly. Quand ils furent bien sûrs que les parents étaient endormis, il la prit dans ses bras, ils s'embrassèrent. Jean-Charles, comme chaque soir, demanda à Nelly de lui céder et comme chaque soir elle refusa. Jean-Charles pensa que Nelly était la Reine du Printemps 1936 et il la serra plus fort dans ses bras, il l'embrassa de nouveau en pensant aux manœuvres qui la séduiraient immanquablement comme elles en avaient séduit tant d'autres. Mais il surveilla ses mains et ne leur permit pas de descendre au-dessous de la taille de Nelly. Il faillit lui dire qu'il n'était pas un idiot, qu'il en jouait seulement le rôle, « que veux-tu mon petit, tu es d'une santé fragile, je ne te dis pas de renoncer complètement à la chose mais de réduire les frais, sinon, la prochaine fois, en tant que médecin de famille, j'avertirai ta mère ». Tout à coup, et comme malgré lui, il saisit une main de Nelly et l'abaissa doucement jusque devant sa braguette sans toutefois parvenir à l'y appuyer. C'était la première manœuvre de sa stratégie habituelle. La main de Nelly opposait une résistance relative. Jean-Charles hésita, pensa que dans le jardin de Nelly il ne poussait pas de camomille sauvage, il y a des gens qui disaient que c'était un poison, et si c'était vrai ? Cet hiver il ferait bien froid devant ce portillon, est-ce que son plan secret se réaliserait avant l'hiver ? Tous les soirs l'hiver devant ce portillon ? Il pensa à un papillon qui va d'une fleur à l'autre et pompe le nectar de toutes, et dans les fleurs de camomille est-ce qu'il y a du nectar ? Elles ont l'air toutes sèches. Il pensa qu'il avait vingt-deux ans et qu'il lui fallait vivre comme un vieux. Il lâcha brusquement Nelly et fit un pas vers la haie. D'un geste rageur il arracha une petite branche. A 22 h 20 il jugea nécessaire de lui caresser les seins en passant une main sous le chemisier et sous le soutien-gorge ; il fallait bien la tenir en haleine. A 22 h 30 ils se séparèrent. A 22 h 46 Jean-Charles passait devant le chantier du nouveau commissariat. Dans la rue il n'y avait pas une fenêtre éclairée, personne sur les trottoirs. Un couple cependant venait dans sa direction et Jean-Charles attendit cinq bonnes minutes qu'il ait tourné à un coin de rue et disparu. Il regarda ensuite dans toutes les directions, il n'y avait plus un chat. Il était à présent minuit, l'heure du rendez-vous. Son cœur se mit à battre plus fort, il traversa la rue et entra dans le chantier. Il trouva son chemin plus facilement que la nuit précédente parce qu'il se souvenait des détails de la cour qu'il avait vue dans la journée. Il pensa que pour grimper sur le mur de près de trois mètres un vieux aurait besoin d'une échelle, il ne pourrait pas monter comme lui sur les échafaudages. Une fois en haut du mur il se dit qu'un vieux ne pourrait pas descendre d'un saut dans la cour d'à côté. Sans savoir pourquoi il se souvint de la petite presque adolescente qui l'avait regardé cet après-midi d'un air provocant. Il décida de la suivre un de ces jours. Elle vivait dans une des fermes des environs. Il frotta ses mains pleines de poussière contre son blouson de riche propriétaire et prit son élan pour sauter.

Cinquième livraison

L'amour souvent
s'enfuit au vent
quand vient l'aurore
mais cette nuit
la lune luit
et je t'adore !

(« Amor », boléro)

Le jeudi mentionné plus haut, 23 avril 1937, Marie-Mabel Saenz, plus connue sous le nom de Mabel, ouvrit les yeux à 7 h 00 du matin lorsque sonna son réveil de marque suisse. Elle ne put les garder ouverts et se rendormit. A 7 h 15 la cuisinière frappa à la porte et annonça que le petit déjeuner était servi. Mabel sentait tous ses nerfs engourdis, attiédis, comme enrobés de miel ou de gelée, et les sons lui parvenaient amortis, son crâne était agréablement vide, uniquement rempli d'air tiède. Son odorat seul était aiguisé, contre la taie d'oreiller en fil blanc, le nez frémit le premier, odeur d'amande amère, un reste de brillantine, le parfum gagna la poitrine et se propagea jusqu'aux pieds. A 7 h 25 elle but son café au lait presque froid, toute seule dans la salle à manger, et ne voulut pas que la cuisinière le lui fasse réchauffer, par contre elle exigea des tartines grillées à point, brûlantes, qu'elle enduisit de beurre. A 7 h 46 elle entrait à l'Ecole Communale des Rosiers, dépendant de l'Académie de Tranque-Lauquen, et alla se placer face à la file d'élèves du Cours Moyen 2e année. La Directrice de l'Ecole dit « Bonjour mes enfants » et tous les élèves répondirent en chœur « Bonjour Madame la Directrice ». A 8 h 01, la cloche sonna de nouveau et chaque rang se dirigea vers sa classe. En première heure, Mabel fit une leçon d'Histoire : les Romains. La cloche de la récréation sonna trois fois, à 9 h, à 10 h et à 11 h. La cloche de fin de cours sonna exactement à midi. Heure à laquelle Mabel achevait de mener à bien son programme de la matinée : expliquer de nouveaux problèmes d'Intérêt et Capital, s'éviter de traîner chez elle la pile de gros cahiers en corrigeant les devoirs en classe pendant que les élèves faisaient des problèmes supplémentaires sur leur cahier de brouillon, prévenir Célina à l'une des récréations qu'elle irait chez elle après le déjeuner, et éviter tout rapport avec les grands élèves qui s'asseyaient au fond de la classe. A 12 h 20 elle rentra chez elle avec un grand appétit, sa mère lui demanda si elle pouvait attendre 14 h 00 pour pouvoir déjeuner avec son père et peut-être son fiancé lorsqu'ils reviendraient de la foire. Mabel avait sa réponse prête. La cuisinière lui fit cuire séparément quelques raviolis et les lui servit dans du bouillon de poule. Sa mère ne put rester avec elle car elle avait à prendre son bain et à se changer, il lui avait fallu faire le ménage pendant toute la matinée, ce qui n'était pas dans ses habitudes. Mabel, après les raviolis, goûta au poulet mais s'abstint de toucher au dessert. Elle opposa à sa mère les raisons suivantes : elle devait aller préparer des cours de grammaire avec Célina et si elle restait à la maison il lui faudrait tenir compagnie à Cecil jusqu'au milieu de l'après-midi au moins, si on comptait le temps du repas, du café et des liqueurs. A 13 h 45 Mabel entrait chez les Etchepare sans frapper. Se conformant aux instructions reçues, Célina la fit passer directement dans sa chambre. Mabel avait du mal à garder les yeux ouverts. Elle écoutait distraitement les récriminations de Célina : Jean-Charles traitait sa mère et sa sœur par-dessous la jambe, c'était certainement Nelly qui le montait contre elles, il ne prenait aucun soin de sa santé, la nuit dernière il était resté jusqu'à trois heures du matin avec cette moins que rien, et il ne faudrait pas s'étonner dans ces conditions qu'il finisse par attraper une bonne tuberculose. Mabel lui dit que la nuit dernière elle avait à peine dormi quatre heures à cause de Cecil en grande conversation avec son père ; si elle le permettait, elle ferait la sieste ici. Célina lui céda son lit et coucha par terre sur des oreillers. Mabel ferma les yeux à 14 h 10 et dormait toujours lorsque la pendule marqua 17 h 00. Célina la réveilla et lui offrit du thé. Mabel n'en voulut point et partit en courant car elle avait promis à sa mère de l'accompagner au cinéma, à la séance de 18 h. Parvenue au coin de sa maison, elle aperçut son père et Cecil sur le trottoir, qui se disposaient à monter en voiture. Avant qu'on ait pu la voir, elle entra dans le magasin du coin et se mit en devoir d'acheter une boîte de biscuits pour justifier sa présence en ces lieux. Elle hésita entre deux marques : celle avec des marquises enrubannées sur le couvercle et celle avec un couple en habits de soirée, moderne. A 17 h 15 elle entrait chez elle, elle avait mené à bien son programme de l'après-midi : à savoir, échapper à son père qui l'aurait forcée à s'occuper de Cecil, et faire un somme réparateur. Bien qu'elles fussent pressées, mère et fille prirent le temps d'ouvrir la boîte de galettes et à 18 h 05 elles entrèrent au Cinéma-Théâtre « L'Andalou », seul et unique cinématographe de la ville, administré par la Société Espagnole de Secours Mutuel. Dans le hall décoré de mosaïques typiques, Mabel regarda les photos du film et remarqua que les toilettes dataient au moins de trois ans, avec une certaine déception elle se dit que les films nord-américains mettaient longtemps pour arriver jusqu'à Vallejos. Il s'agissait cette fois d'une comédie dont les décors luxueux l'enchantèrent : grands salons avec escaliers de marbre noir et rampes chromées, fauteuils de satin blanc, doubles rideaux de faille blanche, tapis de fourrure blanche, table et chaises à pieds chromés entre lesquelles se déplace une belle blonde new-yorkaise, dactylo de son métier, qui séduit son élégant patron et qui, par le biais d'une série de ruses, l'oblige à divorcer d'avec sa distinguée épouse. A la fin elle le perd mais elle rencontre un vieux banquier qui la demande en mariage et l'emmène à Paris. Dans la dernière scène on voit la dactylo devant sa somptueuse demeure parisienne descendant d'une superbe limousine blanche avec un chien danois blanc, enveloppée d'un boa de plumes blanches et échangeant un regard complice avec son chauffeur, séduisant jeune homme en bottes et livrée noires. Mabel rêva de l'intimité de la riche ex-dactylo avec son chauffeur, à la possibilité que le chauffeur soit gravement enrhumé, à leur décision de s'aimer avec passion mais sans s'embrasser, les efforts surhumains pour ne pas s'embrasser, toute la nuit enlacés sans pouvoir s'enlever cette idée de la tête, l'envie de s'embrasser, la promesse de ne pas s'embrasser pour éviter la contagion, nuit après nuit le même tourment et nuit après nuit, quand la passion les emporte, leurs corps dans l'obscurité luisent comme du chrome, le cœur chromé se fend et le sang rouge jaillit, déborde et teint de rouge le satin blanc, la faille blanche, les plumes blanches : c'est quand le métal chromé n'arrive plus à contenir le sang impétueux que les bouches se rapprochent et s'offrent chaque nuit le baiser défendu. A 19 h 57 Mabel et sa mère étaient de retour chez elles. Son père et Cecil rentrèrent à 20 h 35, satisfaits d'avoir pu tout préparer pour la vente du lendemain, la dernière de la foire d'automne. Cecil déposa un baiser sur la joue de Mabel. Ils prirent un vermouth comme apéritif. A 21 h ils passèrent à table. Ils mangèrent du colin mayonnaise et des pommes vapeur puis un ragoût de viande à la portugaise, des fromages, une glace. Ce furent surtout le père et Cecil qui parlèrent, pour commenter les ventes de l'après-midi, les possibilités de la journée du lendemain, essayant même de prévoir le bilan de la semaine. Ils se dirigeaient vers le salon pour y prendre cognac et café lorsque le père eut des doutes sur le prix des taureaux hereford et entraîna Cecil vers son bureau. Mabel leur y apporta tasses à café et verres à cognac. Elle et sa mère s'assirent au salon et commentèrent le film. A 22 h 30 Mabel et Cecil restèrent seuls au salon, assis sur le même canapé. Cecil l'embrassa tendrement plusieurs fois et lui caressa la nuque. Il parla de sa grande fatigue, du repos qu'il prendrait dans son estancia une fois la foire finie, des livres d'Histoire qu'il lirait, récemment arrivés d'Angleterre : ses lectures favorites étaient tout ce qui touchait à l'Histoire d'Angleterre. Il se retira à 23 h 05 après avoir bu trois verres de cognac en compagnie de Mabel, auxquels s'ajoutaient les deux qu'il avait bus dans le bureau du père, les deux vermouths de l'apéritif et les trois verres de vin rouge pris pendant le repas. Mabel exhala un soupir de soulagement et regarda la porte de la chambre de ses parents pour voir si elle était ouverte. Elle était fermée. Mabel emporta la bouteille de cognac dans sa chambre et la cacha sous l'oreiller. Elle revint à la salle à manger, ouvrit le buffet, prit deux verres qui allèrent rejoindre la bouteille. Elle passa dans la salle de bains, refit son maquillage, se parfuma avec la lotion française qu'elle gardait pour les grandes occasions. Elle enfila une pudique chemise de nuit en batiste à manches courtes, prit deux revues, entrouvrit la fenêtre et se coucha. A 23 h 37 elle était commodément installée et prête à commencer la lecture des magazines « Le Monde féminin » et « Paris élégant ». Elle commença par ce dernier. Elle passa rapidement sur les pages consacrées aux modèles sport et ville, Cecil la préoccupait, les moments passés en sa compagnie lui semblaient de plus en plus longs, cela l'inquiétait beaucoup. Aux pages suivantes apparurent des modèles pour cocktail. Mabel les regarda mais sans parvenir à s'y intéresser. Un petit article cependant attira son attention : le langage des parfums. La spécialiste française recommandait pour le matin de fraîches lavandes ayant le pouvoir d'aviver l'intérêt de l'homme ; pour le début de l'après-midi — visites de musées et halte au salon de thé — des parfums plus doux, créateurs de sortilèges qui s'épanouiraient le soir à l'heure du cocktail — suivi d'un dîner aux chandelles dans une boîte de nuit — et sous l'empire alors d'un autre extrait imprégné de musc, tout l'arôme d'un balcon couvert de jasmins où venait se pencher la femme fatale d'hier, cherchant à échapper aux lumières et aux intrigues des salons, parfum condensé aujourd'hui dans une goutte de l'extrait « Empire Nocturne », au service de la femme moderne. Suivaient plusieurs pages de collections de fourrures et de robes de soirée. Mabel s'arrêta à une robe longue, noire, à jupe très ample bordée de renard argenté. Elle se rappela que Cecil voulait donner plus tard de grandes soirées dans son estancia. Le point d'orgue de ces pages était un article sur la façon d'harmoniser fourrures et pierres précieuses. Pour le vison clair on recommandait les aigues-marines ou les améthystes, pour le chinchilla uniquement les diamants et pour le vison foncé bagues et broches (de préférence de grands rectangles) d'émeraudes. Mabel lut l'article deux fois. Elle décida d'aborder le thème des bijoux un de ces jours devant Cecil. Elle pensa que Cecil n'avait pas de sœur et que sa mère finirait bien par mourir dans sa maison de North Cumberland, Angleterre. Elle regarda son réveille-matin, il marquait 23 h 52. Elle éteignit la lumière, se releva, ouvrit la fenêtre et regarda du côté du figuier. La cour était plongée dans une obscurité presque complète.

Toujours ce même jeudi 23 avril 1937, Francisco Catalino Paez, connu aussi sous le nom de Pancho, se réveilla comme d'habitude à 5 h 30 du matin et bien qu'il fît encore nuit. C'était la nouvelle lune et le ciel était noir. La pompe était à l'autre bout du terrain où se trouvait la cabane, il se mouilla le visage et le cou, se rinça la bouche. Il dormait sans tricot de corps parce que ça le gênait, l'air dehors était froid et il rentra dans la chambre pour enfiler son bleu de travail. Dans un grand lit il y avait ses deux sœurs qui dormaient et son frère devait se contenter d'un lit de camp. Le lit de Pancho avait un sommier à ressorts et un matelas de kapok. Le sol était de terre battue, les murs de pisé, le toit de tôle. Dans l'autre pièce, il y avait ses parents avec le plus jeune fils de sept ans. Pancho était l'aîné des garçons. La cuisine n'était pas tout à fait terminée. Pancho l'avait commencée avec des matériaux de démolition. Il alluma le brasero, fit chauffer le maté au lait. Il chercha du pain, n'en trouva pas. Il réveilla la mère : au fond d'un sac plein de courgettes elle avait caché deux galettes pour Pancho. Les galettes étaient blanches, faites avec de la graisse et de la farine, les dents de Pancho étaient grandes et carrées mais tachées, noircies par l'eau saumâtre de la pompe. Il pensa que Jean-Charles venait juste de s'endormir et qu'il pourrait se lever à midi s'il voulait mais il n'était pas en bonne santé et lui si. Il pensa à la maîtresse d'école qui devait se lever à sept heures sans avoir dormi, Jean-Charles disait que c'était la plus jolie fille du pays, surtout en maillot. Mais elle était brune. L'autre par contre était blonde et de peau très blanche. La mère lui demanda si les galettes n'avaient pas pris goût de moisi. Pancho dit que non et regarda sa peau foncée d'Indienne, les cheveux couleur de terre, raides, ébouriffés, striés de blanc. Pancho, derrière le grillage du Club, avait vu Mabel en maillot, mais elle était brune. Les jambes de l'autre étaient blanches, elle allait au magasin sans bas. Pancho passa un gros peigne dans la touffe de ses cheveux frisés, les cheveux résistaient. Sa mère lui dit qu'il avait les cheveux épais comme les siens, comme ceux des créoles, et bouclés comme ceux de son père, valencien. Mais ses yeux noirs il ne pouvait les avoir hérités des Indiens, plutôt des Maures qui avaient occupé Valencia dans le temps. La mère lui demanda de durcir les muscles du bras et elle les toucha, son fils n'était pas très grand mais il était vraiment fort, elle pensa aux jeunes ours d'un cirque qui était passé à Vallejos. Pancho pensait que Nelly, elle, se reposait toute la nuit, que sa chambre était près de celle de ses parents et que personne n'aurait pu y entrer sans être entendu. Pancho pensa aux filles du bistrot « La Créole ». Derrière la pompe, la clôture de roseaux était toute noircie, cassée. Pancho, sans savoir pourquoi, chercha autre chose du regard, le soleil se montrait du côté de l'Est, il y avait des nuages rouges tout en haut, d'autres roses et d'autres jaunes plus près du soleil et, par-derrière, le ciel jaune, et plus haut, rose, et encore plus haut rouge et de l'autre côté la cabane couvrait presque tout l'horizon qui était encore noir, puis bleu foncé et quand Pancho se mit en route vers le chantier, les deux côtés de l'horizon étaient bleu clair l'un comme l'autre. Des voisines, déjà levées, balayaient leur cour, buvaient le maté. L'autre n'avait pas des cheveux raides plantés bas sur le front : ses cheveux étaient doux, blonds, avec d'extraordinaires boucles naturelles ; elle n'avait pas de duvet sur les joues, ni au-dessus des lèvres ni au menton ; sa peau était blanche et lisse ; ses sourcils ne se rejoignaient pas comme ceux des chouettes et le blanc de ses yeux n'était pas jaune ; les sourcils étaient à peine deux fils courbes, les yeux clairs — bleus ? — et le nez un peu aquilin mais la bouche rose ; elle n'était pas petite, trapue, grasse : elle était grande comme lui, sa taille aurait pu tenir dans ses deux grandes mains de maçon, la taille s'élargissait vers le haut et il en jaillissait la blanche poitrine, et le pubis des femmes blondes n'avait-il pas de poils ? A « La Créole » il y avait bien une blonde mais elle était teinte et son pubis était brun. Pancho, sans savoir pourquoi, imagina Nelly endormie, les jambes écartées, le pubis sans poils comme une petite fille, et l'été elle allait au magasin sans bas ; elle ne portait pas d'espadrilles, Nelly : elle était chaussée de souliers à talons hauts ; elle ne transpirait pas ; elle n'avait pas à faire le ménage comme une bonne ; Nelly n'était pas une pauvre Indienne : elle parlait comme une artiste de la radio. A 6 h 45 Pancho était sur le chantier. Le contremaître l'envoya décharger un camion de briques avec deux autres maçons. A 8 h 07 le contremaître lui fit creuser un puits en forme de L contre le mur du fond. Pancho n'arrivait pas à enfoncer la pelle, ses compagnons lui dirent en riant qu'il était tombé sur du tuf, la terre la plus dure de la pampa. Les jambes blanches de Nelly, les cuisses foncées des filles de « La Créole », le pubis noir de Mabel, le derrière tout brun de la Nénette, Nelly, la Nénette, le pubis sans poils et tout blanc de Nelly, la poussière de tuf lui collait aux fosses nasales, lui entrait jusqu'au fond de la gorge. A 11 h 45, le contremaître tapa avec un bâton sur une vieille poêle, signal de repos. Pancho se lava le visage sous le robinet et s'escrima du peigne dans sa tignasse. Avant de rentrer chez lui il fit un détour de deux cents mètres pour passer devant la maison du docteur Aschero. Mais Nénette n'y était pas. Pancho avait encore deux kilomètres à faire jusqu'à sa cabane. Sa sœur aînée lui servit des pommes de terre, du potiron bouilli et de la viande de pot-au-feu, comme tous les jours. Pancho lui demanda comment allait son rhumatisme, et qu'elle n'oublie pas de l'avertir quand elle pourrait recommencer à travailler parce qu'il en parlerait au chef de l'entreprise, au propriétaire du four à briques et à Jean-Charles, ils pourraient peut-être la prendre comme bonne. A 13 h 25, Pancho repartit pour le chantier. Le contremaître ne regarda pas sa montre et l'envoya creuser le puits avant l'heure de reprise. Pancho n'avait pas de montre à lui et il obéit, pourtant il était sûr que ce n'était pas encore l'heure mais il prit la pelle et la planta dans le tuf. Il se rappela que le contremaître avait dit du bien de lui devant le chef de l'entreprise et le commissaire de police. A 14 h 35 le contremaître l'envoya à l'ancien commissariat chercher une des grilles pour le cachot, qui venaient d'arriver de Buenos Aires et qu'on avait entreposées dans le bureau du commissaire adjoint. Pancho prit son courage à deux mains et fit part au fonctionnaire de son désir d'entrer dans la police en tant que contractuel. Le commissaire adjoint lui répondit qu'ils avaient en effet besoin de garçons forts comme lui mais qu'il lui fallait faire d'abord des économies pour le cours de six mois au chef-lieu de canton. Pancho demanda s'il fallait payer pour ce cours. Le fonctionnaire lui dit que le cours était gratis et qu'il serait nourri et logé pendant les six mois sans solde, mais le commissaire de Vallejos ne pouvait envoyer des élèves aspirants que si la sous-préfecture le permettait, tout dépendait de la sous-préfecture. Pancho souleva la grille sans effort apparent. Craignant que le commissaire ne sorte sur le pas de sa porte pour le regarder, il refit les trois cents mètres sans prendre le temps de s'arrêter. A 16 h 32, il vit arriver avec plaisir son ami Jean-Charles. A 16 h 45, le contremaître tapa de nouveau sur la poêle. Pancho regardait Jean-Charles, cherchant à déceler sur son visage à la fois les signes de la maladie et ceux d'une amélioration. Lorsqu'ils furent attablés à la buvette, Pancho lui dit de faire très attention à ne pas être découvert dans la maison de l'autre, pourquoi ne se contentait-il pas de Nelly ? Jean-Charles lui répondit que dès qu'il aurait ce qu'il voulait, Nelly ce serait terminé et il fit jurer à Pancho qu'il n'en parlerait à personne : Mabel lui avait promis qu'elle demanderait à l'Anglais de le prendre comme administrateur de ses domaines. Jean-Charles ajouta qu'un seul propriétaire ne pouvait habiter deux estancias à la fois et que l'administrateur était un peu comme le maître de l'une des deux. Pancho lui demanda si ça continuerait avec Nelly une fois qu'il aurait obtenu ce travail. Jean-Charles lui répondit qu'il ne demanderait pas ça s'il connaissait mieux les femmes. Pancho aurait bien voulu apprendre mais il fit semblant de se moquer. Jean-Charles dit que Nelly était comme les autres, si on la traitait bien elle relevait la tête, si on la traitait mal elle filait doux. L'important était que Mabel soit jalouse et n'oublie pas le service qu'elle avait à lui rendre. A 18 h 23, Pancho se lava chez lui à la pompe. A 19 h 05, sa mère et sa sœur aînée rentrèrent à pas lents, marchant avec peine. Sa sœur avait eu très mal aux reins cet après-midi et elles étaient allées toutes les deux jusqu'à l'hôpital voir si on ne pourrait pas leur donner quelque remède. Le médecin leur avait répété que c'était un rhumatisme provenant de ce qu'elle avait travaillé pendant cinq ans comme blanchisseuse, les bras continuellement plongés dans l'eau froide, qu'elle pouvait retravailler mais pas comme blanchisseuse et qu'elle devait se mouiller le moins possible.

A 20 h 05, le pot-au-feu de midi était réchauffé et ils mangèrent tous ensemble. Pancho ne desserra presque pas les dents et à 20 h 30 il se dirigea sans se presser vers le centre-ville. Ses compagnons de travail devaient être certainement au bar de l'auberge. Il pensa que cela pouvait faire mauvais effet que des gens du commissariat le voient dans ce genre de bistrot. Il pensa que cela pouvait faire très bon effet qu'on le voie en compagnie de Jean-Charles, employé de mairie. Une fille sortait de chez le marchand de volaille italien avec deux poulets prêts à rôtir. C'était Nénette. Il pressa le pas et la rattrapa en silence. Ils marchaient presque côte à côte. Il lui souhaita respectueusement le bonsoir. Nénette lui rendit son salut. Pancho lui demanda combien il vendait ses poulets, l'Italien. Nénette répondit à voix basse et ajouta qu'il lui fallait se dépêcher parce que sa patronne l'attendait. Pancho lui demanda la permission de l'accompagner jusqu'au coin du collège du Bon Pasteur. Nénette troublée répondit d'abord que oui et ensuite que non. Pancho l'accompagna et apprit que le dimanche après-midi elle irait à la fête votive du Pré Galicien, la dernière de la saison. Obéissant à la demande de son ami, Pancho lui conseilla de changer de patron et d'aller chez les Saenz. Nénette répondit que ce ne serait pas bien de quitter sa patronne. Au coin du collège du Bon Pasteur, Pancho se demanda s'il ferait les trois kilomètres de mauvais chemin jusqu'à « La Créole ». Il voulait voir ses amies de là-bas, fermer les yeux et penser à une autre. Mais c'était bien loin pour y aller seul, avec Jean-Charles c'eût été différent. Ce n'était pas l'argent qui lui manquait comme il l'avait dit à son ami. Il ramassa par terre une branche émondée d'eucalyptus, elle était flexible, Pancho la courba légèrement en la prenant par les deux bouts, le bois cédait, Pancho augmenta la pression, le bois cédait mais commençait à grincer. La branche n'était pas rugueuse comme les briques, elle était douce ; elle n'était pas lourde comme la grille du commissariat, elle était légère ; la branche n'avait plus son écorce marron et elle luisait, vert clair ; Pancho pressa encore plus fort, le bois grinça, il détendit lentement l'arc puis pressa de nouveau d'un coup sec, le bois grinça et se cassa net. A 21 h 47 Pancho rentrait chez lui. Toute la famille était réunie dans la chambre de sa mère et écoutait un chanteur de tangos à la radio. Pancho avait sommeil et il alla se coucher. Il pensa que sa sœur trouverait difficilement une place de bonne si elle ne pouvait plus laver ni le linge ni la vaisselle et qu'au chef-lieu, six mois sans salaire ce serait long. Il regarda le lit de camp de son frère, sans matelas. Il pensa qu'il avait, lui, un lit avec sommier à ressorts et matelas de kapok ; ça lui avait coûté plus d'un mois de salaire parce qu'il n'avait pas voulu en acheter un d'occasion. Il regretta d'avoir dépensé tant d'argent mais son frère dormait sur un lit de camp et lui pas. Quelques minutes après il était endormi.

Toujours ce même jeudi 23 avril 1937 Antonia Josefa Ramirez, également appelée par certains Nénette et par d'autres Nénouille, fut réveillée par le pépiement des oiseaux sur le caroubier de la cour. La première chose qu'elle vit ce furent tous ces objets amoncelés dans sa chambre : des bouteilles d'eau de Javel, des bonbonnes de vin, des bidons d'huile, une barrique de xérès, des tresses d'ail suspendues au mur, des sacs de pommes de terre, des bidons d'essence et des pains de savon. Sa chambre servait aussi de débarras. En guise de salle de bains elle avait le lavoir au fond de la cour et l'ancien cabinet du jardin. A 6 h 45 elle se lava le visage, le cou et les aisselles. Après quoi elle y appliqua le désodorisant que la patronne lui avait acheté. Avant de mettre son tablier gris à manches longues elle battit des ailes comme un oiseau pour faire sécher les gouttes du liquide rougeâtre car la patronne lui avait dit que sinon ça brûlerait les tissus... Elle alluma la cuisinière à bois et se fit une tasse de café au lait qu'elle avala avec des tartines de beurre... Elle lava des tricots de corps, des caleçons et des chemises du patron jusqu'à 7 h 45. Elle réveilla sa patronne et prépara le petit déjeuner pour toute la famille. Elle mit la table dans la salle à manger de tous les jours près de la cuisine, elle fit griller du pain. Elle lava la vaisselle du petit déjeuner. Elle balaya et épousseta le cabinet du docteur, la salle d'attente, la chambre des enfants, la grande chambre, le salon, la salle à manger, et finalement elle balaya le trottoir. Elle fut interrompue deux fois par la patronne : il lui fallut aller chez le boucher prendre la commande faite par téléphone, et chez l'épicier chercher du râpé. Un des enfants renversa un verre de lait dans la grande salle à manger et la patronne émit l'idée qu'on pourrait en profiter pour laver le carrelage et y passer rapidement un petit coup de cire. A 11 h 30 la patronne l'interrompit encore en lui demandant de mettre la table pour le déjeuner pendant qu'elle allait prendre son bain. A 12 h, la patronne et ses deux enfants, un garçon et une fille, s'assirent à table. A 12 h 30 ils partirent tous les trois à l'école où la patronne était institutrice et les enfants élèves. Pendant ce temps Nénette nettoya la salle de bains, installée avec tout le confort moderne. A 13 h 10 le patron rentra de l'hôpital et Nénette lui servit son repas préparé par la patronne. Le patron lança un regard sur ses jambes et comme d'habitude Nénette prit soin de ne pas trop s'approcher. A 13 h 45, elle s'attabla devant les restes abondants du déjeuner. A 15 h 06 elle avait fini de faire la vaisselle et de laver la cuisine. Quand le patron était à la maison le travail lui pesait davantage parce qu'elle ne pouvait pas chanter en travaillant, tandis que le matin elle pouvait chanter autant qu'elle voulait les chansons des films de sa chanteuse préférée. Elle alla se rafraîchir au lavoir et se coucha pour faire une petite sieste. Elle pensa aux conseils de sa patronne. D'après elle, une bonne ne doit pas se laisser accompagner dans la rue ni danser plus d'une fois avec le même jeune homme dans les fêtes s'il est d'une autre classe sociale. Elle devait avant tout écarter les étudiants, les employés de banque, les voyageurs de commerce, les propriétaires de magasins et leurs employés. On savait que ceux-là finissaient toujours par se fiancer avec des jeunes filles de bonne famille — « en se faisant passer pour de petits saints, Nénette » — et puis après, dans le noir, ils essayaient de séduire les servantes, les plus exposées à cause de leur ignorance. Mme Aschero oublia d'inclure dans la liste les hommes mariés. Elle lui recommanda en revanche tout garçon bon travailleur, mot qui servait à désigner les ouvriers de toutes sortes. Nénette pensa au film où jouait sa chanteuse préférée, qu'elle avait vu le vendredi d'avant : l'histoire d'une bonne de pension de famille qui tombait amoureuse d'un pensionnaire, étudiant en droit. Comment avait-elle fait pour qu'il tombe amoureux d'elle ? La jeune fille avait beaucoup souffert avant de l'obtenir et Nénette s'aperçut d'une chose très importante : la bonne n'avait jamais essayé de le séduire, c'est lui qui s'était mis à l'aimer peu à peu en la voyant si bonne et dévouée, au point de se faire passer pour la mère du bébé qu'avait eu une autre femme, la fille de la propriétaire de la pension. Par la suite, l'étudiant devenait avocat et prenait la défense de la bonne devant la justice parce qu'elle voulait garder le bébé de l'autre à qui elle s'était attachée, mais à la fin tout s'arrangeait... Nénette décida que si quelqu'un d'une autre classe sociale, supérieure à la sienne, lui proposait un jour le mariage, elle ne serait pas assez bête pour refuser, mais en tout cas ce ne serait pas elle qui l'aurait provoqué. Sans compter qu'il y avait beaucoup de garçons bons travailleurs qui lui plaisaient : Minguito le commissionnaire du boulanger, Aurélio le paysan, Pancho le maçon, Chiche le crieur de journaux. Mais demain elle ne pourrait peut-être pas aller comme d'habitude à la séance de cinéma des Vendredis Populaires parce que les patrons avaient des gens à dîner. Sans savoir pourquoi, Nénette ramassa une espadrille par terre et la lança avec force contre une étagère. Une bouteille de Javel tomba et se cassa. Nénette ramassa les morceaux, essuya le carrelage et se remit au lit. A 16 h 00 elle se leva et mit la table pour le goûter de la patronne et des enfants. Elle appela la vieille dame qui était l'assistante du patron et lui offrit sa tasse de thé habituelle. A 17 h 28 elle finissait de laver la vaisselle du goûter, après quoi elle alla jusqu'au magasin « Le Gagne-Petit » pour retirer les torchons que sa patronne y avait commandés. Nelly lui demanda si la nouvelle infirmière était gentille avec elle, ils en avaient déjà changé trois fois depuis son départ. Nénette pensa à son vieux banc d'école, elle s'asseyait au quatrième rang à côté de l'actuelle bonne du maire, Nelly au deuxième rang à côté de Kéla Rodriguez et, au premier rang, Mabel Saenz et Célina Etchepare. Mabel et Kéla allaient bientôt se marier. Le frère de Célina, est-ce qu'il épouserait Nelly malgré l'histoire avec le docteur Aschero ? Avant, Nelly lui donnait ses vieilles robes. Il y avait combien de personnes à Vallejos qui savaient ce qui s'était passé ? Nénette aurait voulu demander à Nelly une autre vieille robe. Nelly lui avait donné tant de jolies choses un peu usagées et pour tout remerciement qu'est-ce qu'elle avait fait ? Mais Célina avait promis qu'elle la recommanderait à la mère de Mabel et comme ils avaient déjà une cuisinière elle aurait moins de travail chez eux ; et puis le docteur Aschero ne serait plus là à lui regarder les jambes. La cloche de la récréation sonnait et Mabel, Célina et Nelly couraient sauter à la corde, un, deux, trois, quatre, cent sauts jusqu'à la deuxième cloche. Nelly fit un paquet de ses torchons et la regarda mais elles ne parlèrent pas comme avant. Oui, Nelly l'avait recommandée au docteur Aschero, on l'avait prise comme bonne grâce à l'infirmière, grâce à Nelly, son ancienne camarade de classe, et lui avait-elle aussi donné des choses usagées ? Oui, un pull-over, une robe, un manteau, des chaussures. Nénette sortit du magasin sans avoir demandé de vieux vêtements. A 17 h 50 elle se mit à repasser les chemises lavées le matin. A 19 h 53 elle mit la table pour le dîner qu'avait préparé la patronne. A 20 h 21 elle alla chez le marchand de volaille retirer les poulets qu'il offrait au patron. A 20 h 40 Pancho le maçon la rencontra et lui parla. Nénette essaya de cacher son enthousiasme. Pancho avait une chemise à manches courtes d'où sortaient deux bras musclés couverts de poils épais et l'on voyait du poil aussi par l'ouverture du col. Nénette sans savoir pourquoi pensa à un gorille redoutable avec des sourcils épais mais bien dessinés, des cils arqués et une moustache couvrant à demi sa grande bouche. La patronne ne serait pas fâchée qu'elle danse avec lui à la fête ; Nénette marchait à côté du maçon, et retouchait sa coiffure de temps en temps ; ses cheveux plats, épais, couleur de terre, étaient plantés très bas sur son front. A 20 h 45 elle passa seule devant le cinéma-théâtre « L'Andalou » où était annoncé pour le lendemain, à la séance des Vendredis Populaires, un film argentin comique. Ce n'était donc pas un film avec sa chanteuse préférée mais elle irait quand même le voir avec la bonne du maire, comme tous les vendredis, cinq centavos les dames et dix centavos les messieurs, et si les invités arrivaient en retard et qu'elle ne puisse pas y aller ? Ça lui était presque égal maintenant ; et la sortie de dimanche ? Pancho serait à la fête et il lui avait même dit qu'il aimerait danser avec elle. Nénette pensa sans savoir pourquoi aux oiseaux qui nichaient dans le caroubier, ils devaient être déjà blottis dans leur nid, bien serrés l'un contre l'autre. Elle eut envie d'être dans son lit, bien au chaud : un soir qu'il faisait froid, la patronne était entrée dans sa chambre pour prendre du xérès au tonneau parce que des amis de son mari étaient arrivés, et en voyant Nénette déjà couchée elle lui avait demandé si elle n'avait pas besoin d'une autre couverture. Nénette eut envie d'être dans son lit bien au chaud et si la patronne entrait dans sa chambre, elle lui raconterait sa rencontre avec Pancho. A 21 h 20 elle s'assit pour manger les restes du dîner. A 22 h 15 elle avait fini la vaisselle et la cuisine. Elle pensa que la journée avait été facile, sans tentures à laver et sans parquet à gratter. A 22 h 25, son patron l'envoya acheter un paquet de cigarettes au bar du coin. A 23 h 02 elle alla se coucher et pensa que si elle se mariait avec Pancho elle se contenterait bien d'une maison d'une pièce avec un toit en zinc mais par exemple elle s'opposerait à ce qu'on garde dans la chambre des choses qui n'y avaient que faire : elle exigerait de Pancho qu'il construise au moins un auvent pour y mettre les bouteilles de Javel, les bonbonnes, les tonneaux, les sacs de pommes de terre, les tresses d'ail et les bidons d'essence.

Soudain elle se rappela que Pancho était ami du frère de Célina et que le frère de Célina fréquentait Nelly. Elle s'était mal conduite avec Nelly, elle n'avait pas tenu sa promesse. Nénette joignit les mains et demanda pardon à Dieu. Elle se souvint des paroles de Nelly : « Si tu me joues un mauvais tour Dieu te punira. »

Sixième livraison

Tangos, enfants de la bohème
perdus dans la boue des faubourgs
à l'heure où les maisons se ferment
et aboient les fantômes de l'amour...
(« Malena », tango)

Cirque des bohémiens, campement provisoire à Vallejos, samedi 25 avril 1937.

Je ne suis qu'une pauvre gitane et je ne te connais pas mais approche et pour un peso je te dirai toute la vérité. Tu m'enverras tes amis, après, parce que je vais tout deviner. Je te dis le présent, le passé, et l'avenir.   Rien que l'avenir ? Bon, alors je te dis rien que l'avenir. D'habitude, quand les tourtereaux se posent ici, ils veulent au moins savoir si la pigeonne les aime. Mais toi, comme t'es beau gosse, ça t'est égal, hein ? Parce que tu es sûr qu'elle tient à toi.   Pour le même prix, mais ça, moi je ne peux pas te le dire, tu es beau mais trop pressé, c'est les cartes qui le diront. Toi, au fond, qu'elle t'aime ou pas, c'est pas ça qui te préoccupe le plus, parce que tu sais qu'elle aurait du mal à en trouver un autre comme toi, t'es comme tous ceux qui sont beaux de naissance, et la mort non plus ça t'intéresse pas parce que t'es jeune et bien portant, ce que tu veux savoir sans doute c'est si tu auras de l'argent, beaucoup d'argent. C'est pas vrai tout ce que je te dis là ? Et pourtant j'ai pas encore commencé à tirer les cartes. Mais avant de te dire l'avenir, dis-moi si tu veux que je te dise le bon et le mauvais ou rien que le bon ? Toi qui es si beau gosse et avec une veste en cuir si chère, tu ne veux pas donner 50 centavos de plus à une pauvre gitane ? Comme ça je te dirai le bon et le mauvais. Coupe de la main gauche. Recoupe encore une fois, ça nous fait le présent, le passé et l'avenir, et maintenant tu retournes les cartes et nous voyons... le roi de trèfle, il ne veut pas me sourire, regarde sa couronne comme elle est bien enfoncée sur sa tête pour qu'elle tombe pas, et sa cape de velours, elle lui pèse mais elle lui tient chaud — un homme brun d'un certain âge qui te veut du mal, ce que tu désires le plus au monde, les sous, eh bien ça justement il ne veut pas te le donner. Et à côté nous avons la dame de pique, elle ne sourit pas non plus, regarde-la, elle a la main tendue, elle veut te donner quelque chose, et regarde ses chiffons rouges tout brodés d'or mais attention, la ceinture est noire, comme un brassard de deuil, et ses cheveux ? Ni blonds, ni bruns, ni roux, tu ne connaîtrais pas une chauve par hasard ? Je n'arrive pas à voir ses cheveux, mais à côté d'elle, heureusement, il y a le deux de pique, regarde comme il est bien pointu, mais pas autant que le sceptre du roi de trèfle, ça veut dire que tu vas faire un voyage par voie de terre, tu connais une femme teinte ou avec une perruque qui a fait un voyage ces der-

niers temps ? Aide-moi un peu, je n'arrive pas à comprendre pourquoi elle a le crâne chauve...
Oui, je sais bien que la dame dessinée sur cette carte est brune mais quand tu as coupé, moi, je l'ai vue chauve. Si tu ne connais pas de femme chauve, ça veut dire que le voyage est pour toi, tu vas faire un voyage pour te sauver de ce que te préparent le vieux et la chauve. Si elle n'avait pas d'yeux, je te dirais que c'est la Fatalité qui te court après et t'attrape, elle, ça lui est égal qu'on soit jeune ou vieux, beau ou laid, la Fatalité est aveugle, mais, chauve, la dame de pique, ça, je ne l'avais jamais vu. Laisse-moi battre les cartes et surtout ne regarde pas pendant que je bats parce que ça fait pleurer les morts. Tu vois qui c'est l'homme brun d'un certain âge ?
Alors, le père de la fille que tu fréquentes ne veut pas de toi chez lui et la chauve l'y aide. La fille, elle est brune ou blonde ? Tu es sûr qu'elle ne se teint pas en brun ou qu'elle ne porte pas une perruque brune ? Maintenant, coupe de nouveau, recoupe encore, de la main gauche, c'est ça, trois cartes. Le cinq de pique, c'est une vilaine carte, ses cinq pointes sont de grosses épines noires. On va te trahir mais ce ne sera ni le vieux ni la chauve. Heureusement qu'à côté il y a l'as de cœur, tu as de la chance. Oui, on va te jouer un vilain tour et du côté où tu t'y attends le moins, mais, même au pire moment, tu t'apercevras qu'à quelque chose malheur est bon. Tiens, une blonde qui t'aime : la dame de cœur, elle te tend une fleur de sa main droite, eh bien t'es verni, elle t'apporte la chance, mais méfiance, parce que moi, les blondes, je ne les aime pas, ce

conseil, c'est à part, ça n'a rien à voir avec les cartes, mais les blondes, tu comprends, elles ont la peau claire pour te faire croire qu'elles ont le cœur clair, elle te met son cœur sur la main et tu vas le regarder, attends, ce que je vois c'est qu'elle se l'arrache son cœur pour te le donner, ne lâche jamais le cœur pourri de la blonde ! tiens-le bien fort ! Un esprit m'a raconté qu'une fois le cœur d'une blonde s'était ouvert en deux comme un œuf et qu'il en était sorti un oiseau de malheur. Mais la petite dame de cœur, même qu'elle soit blonde, elle va t'aider, les cartes le disent, et pourtant, moi, je ne sais pas pourquoi, je ne l'aime pas. Non, la ligne de vie, c'est après, il te faut attendre la dernière coupe, celle de treize cartes, maintenant, coupe à nouveau, deux fois, comme avant. Le sept de carreau ! Mariage ! Envoie-moi des dragées, mon mignon, mais je ne sais pas, tout compte fait, si c'est toi le marié, et même il vaudrait mieux pas, parce que pendant la noce on va renverser le vin, c'est dommage parce que le vin moi, j'aime bien ça, ça fait du bien à la santé mais quand il tourne à l'aigre ça répand pas une bonne odeur. C'est toi ou pas qui se marie ? Non, c'est pas toi parce qu'à côté il nous est sorti une vieille femme, la dame de carreau, elle te veut du bien, celle-là elle est toute prête à te défendre, elle va te couvrir de son manteau plein de galons brodés, qu'ils sont beaux ces galons, comme ils plairaient au roi des gitans, tu sais, mon mignon, le roi il n'a que ces vieilles tentes, si je pouvais, je lui offrirais un manteau comme celui-là, et puis tu as un quatre de trèfle. Non, mon mignon, le quatre de trèfle c'est de l'argent quand il est seul, mais quand il est à côté de la dame de carreau, l'argent c'est les morts qui se l'emportent et il ne reste plus que la Sincérité.

Ils te plaisent, hein, les trèfles à quatre feuilles, tu voudrais bien que ce soit de l'argent, qu'il en pousse aux quatre coins de la carte comme les quatre feuilles du trèfle mais quand cette carte est à côté d'une dame ou d'un valet ça veut dire simplement que ces deux personnes te veulent du bien, elle ne te donnent pas d'argent parce qu'elles n'en ont pas beaucoup mais elles te donnent la Sincérité qui est l'argent des esprits. Non, ce n'est pas ta maman, elle est âgée mais elle ne t'aime pas comme une mère, c'est une bonne personne quand même, mais, mon mignon, il t'en sort de tous les côtés, des femmes ! C'est à cause de la veste en cuir... ou du cintre ? Remarque que je les comprends, t'es un beau morceau, tu n'aimerais pas partir avec le cirque ; je le sais bien, va, que tu n'aimerais pas partir, dommage parce qu'ici le roi nous aurait tout de suite mariés, allez, je plaisante, coupe de nouveau. Maintenant oui tu vas l'avoir ta ligne de vie, tu vas choisir treize cartes parmi celles-là mais ne les retourne pas parce que sans ça les morts ne t'aimeraient pas, il y avait une gitane qui retournait les cartes et les morts lui ont mis du poison dans son manger, parce que, quand un vivant retourne une carte trop tôt, un mort peut tomber du ciel. Oui, il tombe en enfer, parce que si tu retournes une carte trop vite, un mort se laisse tenter, il regarde du haut du ciel et il voit sur terre le corps nu de quelqu'un qui se baigne : alors il lui revient

des idées de péché et les saints l'envoient en enfer et il brûle là-bas au fond, par ta faute.
Maintenant oui, tu peux commencer à retourner les cartes, place-les les unes à la suite des autres, le cinq de pique c'est les racontars, les médisances, les mauvaises langues sont aiguisées comme des couteaux, elles coupent et piquent — mais ça, toi, ça t'est égal, c'est les femmes qu'il tue, le cinq de pique, toi plus on raconte d'histoires, plus ça te convient, pas vrai ? Et le deux de trèfle, c'est un amour partagé, la première fois que je te vois tomber amoureux, parce que jusqu'à présent, des cartes d'amour, il ne t'en était sorti aucune, t'as pas honte, grand dégoûtant, mais je ne vois pas celle que tu vas aimer, il me semble que ce n'est pas une de celles qui sont déjà sorties et si c'est une de ces têtes folles, mon joli, la vie l'a bien changée car je ne la reconnais pas.
Non, le deux de trèfle c'est pas de l'argent, c'est l'amour partagé, tu préférerais que ce soit le reste, hein ? Mais les deux feuilles, là, c'est pas des billets de banque, c'est deux âmes qui s'aiment bien. Non ! ! Mon Dieu, mon joli, pourquoi m'as-tu tiré cette carte-là ? Le quatre de pique c'est une maladie grave !... Mais si, à côté, tu tires un roi, une dame ou un valet, tu es sauvé, attends, que je touche un peu de poudre gitane, toi aussi, touches-en un peu dans cette bourse, et maintenant, retourne l'autre carte... Petit ! Petit ! Le quatre de trèfle, c'est les larmes, mais tu peux encore te sauver, c'est peut-être pour quelqu'un d'autre, vite, décide-toi, retourne l'autre carte...   Je te dis que non, les seules cartes de trèfle qui annoncent de l'argent c'est l'as et le six et elles ne sortent

pas dans ton jeu, si une autre gitane t'a dit le contraire elle t'a raconté des blagues pour te faire plaisir, mais toi tu m'as demandé de te dire le bon et le mauvais. Maintenant, tais-toi et retourne cette carte.   Le valet de carreau ! Tu es sauvé ! Retire le poignard de mon cœur, mon joli, parce que, pour te sauver toi, il ne faudrait pas que je les attrape, moi, le Malheur et les Larmes, jette-moi un peu de cette poudre dans le cou et sur les épaules, attends, que je déboutonne ma robe, vite... pourquoi tu fais le dégoûté ?... que ça soit pas toi au moins le démon que m'avait prédit la défunte Caracole, passe-moi vite cette cendre.
Qu'est-ce que ça peut te faire que ce soit de la cendre, et même que ce serait de la cendre d'humain, non, va, c'est de la cendre de chienne... merci... merci mon beau, parce que la défunte Caracole elle m'avait dit de me méfier des démons et, sans que tu t'en rendes compte, il aurait pu s'en glisser un en toi pour entrer sous ma tente, ça peut arriver à tout le monde.   La maladie ? Quelle maladie ? Ah oui, laisse-moi voir un peu, le quatre de pique, mais je ne sais pas si c'est un brun qui l'attrape, le valet de carreau, un homme très fort et pas méchant du tout, retourne la carte suivante... le six de cœur, regarde-moi ces cœurs si rouges et tous pareils, mais quand je la touche, cette carte, elle est plus froide que les autres, pourtant c'est la carte des baisers, des caresses, l'amour à demi fou, ce doit être celle qui te trahit, je n'y comprends plus rien, retourne l'autre carte... L'as de pique ! L'oiseau de malheur ! Ne me montre pas ta mort ! Mais ce n'est pas pour toi, non, ce n'est pas pour toi, mais fais attention parce que quelqu'un

va mourir de mort violente, l'as de pique après le six de cœur c'est l'annonce d'une mort qui appelle au secours, y a-t-il quelqu'un qui veuille te tuer ? Retourne une autre carte... encore la dame de trèfle ! Comment, c'est la première fois ? Mais non, la chauve, je te dis qu'elle te poursuit. Tu as raison, c'était la dame de pique, je me fais vieille, mon mignon, c'est pour ça que tu ne m'aimes pas... mais alors qu'est-ce que c'est cette dame de trèfle ? Moi je la vois brune, elle n'est pas méchante, et même, avec un peu de chance c'est elle qui crèvera à ta place, vite, l'autre carte ! Le dix de pique... et il se trouve... à la première, troisième, cinquième, huitième place ! la pire de toutes, la plus dangereuse... regarde-moi mon amour, regarde-moi, je veux essayer d'examiner le fond de tes yeux, pour voir si j'y comprends quelque chose, parfois il me faut regarder au fond d'un verre d'eau, ou de vin, ou dans une vitre, dans n'importe quoi qui me serve de miroir, je ne sais pas... mais tu m'as tiré beaucoup de vilaines cartes à la fois, si au moins l'as de pique était à côté d'un trèfle, tu serais sauvé, mais tu n'es pas encore sorti du mauvais pas, laisse-moi te regarder dans les yeux, j'aime les yeux brun clair, mais je ne vois rien, je n'y vois que moi seule, ah mon mignon, si tu savais comme j'étais jolie autrefois, quand un beau gosse de ton genre entrait dans ma tente je demandais toujours à une autre gitane de rester à portée de voix pour le cas où je crierais, ils perdaient tous la tête avec moi !... Tire une autre carte et n'oublie pas que quelqu'un, à côté de toi, va tomber foudroyé, fais bien attention, ne t'expose pas inutilement, je vois du sang et j'entends le cri de quelqu'un blessé à

mort, tire une autre carte... enfin quelque chose de bon, le trois de cœur c'est de la joie, tu vas avoir une grande joie après tant de peine, retournes-en une autre !... le deux de pique, encore ce voyage.
Mais non, grosse bête, ce n'est pas le voyage dans l'autre monde, c'est un voyage par voie de terre et pas très long et il te sera très favorable, encore une carte, il n'en reste plus que deux... le cinq de cœur, c'est une bonne carte, elle signifie que tu vas parler avec quelqu'un et que vous allez vous mettre d'accord, tu vois, beau blond, c'est l'avant-dernière carte, ça veut dire que dans ta vieillesse tu seras heureux et que tu auras une bonne compagne et maintenant, mon joli, touche les cendres, mets la pointe des cinq doigts de la main gauche dans cette bourse... parce que la dernière carte est fatale... choisis bien... retourne-la... La dame de carreau, la vieille !... Tout va bien, mon joli, ça veut dire que tu mourras de vieillesse à côté de ta femme qui sera aussi vieille que toi parce que la dame de carreau c'est une vieille, comme moi...
Tu es satisfait ? Ça te paraît cher, un peso cinquante, pour te dire toute ta vie ?
Non, c'est moi qui te remercie, et n'oublie pas de m'envoyer tes amis, j'espère qu'ils seront tous comme toi ; tu vois, tu pars et c'est mon âme qui s'en va de mon corps...

.. ..

.. ..

La dame de pique chauve, c'est un Mensonge de fille enceinte qui l'est pas, ou c'est la Vengeance d'une mauvaise fille ?... Non, la boule chauve est froide, les cheveux lui tiennent plus la tête au chaud à cette boule de billard, c'est comme l'autre mignon, il a pas voulu rester avec moi parce que c'en est un qui n'aime personne, ni moi ni les autres, la boule elle a l'air saine comme ça du dehors mais le diable lui a fait ouvrir la bouche et lui a craché dedans, et la stupide dame de pique elle sait pas que le crachat du diable c'est du pus... et c'est comme ça qu'elle a perdu tous ses cheveux.

Fête votive du dimanche 26 avril 1937 qui s'est déroulée au Pré Galicien : événements et conséquences

Heure d'ouverture : 18 h 30.

Prix d'entrée : un peso pour les messieurs et vingt centavos pour les dames.

Première danse exécutée par l'ensemble « L'Harmonique de Vallejos » : tango « Don Juan ».

Dame la plus admirée de la soirée : Raquel Rodriguez.

Parfum dominant : celui des eucalyptus entourant le Pré Galicien.

Colifichet à la mode parmi les dames : un ruban de soie noué autour de la tête et mettant en valeur les boucles de l'indéfrisable.

Fleur à la mode pour la boutonnière des messieurs : l'œillet.

Danse la plus applaudie : valse « Du fond de l'âme ».

Danse au rythme le plus rapide : paso doble « El Relicario ».

Danse au rythme le plus lent : Habanera « Toi ».

Moment culminant de la soirée : la présence de

quatre-vingts couples de danseurs sur la piste découverte pendant l'exécution de la valse « Du fond de l'âme ».

Inquiétude parmi la foule : coup de vent à 21 h, précurseur d'une possible averse.

Signal pour marquer la fin de la soirée : les lumières s'éteignent un instant deux fois de suite à 23 h 30.

Heure de fermeture des portes : 23 h 45.

Dame qui conçut le plus d'espoirs en cette soirée : Antonia Josefa Ramirez, également connue sous le nom de Nénette ou Nénouille.

Accompagnatrice de Nénette : la bonne du maire, sa meilleure amie.

Première danse effectuée par Nénette : valse musette « Sur le plancher des vaches », avec pour cavalier Domingo Gilano, également connu sous le nom de Minguito.

Personne qui vint à la fête avec l'intention de faire irruption dans la vie de Nénette : Francisco Catalino Paez, autrement dit Pancho.

Première danse effectuée par Nénette et Pancho : tango « Le plus beau tango du monde ».

Première danse effectuée par Nénette et Pancho joue contre joue : habanera « Toi ».

Boissons offertes par Pancho à Nénette : des orangeades.

Condition exigée par Pancho pour pouvoir parler à Nénette d'une chose très importante pour tous les deux : la raccompagner chez elle sans son amie.

Condition exigée par Nénette : raccompagner d'abord son amie chez le maire avant de repartir seuls vers la maison du Dr Aschero.

Lieu désigné par Nénette pour l'entretien : la porte de la rue de la maison du docteur.

Circonstance défavorable pour Pancho : le fait que la maison du maire se trouve dans la partie goudronnée et bien éclairée de la ville, à deux cents mètres seulement de la maison du docteur, et loin des chemins sombres et bordés d'arbres qui vont au Pré Galicien.

Dame qui conçut une certaine inquiétude à voir Nénette s'éloigner en compagnie de Pancho : la bonne du maire.

Conditions atmosphériques qui servirent les desseins de Pancho : la température agréablement fraîche, 18 degrés centigrades, et l'absence de lune.

Autre hasard : l'arrivée d'un chien vagabond d'aspect redoutable qui effraya Nénette et donna l'occasion à Pancho de faire montre de son courage, ce qui permit à Nénette de se sentir protégée.

Troisième hasard : l'existence d'un chantier dans le voisinage, à quelques pas seulement de leur rue.

Affaire importante dont Pancho entretint Nénette, comme promis : le désir de la voir plus souvent, désir qui, selon lui, l'obsédait nuit et jour.

Raison qu'invoqua Pancho pour faire passer Nénette par le chantier : ne pas prolonger la conversation devant la porte du Dr Aschero afin d'éviter de possibles médisances.

Pensées prédominantes de Pancho près de Nénette dans le noir : les buissons, l'herbe qu'il faut faucher, le contremaître va rappliquer, attrape la pelle, Pancho, coupe l'herbe avec la bêche, il fait noir, pas un chat ne peut nous voir, Jean-Charles lui il saute le mur du fond, il ne reste pas ici dans l'herbe. « Quand t'es avec une fille dans un endroit où personne te voit, perds pas de temps en paroles, ça sert à rien, rien qu'à faire des gaffes », la terre fendillée par la sécheresse, les racines des herbes, la terre comme de la poussière, ces cheveux raides plantés bas sur le front, couleur de terre, les touffes d'herbe moi je te les arrache d'un coup racines comprises, des racines poilues avec plein de mottes de terre, il pousse pas d'herbe dans le tuf, les cheveux de la Nénette ils sont quand même plus doux que les racines d'herbes, on peut les caresser, il y a pas de mottes de terre dessus, qu'est-ce qu'elle est proprette, la Nénette, elle a les bras tout marron, les jambes plus marron encore, elle a beaucoup de poils aux jambes ? non, seulement un petit duvet, elle va au magasin sans bas, qu'est-ce qu'elle doit être douce à toucher la peau de Nelly, tu te laisses pas embrasser, toi ? elle sait même pas donner un baiser, elle a un petit peu de moustache, jambes noires, visage noir, je lui fais une petite caresse ? bien doucement, pauvre noiraude va, les briques je les passe à un autre manœuvre, on les décharge du camion deux par deux ou trois par trois faut voir ce que ça râpe les doigts quand je les passe, ils sont secs comme le tuf. « On va prendre vos empreintes digitales » et le doigt plein d'encre il marquait rien du tout sur le livret militaire, « Vous n'avez plus d'empreintes digitales, la brique a trop usé la peau », rien qu'au petit doigt, le doigt le plus fainéant, je te caresse et tu es bien doucette, « si tu les bouscules pas elles te prennent pour un pauvre type », je vais lui dire qu'elle est jolie, que je l'aime pour de vrai, aussi bien elle le croit, qu'on m'a dit qu'elle est très travailleuse, qu'elle tient la maison de sa patronne bien propre, qu'est-ce que je peux bien lui raconter encore à cette noiraude. Qu'est-ce qu'elle est docile la pauvre, en voilà une qui ne sait rien de rien, ça me fait même de la peine de profiter d'elle, « Si tu te l'envoies pas »... elle croit que je l'aime, elle croit que demain je l'emmène devant monsieur le maire, la moustache de la noiraude, un petit duvet bien doux pas plus, je l'ai portée sur trois cents mètres, la grille, si je voulais je pourrais te casser en deux, regarde comme je suis fort, mais c'est pas pour te battre que je suis fort c'est pour te défendre contre les chiens, qu'est-ce qu'elle est soumise ma noiraude, mais ça te servirait à rien de résister, de toute façon t'es cuite, regarde comme je suis fort...

Pensées prédominantes de Nénette près de Pancho dans le noir : la patronne ne me voit pas et je ne le raconterai pas à mon amie, je n'ai pas dansé avec ceux de la Banque, pas dansé avec les étudiants, pas dansé avec ceux avec qui vous m'avez dit de ne jamais danser, Pancho il est pas de ceux qui profitent des servantes et après vont se fiancer avec les autres, il est bon et il est travailleur, quand la patronne me commande les choses je ne me fais pas prier, le balai je te le prends à deux mains et je caresse pas le sol, avec le plumeau j'enlève toute la poussière des meubles, avec la serpillière mouillée et le savon noir je passe par terre, le savon et le battoir au lavoir, lui il a payé l'entrée un peso pour les messieurs, qu'est-ce qu'elle était fraîche l'orangeade, et moi je suis entrée comme dame et j'ai payé vingt centavos, les filles qui vont au bal, même que ce soient des bonnes elles paient l'entrée comme dames, pareil que les employées de magasin ou les arpettes ou même les demoiselles qui font maîtresses d'école, il a des durillons aux mains, ça me fait des chatouilles, il l'a pas raté le chien ! si un jour le patron se conduit mal avec moi j'appellerai Pancho au secours, il a oublié de mettre les petites baleines au col de sa chemise, les pointes se relèvent au bout, quand je le reverrai je lui donnerai des baleines du patron, ah mon dieu qu'elle est bonne cette chatouille, comme il embrasse fort, c'est peut-être vrai qu'il m'aime ? Ça me donne la chair de poule quand il m'embrasse fort comme ça et qu'il me caresse tout doucement...

Sentiments nouveaux expérimentés par Nénette en quittant Pancho à la porte de la maison du Dr Aschero dans la nuit du 26 avril 1937 : le désir de le retrouver le lendemain dans quelque rue sombre, son col toujours sans baleines, et pouvoir mettre celles subtilisées au Dr Aschero.

Trajet des larmes de Nénette : ses joues, son col, les joues de Pancho, le mouchoir de Pancho, le col de la chemise de Pancho, l'herbe, la terre sèche, les manches de la robe de Nénette, l'oreiller de Nénette.

Fleurs prématurément fanées cette nuit-là à cause de la brusque baisse de température : les lys blancs et les roses thé du jardin du Dr Aschero et aussi quelques fleurs des champs poussées dans les fossés de banlieue.

Insectes nocturnes épargnés : les cafards du chantier, les araignées logeant entre les briques des murs non ravalés, les hannetons volant autour de la petite ampoule suspendue au milieu de la rue et servant à l'éclairage municipal.

Dr J.J. Malbran
Coronel-Vallejos

Dr M. E. Bonifaci
Hostellerie « Saint-Roch »
Cosquin par Cordoba

Cher Collègue,

Je vous demande avant tout d'excuser mon retard dû à mon désir de mieux m'informer sur le cas Etchepare. Je dois vous avouer que je ne comprends pas la réaction du garçon, je le connais depuis qu'il est né, je le considérais comme un caractère obstiné, entêté même mais ne perdant jamais de vue ses intérêts. Je ne sais pas pourquoi il ne se prête pas au traitement. Cette hâte à revenir, je ne sais pas non plus à quoi l'attribuer. Quelque histoire de jupon pourrait bien en être la cause, ce n'est pas à exclure. A cet égard il me revient un détail curieux : j'ai eu connaissance de la gravité de l'état d'Etchepare par une lettre anonyme visiblement écrite par une femme quoique en lettres d'imprimerie et qui me disait que Jean-Charles ne voulait pas venir à la consultation pour que je ne sache pas qu'il était malade, mais qu'il avait craché du sang en sa présence et que je me devais d'éloigner Jean-Charles car ses proches n'osaient pas le lui dire eux-mêmes. Le plus étonnant dans cette lettre c'est qu'elle donnait un détail curieux : elle précisait que c'était entre une heure et trois heures du matin qu'Etchepare se sentait le plus mal.

J'ai bien peur, de toute façon, que vous ne puissiez pas grand-chose pour lui car d'après la conversation que j'ai eue hier avec sa mère, ils ne pourront subvenir aux frais de cure dans votre établissement que jusqu'à la mi-septembre. Vous jugerez vous-même s'il y a lieu de communiquer la nouvelle à Etchepare dès maintenant ou plus tard. Pour une meilleure connaissance des faits, la mère est veuve, sans grandes ressources, une modeste aisance, sans plus. Lui, de son côté, n'a pas d'économies et il est en congé sans traitement. La mère m'a dit par ailleurs qu'il ne lui avait jamais donné un centime pour son entretien, aussi je ne pense pas qu'il se soucie de quitter Cosquin au plus tôt afin d'éviter des dépenses à sa mère. Ce dernier point semble le laisser complètement indifférent. Réellement, je ne comprends pas pourquoi il ne suit pas le traitement.

Je reste à votre disposition. Cordialement à vous

Médecin des hôpitaux
J.J. Malbran

Septième livraison

Adieu Paris je me retire à la campagne
l'ennui me gagne
assez de champagne...
(« Adios muchachos », tango)

Cosquin, samedi 3 juillet 1937

Chérie,

Comme tu peux voir je tiens mes promesses, c'est vrai un peu plus je dépassait le délai prévu parce que demain la semaine finit. Et toi, comment tu va ? Je pari que tu te souviens déjà plus de celui qui t'écrit, quand je pense, c'est tout juste si t'a pas eu besoin d'un drap de lit pour séché tes larmes le jour du départ et aujourd'hui, si j'y faisais pas attention, tu serai bien capable d'aller au bal. Au fond t'as pas tellement pleuré que ça, juste une ou deux larmes de crocodile, surtout pour ce que ça leur coûte aux femmes.

Dis, merveille, quès que t'es en train de faire en ce moment ? tu fais la sieste ? bien, bien couverte jusqu'au menton ? Si seulement j'étais oreillé. Bouillote j'aimerais pas, parce que là-bas dans le fond c'est rien que pieds pas propres et de moi plus question. Oui, vaut mieux pas chercher des trucs bisares, vaut mieux être oreillé, par là-haut au moins tu me racontes des choses et qui sait même ce que je risque d'aprendre, une tireuse de cartes m'a dit de me méfié des blondes, et quès que tu lui demande à ton oreillé ? Si tu lui demande qui t'aime, il te répondra moi, bien sûr, mais les oreillés c'est tous des baratineurs... Bon, mignonne, je te laisse un moment parce que j'entend la cloche du thé, ça me fera pas de mal de me reposé un peu parce que j'ai pas arrêté d'écrire des lettres depuis le déjeuner.

Me revoilà, je voudrais que tu vois comme on est bien soigné, j'ai pris deux fois de thé et trois sortes de tarte, toi qui est gourmande tu te plairait ici. Demain dimanche t'ira au cinéma ? et qui t'achètera ton esquimau à l'entracte ?

Merveille, je t'avais promis de te raconté comment c'est ici, alors je m'exécute. Tout est très joli mais je t'en fait cadeau si tu veux. Moi je m'ennui à cent sous l'heure. L'Hostellerie est toute blanche avec un toit de tuiles rouges, comme presque toutes les maisons ici. Le village est petit et la nuit si un de ces mègrichons tousse ça s'entend à deux kilomètres, tellement c'est silencieu. Il y a aussi une rivière qui descent des réservoirs de la montagne, j'aurai voulu que tu vois l'autre jour, j'ai loué un sulky et je suis allé jusqu'au Versant Nord, là-haut l'eau est glacé, c'est tout couvert d'arbres, mais quand elle arrive à Cosquin elle se réchauffe, parce que par ici c'est tout sec, rien ne pousse, ni herbe, ni plante, le soleil ratisse tout. Ce passage je l'ai recopié tel quel dans toutes mes lettres parce que sinon j'aurais atrapé une crampe à la cervelle de tant réfléchir.

Et quoi encore ? Il paraît que la semaine prochaine il va arrivé plein de touriste à cause des vacances mais, à ce qu'on dit, ils reste pas à coucher dans le village de peur de la contagion, tu parle la contagion, alors qu'il y a pas plus pouri qu'eux. Tu veux que je te dise, je ferai pas long feu ici, d'abord parce que ça coûte les yeux de la tête et total pour quoi, pour se soigner préventivemant, je t'en foutrai du préventivemant, si tous les gens de Vallejos passaient des radios préventivemant, tous mes chers concitoyens rappliquerait ici. Enfin, quès que tu veux, faut bien faire plaisir à ma vieille qui veut voir son petit chéri vite guéri. Et toi belle blonde je te conseille de filé droit parce que j'ai mes sentinelles postés là-bas et à la moindre blague je le saurai, t'y croit pas peut-être ? Si t'a le malheur de faire du plat à un pauvre type j'en serai averti en moins de deux. Non, sérieusement, je ne pourai pas pardonner un sale tour, ne l'oubli jamais.

Ma poupée, j'arrive au bas de la feuille, je ne te parle pas davantage de la vie que je mène ici parce que tu peux la deviner : manger et se reposer.

Quand aux infirmières, elles sont toutes garé des voitures, la plus jeune a du allé à l'école avec mon grand-père.

Je t'embrasse jusqu'à ce que tu cris assez,

Jean-Charles

P.-S. : Répond-moi par retour de courrier comme promis, je m'ennui encore plus que tu crois. Trois pages au moins, comme moi.

Au soleil sur le balcon, il ramasse ses brouillons, repousse sa couverture, abandonne la chaise longue et demande à une jeune infirmière quel est le numéro de la chambre du vieux monsieur qui était en face de lui à table. La porte de la chambre quatorze s'ouvre et le vieux professeur de latin-grec prie son visiteur d'entrer. Il lui montre des photos de sa femme, de ses enfants et de ses petits-enfants. Après quoi il parle de son séjour à l'Hostellerie qui dure depuis huit ans, de son état, stationnaire, de son regret de ne connaître aucun de ses trois petits-enfants pour diverses raisons, surtout pécuniaires. Enfin il prend les brouillons de son visiteur et comme il l'avait promis, corrige l'orthographe des trois lettres : la première de sept pages, adressée à une demoiselle, la deuxième — de trois pages — adressée à la famille et la troisième — de trois pages aussi — adressée à une autre demoiselle.

Cosquin, samedi 27 juillet 1937

Ma chérie,

J'ai ta lettre devant moi, quès que je l'ai attendu, elle est daté du jeudi 8 mais le tampon de la poste de Vallejos est du 10, pourquoi as-tu tellement tardé à la poster ? Comme tu peut voir je suis sur le qui-vive, arme à la bretelle.

Il est d'abord arrivé une lettre de ma sœur, je voudrais que tu vois le ton, une vraie gale, une page et demi écrite en classe pendant que ses élèves dessinnent, ils l'ont dessinnée elle avec ses pattes courtes, je suis fâché avec elle. Ma vieille m'avait juré de m'écrire et puis maintenant elle cale, tout ça parce qu'elle tremble et qu'elle a honte de m'envoyé des gribouillis. Quès que ça peut me faire, c'est quand même une lettre de ma vieille, non. Seulement, ma sœur la critique et elle a perdut confiance.

Si je te disais que depuis presque vingt jours que je suis ici je n'ai reçu que cette lettre et maintenant la tienne. Tiens je dépose les armes parce que je vais avoir besoin de mes deux mains, d'abord je caresse ta petite tête de chat tout doucement du bout des doigts et même, si tu me laisse faire, je déboutone le premier bouton de ta blouse, derrière je te glisse ma main dans ton dos et je le gratte ce petit dos de chat parce que t'es trop mignone. Quelle jolie lettre tu m'as envoyé... c'est vrai tout ce que tu m'y raconte ?

Moi ici toujours la même chose, je ne te raconte pas en détail ce qu'on fait pendant toute la sainte journée parce que je n'aime pas parlé de tout ça. Faut voir ce qui se passe dans ce sana parce que le titre d'Hostellerie c'est du bidon. Y a même des gens qui meure, je voulais pas le croire, mais l'autre jour, une fille de dix-sept ans qui descendait plus à la salle à manger est morte dans sa chambre. Et dire qu'il faut que je me suporte ici, mais si ça continue je tomberai malade pour de bon à cause du mauvais sang que je me fai. Si je leur laisse fouré leur nez partout, je suis frit, parce qu'ils te permette pas ça, sur rien, tu comprends, entre tous ces médecins ça fait un de ces fourbis, ils ne savent même pas qui tu es, si tu es un malade grave ou pas, alors pour pas risqué de se tromper ils donnent le même traitement à tout le monde, un traitement de cheval comme si tu devait passé l'arme à gauche dans la semaine. Mais moi je suis pas fou, je leur raconte pas tout ce que je fais, surtout que c'est pas bien méchant. Faut te dire que l'eau de la rivière à Cosquin est bonne comme tout, et à l'heure de la sieste c'est le moment où elle est la meilleure, mais le réglement exige que tu fasse la sieste ou, faveur suprême, que tu te foute dans une chaise longue au soleil sur le balcon, avec une couverture indiene sur les pieds qui pèse autant qu'un âne mort. Mais votre serviteur il se tire en douce et va piqué une tête dans la rivière. Je me baigne en costume d'Adam parce que j'avais pas apporté de maillot ici, et comme je peux pas emporté de serviette, faut bien que je me sèche au soleil, quès que t'en dis. Parce que si je sort de l'Hostellerie avec une serviette je me fais pincé aussi sec par le portié. Mais il est sensationel le soleil de la montagne, s'il y a pas de vent il te sèche en moins de deux, t'as pas le temps d'avoir froid. Quel mal ça peut me faire ? Si je fais la sieste c'est bien pire parce qu'alors la nuit je tourne et je retourne dans mon lit sans pouvoir dormir et les idées qui me traverse la tête vaut mieux pas en parler.

Ça c'est des choses qu'il y a qu'à toi que je les dis, ma vieille je lui raconte rien de tout ça mais je ne me suporte plus ici parce qu'ici persone guérit. Si tu parle à un type il te dira jamais quand il pense revenir chez lui, la seule chose qui les ocupe c'est les frais, parce que l'Hostellerie c'est ce qu'il y a de plus cher à Cosquin. Il sont toujours en train de dire qu'ils vont plutôt aller dans une pension de famille et qu'ils se feron suivre par un médecin du dehors ou qu'ils vont loué une petite maison et faire venir leur famille. Il y a aussi un hôpital à Cosquin et l'autre jour, je sais pas ce qui m'a pris, j'y suis allé, je sais pas, comme ça, le genre de truc qu'on fait ici par déseuvrement, ma vie. J'aime pour de vrai te dire ma vie, je sais pas, comme ça, et quand on se revera tu me fera oublié tout ce que j'ai vu ici, parce que toi c'est autre chose, tout à fait différent.

Je vais te raconté ce qui se passe à l'hôpital des pauvres, comme ça tu saura comment c'est mais après promet-moi que tu m'en reparlera jamais plus, toi qui est bien portante, tu peut pas t'imaginer le bruit que ça fait leur toux. A l'Hostellerie on entend bien un peu tousser à la salle à manger mais heureusement il y a des haut-parleur avec de la musique pendant qu'on mange.

La première fois que j'y suis allé à l'hôpital c'était un jour où j'était sorti pour allé me baigné dans la rivière. Mais il soufflait une petit vent assez froid, alors je me suis mis à marché devant moi, tout plutôt que d'allé faire cette foutu sieste et quand j'ai pensé retourné j'étais déjà en haut de la colline, devant l'hôpital. Le malade qui a son lit près de la porte dans la salle des cas grave il n'avait pas de visite alors on s'est mis à parlé. Il m'a parlé de lui et comme ils ont le droit de se levé, en pyjama, avec un espèce de peignoir éponge qu'on leur donne, il en est venut deux autres. Ils m'ont pris pour un interne et je leur ai laissé croire.

Je ne voulais pas y revenir mais j'y vai quand même par pitié pour parler un peu avec ce pauvre diable du premier lit et tu me croiras pas mais chaque fois que j'y vais il y a un nouveau malade, tu te rend conte de ce que ça veut dire ? parce que guérir, il y a personne qui guérisse ici, ma vie, quand un lit est libre c'est parce que l'occupan est mort, oui, mais n'ai pas peur, va. Il n'y a là que les malades très grave, c'est pour ça qu'ils meurt.

Et toi maintenant, oubli tout ça, ce n'est pas pour toi, tu es bien portante, toi, rien ne pourait t'entamé, tu es dure, dure comme le petit diamant qu'ils ont chez le miroitier pour couper les vitres, mais les diamants sont sans couleur comme un verre sans vin, il vaut mieux que ce soit plein de vin, tout rouge alors, comme un rubi, ma vie. Ecris-moi vite sois gentille et n'oublie pas ta lettre dans ta poche comme la dernière fois.

Je t'attend avec impatience et je t'embrasse beaucoup

ton Jean-Charles

P.-S. : J'oubliais de te dire qu'à l'Hostellerie je me suis fait un ami ; la prochaine fois je te parlerai de lui.

Au soleil sur le balcon, il ramasse ses brouillons, repousse la couverture et se lève de la chaise longue. Il se dirige vers la chambre 14. Dans le couloir il échange un imperceptible regard complice avec une jeune infirmière. Le malade de la chambre 14 le reçoit avec plaisir. Il se met tout de suite à corriger le brouillon des lettres : une, d'une demi-page, à une demoiselle, la deuxième, de deux pages, adressée à sa sœur, et la troisième, de six pages, adressée à une autre demoiselle. Après quoi, au cours d'une longue conversation, le visiteur raconte l'histoire de sa vie sans presque rien omettre.

Cosquin, 10 août 1937

Ma vie,

Ta deuxième lettre est arrivé en même temps que la deuxième de ma sœur. Evidemment elles se ressemblaient guère... ce qui fait que j'ai lu la tienne à peu près quatre vingt fois et celle de ma sœur deux fois puis adieu je t'ai assez vu. On se rend bien conte quand on vous écrit par obligation. Mais au moins, ma vie, qu'on vous écrive, tu ne va pas me croire si je te dis que ces quatre lettres sont les seules que j'ai reçu depuis que je suis ici, quès qu'ils ont tous ? ils ont peur de se contaminé par lettre ? Je te jure qu'ils me le pairont. Il avait bien raison mon vieux de dire que quand t'es dans le malheur tout le monde te tourne le dos. Je t'ai jamais raconté ce qui lui était arrivé à mon vieux ?

Eh bien mon vieux il possédait avec un autre frère, des terres à quarante kilomètres de Vallejos, qui lui venait de son grand-père. Mon vieux il était expert-comptable, études à Buenos Aires, titres universitaires, tu saisis ? pas un simple aligneur de chiffres comme moi. Bon, mon vieux on l'avait envoyé étudié à la capitale parce que le grand-père s'était rendu conte que le vieux était un phénomène pour les chiffres et l'autre frère qui était un âne il était resté à la ferme à brouter avec les vaches. Bon, le grand-père meurt et mon vieux continue à étudier et l'autre pendant ce temps quès qu'il fait ? il vend la ferme, garde tout l'argent et disparaît en laissant mon vieux sur la paille, ce n'est que bien plus tard qu'on a apris qu'il était à Tandil avec une de ces estancias je te dis que ça. Mais son tour viendra à lui aussi.

Mon pauvre vieux il a bien fallu qu'il avale la couleuvre et il s'est instalé à Vallejos, je te dis pas qu'il était dans le besoin parce qu'il avait du travail par dessus la tête et je ne me rappele pas l'avoir jamais entendu se plaindre mais la vieille, quand il est mort d'une sincope, elle s'est mise à crier comme une folle. Tout ce qu'elle avait sur le cœur. Je me rappelle que là-dessus quelqu'un a sonné à la porte, le matin, après qu'on l'est veillé toute la nuit, ça devait être vers les huit heures et ma mère avait entendu le train de Buenos Aires qui arrivait, à cette époque-là, vers huit heures et demi. Nous étions tous assis sans rien dire et on a entendu le bruit de la locomotive puis le siflet du train qui entrait en gare avant de repartir vers la Pampa. Visiblement la vieille avait pensé que le frère du vieux avait pu arivé par ce train, et comment ? puisque personne l'avait prévenu... Bon, toujours et-il que la sonnerie de l'entré retentit et voilà la vieille qui court au hangar et en revient avec le fusil : elle était sûre que c'était cette fripouille et elle voulait le tuer.

Mais c'était les pompes funèbres qui venait clouer le cerceuil. Et c'est là alors que ça l'a pris ma pauvre vieille, elle s'est mise à hurlé et à se roulé par terre, à dire que son vieux était mort à cause de tout le mauvais sang qu'il s'était fait par la faute de son frère, ce voleur, et que maintenant ses deux enfants n'avaient pas la ferme à la quelle ils avait droit, quc son vieux avalt été bien trop désinteresé et qu'il n'avait pas protesté ni intenté de procès à ce filou mais que maintenant c'était sa femme et ses enfants qui en portait les conséquences. Bon, pas la peine de t'embêter plus longtemps avec tout ça, mais la nuit quand je peux pas dormir c'est toujours ce qui me revient en tête.

Que tout est loin, tu trouve pas ? Et toi aussi tu es loin, mon rubi. Et maintenant il faut que je t'explique pourquoi je ne t'ai pas répondu par retour du courier, pourquoi j'ai laissé passé plusieurs jours... J'ai tellement pensé à toi et à d'autres choses, c'est maintenant que je suis loin que je me rend conte d'unc chose... Je veux te le dire mais c'est comme si quelque chose arretait ma main, quès qui m'arrive, ma blonde ? je ne sais pas si je sentais la même chose avant, peut-être bien que je le sentais et je ne m'en rendais pas conte, parce que maintenant je sens que je t'aime, tellement.

Si je pouvais t'avoir près de moi, si je pouvais te voir ariver par l'autobus de Cordoba il me semble que je guérirai de ma bronchite d'un coup, rien que la joie que j'en aurai. Et pourquoi ce ne serait pas possible ? Tout ça à cause de ce maudit fric, si j'en avais, du fric, je t'enverrai aussi sec un mandat pour que tu puisse venir passer quelques jours ici avec ta maman. Ma vie, tu me manque, avant de recevoir ta lettre, je me sentais tout drôle, j'avais peur de tombé malade pour de bon mais maintenant chaque fois que je relis ta lettre je reprend confiance. Quès qu'on va être heureux, mon rubi, je vais boire tout le vin qui est en toi, j'en atraperai une bonne cuite, c'est sûr, mais une joyeuse cuite, quès que ça fait si après tu me laisse faire une petite sieste près de toi, n'ai pas peur, tu garderas ta blouse de magasin et ce sera en présence de ta mère, rien qu'elle pour nous surveillé, et ton vieux, il est tranquille maintenant que je suis parti ? y a plus personne pour piétiner ses semis.

Bon mon amour, écris moi vite une de ses jolis lettres comme tu sais les faire, et envoi la vite, ne la rumine pas comme moi.

Je t'aime pour de bon.

Jean-Charles

P.S. — J'oubliais encore de te doner le bonjour de la part d'un vieux monsieur très gentil qui est en traitement ici comme moi. Je me suis permit de lui montré tes lettres et elles lui ont beaucoup plus et remarque que c'est une personne très instruite, ancien professeur d'Université. Moi par contre il me dis que je suis un âne bâté pour écrire.

Au soleil sur le balcon il ramasse son brouillon, repousse la couverture, abandonne sa chaise longue et se dirige vers la chambre 14. Il est aimablement reçu et après avoir assisté à la correction de l'unique lettre il est obligé de se retirer à cause d'une brusque attaque de toux et des sueurs froides. Le pensionnaire de la chambre 14 pense à la situation de son jeune ami et à ses possibles dénouements.

Questions que se posa le pensionnaire de la chambre 14 considérant le cas de son ami

Jean-Charles oserait-il proposer le mariage à une femme s'il connaissait la gravité de son mal ?

Jean-Charles avait-il conscience de la gravité de son mal ?

Nelly, au cas où elle serait vierge, accepterait-elle d'épouser un tuberculeux ?

Accepterait-elle au cas où elle ne serait pas vierge ?

S'il était vrai que Jean-Charles éprouvât pour Nelly un sentiment sérieux, et s'il se proposait de la demander en mariage à son retour à Vallejos, pourquoi alors se rappelait-il si souvent sa maladresse en ce jour lointain où elle lui avait offert un verre débordant de liqueur faite maison posé sur le plateau du déjeuner ?

Et pourquoi répétait-il sans arrêt que Mabel était égoïste et même méchante mais qu'elle savait s'habiller et servir le thé impeccablement ?

Huitième livraison

Amor amor amor
doux chant d'espoir
qui dans le soir
vers toi s'élève
amor amor amor
si l'on attend
par trop longtemps
l'amour s'envole

(« Amor », boléro)

Cosquin, 19 août 1937

Ma vie,

J'ai reçu ta lettre à midi, juste avant de passé à la salle-à-manger et je te répond aussitôt. Aujourd'hui je n'ai pas honte comme l'autre jour, je vais te dire tout ce que je ressens, je suis si content que j'ai envie de sauté de ce balcon dans le jardin en bas, ça fait d'ailleur un bout de temps que j'en ai envie, c'est très haut mais aujourd'hui je sens que je retomberai bien d'aplomb sur mes pattes et qu'après je détalerai comme un chat sans rien m'être cassé.

Tu vas dire que je suis méchant mais une chose m'a bien plus dans ta lettre c'est que le chef de rayon te gronde parce que tu vas trop souvent aux cabinets, pour te cacher quand tu as envie de pleurer à cause de moi. Bécassinette, il ne faut pas pleuré, mais c'est vrai que tu m'aimes tant que ça ?

Je te fais aujourdhui une promesse : je promet de bien suivre toutes les indiquations des médecins, l'autre jour ils m'ont sonné les cloches, puisque nous sommes séparés, autant que ça serve à quelque chose, comme ça quand tu me vera revenir à Vallejos on sera sûr que je suis complètement guéri, et que je n'aurai pas à revenir ici, c'est pas que ce soit môche, Cosquin, mais c'est loin de toi et ça oui c'est môche. Alors il faut que tu me promete une chose : que tu n'ira plus pleuré en cachette même si je dois rester ici jusqu'à la fin de l'année, seulement tu peux être sûre que quand je partirai d'ici je serai complètement guéri. Ça revient un peu cher mais la santé n'a pas de prix. Quand je reviendrai à Vallejos nous commenceront une nouvelle vie, unis pour toujours, tu veux bien de moi ? Tu peux commencer à faire des plans.

Pour dire la vérite, je n'ai pas été sérieux avec le traitement, mais à partir d'aujourdhui tout va changé, ce qui va le plus me couter c'est de ne plus prendre de bain dans la rivière parce que le médecin l'a su et j'ai cru qu'il allait me fiché dehors à coups de pied. Mais maintenant je suis si content, c'est drôle, je me rappele le jour où mon vieux m'a donné la permission d'allé à bicyclette jusqu'à la propriété qui avait apartenu au grand-père, à 20 kilomètres de Vallejos. J'en avais tellement entendu parlé que je voulais voir comment c'était, j'avais quelque chose comme neuf ou dix ans et en arivant là-bas j'ai vu qu'il y avait un autre gosse près de la belle maison qu'on venait juste de construire. Le gosse était avec un petit poney, tout seul, parce qu'on le laissait pas joué avec les enfant des journaliers, c'était le fils du patron et il m'a demandé la moitié des sandwichs que m'avaient préparé la vieille. Et quand sa bonne est venu le cherché pour déjeuner elle a vu qu'il était en train de manger alors elle m'a fait entré pour que je mange avec eux. Elle s'était rendu conte que j'étais pas un va-nu-pied et ils m'ont fait assoir à table avec eux, mais d'abord on nous a emmené nous laver les mains et la mère

Au soleil sur le balcon il interrompt sa lettre, repousse la couverture, abandonne sa chaise longue et se dirige vers la chambre 14. Il y est cordialement reçu. Comme d'habitude il donne son brouillon mais introduit une variante : il voudrait cette fois une aide pour le style plutôt que pour l'orthographe. Ce qu'il voudrait c'est envoyer une lettre d'amour très bien écrite. Sa proposition est accueillie avec enthousiasme, le professeur lui propose immédiatement de composer une lettre qui comparerait la jeune fille au Léthé et il lui explique en détail que c'est un fleuve mythologique situé à la sortie du Purgatoire, où les âmes purifiées se baignent afin d'effacer les mauvais souvenirs avant de s'envoler pour le Paradis. Le garçon se met à rire moqueusement et trouve l'idée « trop romanesque ». Son interlocuteur se vexe et ajoute qu'un malade doit se méfier des promesses des femmes :

surtout si elles offrent beaucoup, il se peut que ce soit par pitié et non par amour. Le garçon baisse les yeux et demande la permission de se retirer pour se reposer un peu pendant qu'on rédigera la nouvelle version de la lettre. Arrivé à la porte, il relève les yeux et regarde le vieux professeur en face. Celui-ci en profite pour préciser qu'il est injuste de soumettre une jeune fille à un pareil destin. Une fois dans son lit, le garçon essaie de faire la sieste prescrite par le médecin. Il obtient un repos relatif, son état nerveux ne lui permet qu'un sommeil agité de nombreux cauchemars.

Images et paroles qui passèrent par l'esprit de Jean-Charles pendant qu'il dormait : un four à briques, des os humains avec des croûtes et des coulures de graisse, un feu de braise en pleine campagne, un animal qui y rôtit lentement ; des paysans cherchent du bois mort pour alimenter le feu, le paysan chargé de surveiller le rôti boit une bouteille entière de vin, il s'endort et laisse brûler la viande, le vent ravive les braises et des flammes grésillent ; un mort exposé au feu, cloué sur le gril, une broche verticale lui traverse le cœur et le cloue en terre, une autre broche lui traverse les côtes et le maintient bras étendus, le mort bouge et gémit, il est réduit à des os recouverts à certains endroits de peau sèche et noircie, des os humains salis de graisse noire ; un long couloir sombre, un cachot sans fenêtre, des mains de femme qui portent un chiffon mouillé et du savon, une tasse pleine d'eau tiède, une femme vue de dos va à la rivière remplir la tasse de nouveau, Nelly frotte le chiffon entre ses mains et il en jaillit une écume très blanche, elle lave soigneusement les os tombés dans la cendre du feu, « vous ne trouvez pas, Jean-Charles, qu'elle est belle cette idée du fleuve Léthé où on laisse les mauvais souvenirs au passage, ces âmes qui avancent d'un pas incertain, tout leur rappelle des tourments passés, elles voient la douleur où elle n'existe pas, parce qu'elles la portent en elles et la répandent sur leurs pas, salissant toute chose » ; une seringue à grosse aiguille s'enfonce entre les côtes d'un torse large et viril, grâce à l'anesthésie le malade ne souffre pas et il remercie l'infirmière Nelly, soudain le garçon hurle de douleur parce qu'une autre main lui fait une piqûre au cou, Nelly enlève quelques croûtes sur les os et quelqu'un l'en remercie, le docteur Aschero plaque Nelly contre le mur dans un couloir de l'hôpital et lui soulève les jupes de force, un autre couloir plus long et sombre où il y a des os éparpillés, Nelly prend un balai et les balaie avec soin pour que les os ne s'abîment pas, Nelly est la seule qui soit vivante, « les âmes sortent de ces noires cavernes expiatoires et des anges lumineux leur montrent un fleuve aux eaux transparentes. Les âmes s'approchent craintives », les os sont creux et ne pèsent pas, un grand vent se lève et les emporte, les os volent dans les airs, le vent les emporte avec la poussière et les vieux papiers, « les âmes finalement se lavent dans les eaux, aveuglées par un voile de peine qui leur cache toute chose puis enfin elles lèvent les yeux et voient pour la première fois la face du ciel. Ote, Jean-Charles, ce voile de peine, il peut te cacher les cieux les plus clairs » ; il vient une fumée d'un tas d'ordures qu'on brûle, le vent violent soulève des ordures en tourbillons et les emporte au loin, le vent arrache le toit des maisons et déracine les arbres, il y a des tôles qui traversent les airs, des os tombés dans l'herbe, un étang à l'eau stagnante, une eau croupie, quelqu'un demande un verre d'eau à Nelly, Nelly n'entend pas parce qu'elle est loin, quelqu'un demande à Nelly un verre d'eau par pitié parce que la soif est insupportable, Nelly n'entend pas, quelqu'un demande à Nelly de lui changer sa taie d'oreiller, Nelly regarde les taches de sang sur l'oreiller, quelqu'un demande à Nelly si ça la dégoûte, un malade jure à Nelly qu'il n'a pas toussé et que ce sont des taches d'encre rouge, Nelly ne veut pas le croire, quelqu'un dit à Nelly que c'est de l'encre rouge ou de la sauce tomate mais pas du sang, une femme étouffe un éclat de rire mais ce n'est pas Nelly, cette femme cachée rit à cause de la blouse d'infirmière de Nelly qui a de grandes taches de sang, quelqu'un demande à Nelly si quand elle était infirmière sa blouse était tachée de sang, d'encre rouge ou de sauce tomate, Nelly apporte un verre d'eau au malade qui a soif, le malade lui promet de ne plus se baigner dans la rivière, le malade promet à sa mère de se raser avant d'aller au travail et de manger tout ce qu'on lui servira, le train en provenance de Buenos Aires arrive par un matin froid à la gare de Vallejos, le train arrive mais il fait nuit, Jean-Charles est mort dans un cercueil, la mère de Jean-Charles entend le sifflet de la locomotive et échange un regard avec Célina, Jean-Charles raconte à sa mère qu'en toussant il s'est étouffé dans son propre sang et c'est pour ça que l'oreiller du cercueil où sa tête repose est taché de sang, la mère et la sœur vont sous le hangar, Jean-Charles noyé dans son sang essaie de leur crier qu'elles ne tuent pas l'oncle, qu'elles ne prennent pas le fusil, l'oncle frappe à la porte, Jean-Charles essaie de le prévenir du danger qu'il court, l'oncle entre et Jean-Charles constate qu'il ressemble beaucoup au pensionnaire de la chambre 14, Jean-Charles assure à son oncle qu'il s'est corrigé, qu'il se rase tous les matins et qu'il est devenu très travailleur, l'oncle tient des documents dans sa main et Jean-Charles forme l'espoir que ces papiers le rendront propriétaire des estancias de l'oncle, Jean-Charles cache sa pensée à l'oncle et s'offre comme simple administrateur des domaines, l'oncle ne répond pas mais sourit avec bonté et se retire dans la chambre 14 pour se reposer, Jean-Charles décide que quand l'oncle se réveillera il lui racontera que sa mère et sa sœur ont toujours dit du mal de lui, l'oncle revient intempestivement et Jean-Charles lui reproche d'habiter la chambre 14 au lieu de rester dans son estancia, Jean-Charles entend des pas, sa mère et sa sœur arrivent avec le fusil, Jean-Charles essaie en vain de prévenir son oncle du danger qu'il court, Jean-Charles est mort dans son cercueil et il ne peut rien faire, le canon du fusil est large et la tête du pensionnaire de la chambre 14 se brise comme une coquille d'œuf, les taches sont de sang, Jean-Charles pense qu'il n'aura besoin de mentir à personne et qu'il dira à tout le monde que c'est du sang et pas de l'encre rouge ni de la sauce tomate.

Cosquin, 31 août 1937

Ma vie,

J'attendais une lettre de toi aujourdhui mais elle n'est pas venu. Je t'écris quand même parce que je viens de recevoir une lettre de la maison et que je suis un peu pommé. Je crois qu'il va falloir que je retourne à Vallejos et après je reviendrai dès que possible finir ma cure. En plus, ma vieille voudrait que j'aille voir personellement les locataires des deux maison pour essayer d'augmenté les loyers.

Sais-tu une chose ? Le médecin dit que je vais mieux, c'est que je lui obéis en tout maintenant.

Je t'embrasse très fort.

Jean-Charles

Il prend la feuille écrite sans brouillon préalable, la met dans une enveloppe et va vite la remettre au portier avant la levée quotidienne de 16 heures. La température est élevée pour la saison, il ne souffle pas de vent. Il pense à l'eau tiède de la rivière. Il se dirige vers la chambre 14 pour proposer une partie de cartes jusqu'à l'heure du thé.

Cosquin, 9 septembre 1937

Ma vie,

Il est bien possible que j'arrive avant ces lignes mais j'ai quand même besoin de parlé un peu avec toi. Je ne me sens pas bien, moralement je veux dire.

Maintenant je te demande une chose, et c'est très sérieux : ne dire à personne, pas même chez toi, que je reviens sans avoir fini ma cure. J'avais l'espoir jusqu'au dernier moment que ma sœur et ma mère pouraient arranger les choses sans que je sois obligé d'allé là-bas mais il y a pas eu moyen. La mairie ne veut pas prolonger le congé, quès que ça peut bien leur faire puisque c'est un congé sans solde.

Je pense que si je peux tout arangé je reviendrai ici le plus vite possible. Tu vois, ma blonde, de parlé un peu avec toi m'a déjà fais du bien, quès que ça sera quand je te reverrai !

A bientôt. Je t'embrasse et te prend dans mes bras.

Jean-Charles

Au soleil sur le balcon il ramasse ses brouillons, repousse la couverture, abandonne sa chaise longue et regarde autour de lui, cherchant quelque chose de nouveau pour distraire son regard. Il ne trouve rien. Il pense que la jeune infirmière Mathilde sera de garde ce soir, prête à accourir au moindre appel. Il désire intensément une cigarette. Il observe le ciel. Il n'y a pas de nuages et pas de vent. Et bien que l'heure du thé soit proche il décide d'aller se baigner, parce que c'est la dernière fois qu'il pourra aller nager, son départ étant fixé pour dans trois jours.

MINISTÈRE DE LA SANTÉ PUBLIQUE
PROVINCE DE BUENOS AIRES
HÔPITAL DE CORONEL-VALLEJOS

Date : 11 juin 1937
Section : Médecine générale
Médecin : Dr Juan José Malbran
Patient : Antonia Josefa Ramirez
Diagnostic : grossesse normale
Symptômes : dernières règles deuxième semaine d'avril, vomissements, nausées, examen clinique confirmant le diagnostic
Notes : admission prévue Salle Maternité pour la dernière semaine de janvier. Patiente domiciliée 488, rue Alberti, célibataire, domestique chez M. Antonio Saenz, n'a pas révélé le nom du père présumé.

Passer un duplicata à la Salle de la Maternité

POLICE DE LA PROVINCE DE BUENOS AIRES

Commissariat : Coronel-Vallejos
Destination : Archives locales
Date : 29 juin 1937
Texte : La présente pour certifier que se sont embarqués à destination du chef-lieu de canton, ce même jour à 19 heures 15 les aspirants-gendarmes, à savoir : Narciso Angel Bermudez, Francisco Catalino Paez, et Federico Cuello. Ils étaient accompagnés du brigadier-chef, Romualdo Castaños, porteur de la documentation nécessaire, à savoir les livrets militaires et le dossier complet pour l'inscription de chacun des aspirants. Le brigadier-chef Castaños les accompagnera dans le transbordement de la gare Once

à la gare de la Constitution où ils embarqueront dans le premier train disponible à destination de La Plata où ils devront se présenter sans délai à la 2e Division de la Police Régionale. Le début des cours est prévu pour le premier août et pour une durée de six mois.

Benito Jaime Garcia
Sous-commissaire

MINISTÈRE DE L'AGRICULTURE
DE LA PROVINCE DE BUENOS AIRES

PLAINTE DÉPOSÉE - Copie pour archives

En date d'aujourd'hui ont été présentés au troisième bureau le Certificat de Vente et la Plainte déposée devant le commissariat de Coronel-Vallejos par M. Cecil Brough-Croydon, domicilié à l'estancia « Percival » dépendant de Coronel-Vallejos, contre M. Antonio Saenz, adjudicateur des ventes, domicilié au 468, rue Alberti à Coronel-Vallejos, l'accusant d'avoir vendu au susdit un bétail avec des vices rédhibitoires tels que tique et charbon.

...l'autobus, les cahots, la poussière, la vitre, les prés, les clôtures, les vaches, les prés, le chauffeur, sa casquette, la vitre, un cheval, une ferme, un poteau télégraphique, le dossier de devant, les jambes, la raie du pantalon, les cahots, les fesses, défense de fumer, le chewing-gum, la vitre, la campagne, les vaches, les prés, le maïs, le trèfle, une carriole, une ferme, une épicerie de campagne, une maison, Débit de Boissons « La Créole », le champ de tournesols, « Club Siège Sportif », les cahutes, les maisons, la vitre, les réverbères, les chemins de terre, les rues goudronnées, Antonio P. Saenz Notaire, Dr Aschero Cabinet de consultation, le trottoir carrelé, les lumières, « Au Gagne-Petit », Banque de Galice, Entreprise de Transports « La Flèche de l'Ouest », les coups de frein, les jambes, les crampes, le chapeau, le poncho, la valise, « Au Gagne-Petit », Cabinet du Dr Aschero, Bar de l'Union, la sueur, les aisselles, les pieds, l'aine, les démangeaisons, les voisins, le trottoir, la porte de la rue ouverte, ma mère, son châle noir, ses bras, ses larmes, le couloir, le vestibule, la valise, la poussière, le poncho, la toux, la peau bronzée, cinq kilos de plus, Cosquin, la mairie, l'augmentation des loyers, la prolongation du congé, l'Hostellerie, le budget, le médecin, le diagnostic, le traitement, la radiographie, la chambre, le lit, la table de nuit, le poêle à mazout, l'armoire, la salle de bains, l'eau chaude, le lavabo, le porte-serviettes, la serviette, le poêle, la glace, le tuberculeux, l'athlète, l'organe sexuel, la peau bronzée, la sueur, les démangeaisons, les crampes, le robinet, le jet d'eau chaude, le savon, l'écume, le parfum, Nelly, l'infirmière Mathilde, Nelly, Mabel, Nelly, Nelly, Nelly, la bague de fiançailles, l'eau tiède, le tapis de bains, les babouches, les gouttes d'eau, la serviette, le poêle, les flammes, le frisson, le linge de corps, le rasoir, le savon, la barbe, l'eau de Cologne, le peigne, les crans, la table, ma mère, ma sœur, les assiettes, la serviette, les nouvelles de Vallejos, les animaux malades, le scandale, Mabel, l'Anglais, la plainte déposée, la banqueroute, Mabel, la soupe, la cuillère, les petits dés, les animaux malades, tique et charbon, l'escroquerie, le pain, une cuillerée d'extrait de viande dans la soupe, les fiançailles rompues, l'estancia, les estancias, le vin, le soda, l'eau, le bifteck avec la purée, le pain, le vin, ma mère, le congé, le salaire, le budget, le pique-nique, Mabel, les gémissements, les larmes, le couteau, la fourchette, le bifteck, la purée, le vin, la banqueroute, son poste d'institutrice, l'escroquerie, la honte, ma douce femelle, le pique-nique, ses bras, les baisers, la douleur, le sang, l'herbe, les joues, les lèvres, les larmes dans la bouche, l'Anglais, la plainte déposée, l'escroquerie, la banqueroute, le déshonneur, la pauvreté, la purée, les pommes au four, le sirop, ma mère, ma sœur, le café, neuf heures et quart, la nuit, le froid, le poncho, le trottoir, le vent, les chemins de terre, le coin de rue, le portillon, le troène, Nelly, ma fiancée, la mère, le père, la cuisine, la table, la toile cirée, Cosquin, le traitement, la guérison, la mairie, mon emploi, les plans, les intentions, le père jardinier, le trottoir, le portillon, Nelly, le père, les semis, le troène, le trottoir en terre, la maison sans crépi, son emploi d'empaqueteuse, sa peau blanche, ses lèvres, le froid, le vent, le portillon, la lumière dans la cuisine, la mère dans la cuisine, les promesses des femmes, « tu n'es pas complètement guéri, mais il s'en faut de peu, je suis sûre que d'ici la fin de l'année tu seras complètement guéri, c'était fatigant le voyage en autobus ? » la chambre 14, le vieux, t'aurais le courage d'épouser un malade ? « moi ça m'est égal, mais ça, il vaut mieux pas... enlève cette main, Jean-Charles », le docteur Aschero, ma sœur, les médisances, « pas avant la nuit de noces, soyons sages encore quelques mois comme ça tu seras complètement guéri, mais j'ai peur qu'on nous voie devant le portail, et après tu m'aimeras encore ? attendons encore un peu qu'ils soient endormis, Jean-Charles, mais souviens-toi que c'est parce que c'est toi qui me l'as demandé », ils vont me renvoyer de la mairie ? et elle de l'école ? tous les deux seuls, n'importe où, d'amour et d'eau fraîche, non, si ce n'est pas toi qui me le demandes je ne te toucherai pas le petit doigt, demande-le-moi toi, Nelly, montre-moi que tu m'aimes tout à fait, pour toujours, que ça t'est égal, « non, mon chéri, si c'est moi qui te le demande tu vas penser du mal de moi et ça, jamais, et puis papa et maman peuvent venir, et moi j'ai peur, pourquoi les hommes sont comme ça ? ça ne te suffit pas de me tenir dans tes bras ? » le portillon, le troène, le vent, le froid, « Jean-Charles ! ne sois pas fâché, ne t'en va pas ! », le coin de la rue, les rues goudronnées, les réverbères, les trottoirs, les maisons, les volets fermés, les portes fermées, l'obscurité, le chantier du commissariat, l'entrée terminée, la chaîne, le cadenas, Mabel, Mabel, Mabel ! j'ai envie de te voir, demain, quand il fera jour, je te dirai que je suis revenu... parce que je suis guéri ! et que ça m'est égal que tu sois ruinée, à quelque chose malheur est bon, quelle chance que je sois revenu ! le réverbère, le trottoir, l'asphalte, le vent, le froid, l'obscurité, le chantier, l'entrée terminée, la chaîne, le cadenas, à quelque chose malheur est bon

2.

J'ai dansé d'autres tangos à la ronde
Mais aucun n'égalera celui-là.

Neuvième livraison

> Oui, je sais bien qu'un beau jour on revient
> mais j'hésite, ce jour est si loin...
> N'y croyons-pas, disons-nous,
> toi et moi, qu'on se voit pour la dernière fois.
> (« Bésame », tango)

RÉSUMÉ : A son retour de Cosquin, Jean-Charles Etchepare chercha en vain à revoir Maria-Mabel Saenz ; la jeune fille était partie en voyage non sans avoir auparavant demandé à l'Académie un congé qui lui fut aussitôt accordé, congé avec traitement. Ses parents l'accompagnèrent à la gare et restèrent sur le quai jusqu'à ce que le train eût disparu en direction de Buenos Aires. Un entretien entre le Dr Malbran et le maire décida peu après du sort de Jean-Charles : le jeune homme n'était pas encore en état de reprendre son travail et on ne pouvait pas prolonger son congé. Il fut donc renvoyé sans autre formalité et ce fait eut aussitôt une fâcheuse répercussion au foyer de Nelly Henriette Fernandez où l'on put entendre les accusations suivantes : « Et moi, en tant que père de Nelly, j'ai le droit de vous poser ces questions », « Si vous ne pouvez pas reprendre votre travail c'est que vous êtes malade », « Comment avez-vous le front d'approcher ma fille si vous êtes encore contagieux ? » « Mais vous n'avez aucune conscience ! Et si vous me la contaminez ? » Jean-Charles se vexa, persuadé qu'un jardinier n'avait pas à lui parler sur ce ton. Mais les journées passées au bar étaient longues et comme il n'osait confier ses soucis à personne, il se mit à regretter Pancho. Jean-Charles aurait bien voulu que son ami abandonnât ses cours au chef-lieu pour venir lui tenir compagnie et, en parlant avec le commissaire au cours d'une partie de poker, il fit une allusion involontaire à la grossesse de la bonne des Saenz.

27 janvier 1938

A 12 h 48 Nelly Henriette Fernandez s'accorda un moment de répit au milieu des occupations de la journée ; elle s'essuya les lèvres à sa serviette, la plia et la laissa sur la table avec l'intention d'aller faire une sieste d'une heure. Dans sa chambre, elle enleva ses chaussures et la blouse bleue du magasin. Il faisait 39° C à l'ombre. Elle retira le dessus de lit et s'étendit sur le drap. Elle chercha une position commode, sur le côté. L'oreiller la gênait, elle le repoussa. Elle se mit à plat ventre. Bien qu'elle eût enlevé ses chaussures, ses pieds lui faisaient mal, la peau était irritée entre les doigts à cause de la sueur ; sous le pouce droit, la brûlure d'une ampoule se calmait insensiblement. D'une main, elle réajusta ses épingles pour libérer son cou de la masse des cheveux et les remonter sur le haut de la tête. Son cou était recouvert d'une mince couche de sueur presque imperceptible, une goutte glissa de son cuir chevelu, puis une autre. Les bretelles de son soutien-gorge et de sa combinaison, humides elles aussi, rentraient dans sa peau, elle les abaissa, les fit passer sous ses épaules. Il lui fallut serrer les bras contre son corps pour ne pas faire craquer les coutures. Les gouttes jaillies sous les bras se répandirent. Elle remit les bretelles à leur place et se coucha sur le dos, bras écartés. Elle s'était rasé les aisselles et la peau était toute rougie par les désodorisants. Le dos, en contact avec le lit, chauffait les draps et le matelas. Elle se déplaça vers le bord, cherchant une bande de lit plus fraîche. Elle fut soudain la proie de démangeaisons désagréables dues à la sueur. Elle respirait avec peine, l'air poussait le diaphragme lentement et avec effort vers le bas. La gorge serrée enregistrait des ondes nerveuses et laissait passer la salive avec difficulté. L'impression d'étau aux tempes s'accentuait, peut-être à cause des deux verres de vin avec citron et glace qu'elle avait bus au déjeuner. Une vibration intérieure enflammait ses paupières et elle se dit qu'il y avait une charge de larmes toute prête à se répandre. Quelque chose pesait de plus en plus, à la façon d'une pierre, au centre de sa poitrine.

Quel était en ce moment son plus grand désir ?

En ce moment son plus grand désir était que Jean-Charles retrouve son emploi à la mairie.

Quelle était en ce moment sa plus grande crainte ?

En ce moment sa plus grande crainte était que quelqu'un informe le jeune adjudicateur des ventes arrivé récemment à Vallejos — et avec qui elle avait tellement dansé à la kermesse de Noël — de son aventure équivoque avec le docteur Aschero.

Ce même 27 janvier, à 21 h 30, Jean-Charles Etchepare s'accorda un moment de répit au milieu des occupations de la journée : il s'installa dans son jardin pour fumer l'unique cigarette permise. Au coucher du soleil, sa mère avait arrosé les plates-bandes et les allées de gravier, il montait du sol une odeur fraîche et revigorante de terre mouillée. Le briquet émit une courte flamme et une chaude fumée blanche monta dans l'air. La fumée plus sombre que rejeta Jean-Charles forma une montagne transparente et derrière elle les plates-bandes avec leur bordure de jacinthes autour des palmiers nains, quatre plates-bandes, quatre palmiers, au fond le poulailler et le mur, derrière le mur les eucalyptus d'une cour remplie de ferraille et aucun horizon de montagnes au-delà. La pampa plate, le vent, et derrière les tourbillons de poussière c'est à peine s'il avait réussi à la voir au loin, elle montait dans l'auto avec son père et sa mère, l'auto démarrait, soulevant à son tour un nuage de poussière. De la cigarette il ne restait plus qu'un mégot qu'il lança dans une plate-bande. Sa main droite palpa machinalement le paquet dans la poche de sa chemise. En fumerait-il une deuxième ? Le salaire d'une maîtresse d'école variait entre 125 et 200 pesos, un congé sans solde était difficile à obtenir sans l'intervention du maire, ami de M. Saenz. 250 pesos par mois suffisaient pour payer l'Hostellerie et ses petites dépenses personnelles. La feuille lui signifiant son congé était signée du maire, du secrétaire de mairie et du trésorier ; la fumée chaude de la deuxième cigarette lui remplit la poitrine d'une agréable sensation.

Quel était en ce moment son plus grand désir ?

En ce moment son plus grand désir était de se procurer de l'argent par n'importe quel moyen pour quitter Vallejos et continuer la cure dans le sanatorium le plus cher de Cosquin.

Quelle était en ce moment sa plus grande crainte ?

En ce moment sa plus grande crainte était de mourir.

Toujours ce même 27 janvier 1938, vers 17 h 30, Maria-Mabel Saenz s'accorda un moment de répit au milieu des occupations de la journée : elle revenait d'une séance éprouvante chez le coiffeur à cause d'une indéfrisable et elle demanda à sa tante le journal du matin pour aller le feuilleter dans sa chambre. Elle enleva sa robe et revêtit une robe de chambre fraîche et légère. Elle plaça le ventilateur sur la table de nuit et ferma les persiennes, laissant filtrer juste assez de lumière pour lire les annonces de films. Rien de tel que de choisir une salle climatisée pour échapper avec sa tante, très amateur de cinéma elle aussi, à la chaleur suffocante de Buenos Aires. Le seul ennui c'est qu'il fallait prendre le métro, insupportablement chaud, et qu'on en avait pour un quart d'heure de trajet avant d'arriver au centre où se trouvaient les meilleures salles climatisées. Elle chercha la page consacrée aux cinémas. Ils n'étaient pas à la deuxième page ni à la troisième, pas davantage à la quatrième, cinquième, sixième, septième, huitième, elle sentit monter son irritation, décida de commencer par la fin mais à la dernière et à l'avant-dernière page, il n'y avait que des annonces immobilières, et pareil à celle d'avant et à l'autre, et à l'autre.

Son irritation ne connut plus de bornes, elle roula le journal en boule et le lança contre le ventilateur. Elle attribua sa grande nervosité à toutes ces heures passées chez le coiffeur sous le casque. Elle pleurnicha sans larmes, s'enfonça la tête dans l'oreiller et réfléchit. Coiffeur ou pas coiffeur, pourquoi était-elle si nerveuse depuis quelque temps ? Elle accusa ces longues journées d'inaction et les nuits d'insomnie, gisante sur son lit. Quand elle fut calmée, elle ramassa le journal, lissa les feuilles et reprit ses recherches. La salle de l'« Opéra » était climatisée : *L'espion et le lancier* avec George Sanders et Dolorès del Rio ; climatisée aussi au Rex : *Pension d'artistes* avec deux de ses actrices préférées, Katherine Hepburn et Ginger Rogers, mais c'était le jour de la première et il n'y aurait peut-être plus de places ; au « Monumental » : *Trois Argentins à Paris,* les films argentins, elle n'y allait qu'à Vallejos, quand on ne pouvait faire autrement ; au « Florida », un programme européen : *Le secret de la Pompadour,* avec Kathe von Nagy et Willy Eichenberg et *La chaste Suzanne* avec Henry Garat et Meg Lemonnier ; au « Rose-Marie » on passait aussi deux films : *Saratoga* avec Jean Harlow, « le grand succès posthume de la blonde platinée », et *On ne peut pas tout avoir* avec Alice Faye, Don Ameche et les frères Ritz. Quel était, d'après sa tante, le cinéma que fréquentaient les gens bien ? « L'Ambassadeur », salle climatisée. La Metro-Goldwyn-Mayer présente une délicieuse comédie au dénouement imprévu avec Luise Rainer, William Powell et Maureen O'Sullivan : *Les candélabres de l'empereur.* N'y avait-il pas un nouveau film de Robert Taylor ? Non.

Quel était en ce moment son plus grand désir ?

En ce moment son plus grand désir était de voir entrer secrètement dans sa chambre Robert Taylor, ou à défaut Tyrone Power, avec un bouquet de roses rouges à la main et dans les yeux une lueur de désir.

Quelle était en ce moment sa plus grande crainte ?

En ce moment sa plus grande crainte était que son père perdît le procès intenté par son détestable ex-fiancé car cela entraînerait des déboires pour la situation financière et sociale de la famille Saenz.

Encore ce jeudi 27 janvier 1938, à 17 h 45, Francisco Catalino Paez s'accorda un moment de répit au milieu des occupations de la journée : il se laissa tomber sur le lit de camp de la caserne ; les exercices de tir à blanc étaient terminés, il s'y était à nouveau distingué comme aux cours de théorie qui avaient lieu le matin. La grosse toile de sa chemise kaki était trempée de sueur et lui collait au corps. Il décida de s'accorder une petite récréation et commença par aller prendre une douche. L'eau était froide mais pas autant que celle de la pompe chez lui. Et il n'avait pas à pomper, l'eau sortait toute seule, il suffisait de tourner un robinet, et on pouvait la gaspiller. Ils avaient permission de sortie ce soir-là mais lui n'avait pas d'argent à dépenser pour le tramway, et le centre de la ville était loin, sans compter qu'il ne pouvait pas se permettre de perdre le dîner de la caserne. Malgré tout, il sortit de l'armoire l'uniforme flambant neuf d'agent de police et caressa du bout des doigts le beau tissu de la veste et du pantalon, le cuir lustré des bottes, les fils dorés des épaulettes, les boutons de métal, tous bien pareils, sans défaut de fabrication, patinés, cousus avec un fil double. Il s'habilla lentement en ayant soin de ne pas faire craquer les coutures et de ne pas rayer le cuir des bottes. Il était seul dans la chambrée, tous les autres étaient sortis. Il étudia soigneusement l'agent de police que lui renvoyait la glace. La disparition de la moustache paysanne, la coupe de cheveux en brosse et très ras changeaient son visage et y découvraient des traits encore adolescents. Mais quand il mettait la casquette, ça lui donnait un regard d'homme, avec même quelques rides au coin des yeux parce qu'il avait l'habitude de crisper les paupières quand il recevait le jet d'eau glacée de la pompe et aussi quand il chargeait les briques ou quand il enfonçait de toutes ses forces le pic ou la pelle dans le tuf, et aussi quand il remarquait, en passant devant une vitrine, que le pantalon usé qu'on lui avait donné était trop grand ou trop petit. Il enleva sa casquette à l'éclatante visière, la remit, essaya différentes inclinaisons.

Quel était en ce moment son plus grand désir ?

En ce moment son plus grand désir était de faire un petit tour dans les rues principales de Vallejos avec son uniforme flambant neuf.

Quelle était en ce moment sa plus grande crainte ?

En ce moment, sa plus grande crainte était que Nénette n'aille le dénoncer au commissariat de Vallejos comme père du bébé qui allait naître.

Ce jeudi 27 janvier 1938, à 23 h 30, Antonia Josefa Ramirez s'accorda un moment de répit au milieu des occupations de la journée : elle reposait sur une des tables de la salle d'accouchement de l'hôpital de Vallejos. Elle y avait été transportée d'urgence une heure auparavant après avoir marché pendant plus d'un kilomètre, tordue par d'intenses douleurs, jusqu'à la première maison ayant le téléphone. Sa tante, comme d'habitude, faisait des ménages en ville et ne rentrait que très tard. L'infirmière pensait que c'était une fausse alerte mais elle attendait que le médecin ait fini sa visite dans la salle des urgences et l'examine, avant de décider s'il fallait la garder ou la renvoyer chez elle. L'infirmière allait et venait, laissant la porte ouverte. Nénette se redressa et vit dans la cour éclairée par la faible lueur d'une petite lampe plusieurs hommes, certainement les maris des futures accouchées, et des vieilles à cheveux blancs, certainement les mères ou les belles-mères, ils attendaient tous ce qui allait arriver d'un moment à l'autre. Pancho était loin mais c'était pour un bien : il étudiait pour être agent de police, et quand il reviendrait il gagnerait bien sa vie, il était parti le 29 juillet, ça faisait déjà six mois, et elle avait tenu sa promesse de ne rien dire à personne. Quand il serait bien établi à son poste, ils pourraient arranger leurs choses, mais pourquoi n'avait-il pas répondu à ses lettres ? elles s'étaient perdues ? ou bien son écriture était tellement maladroite que le facteur n'avait pas pu lire ? Un des jeunes gens dans la cour ressemblait à Pancho, peut-être seulement à cause des moustaches épaisses et des cheveux frisés, il était nerveux, il marchait de long en large en fumant. Nénette désira intensément pouvoir serrer fort la grande main de Pancho, lui alors l'embrasserait doucement et elle sentirait la caresse de l'épaisse moustache et elle passerait la main sur sa tête, sur ses cheveux longs et frisés. La petite lampe de la cour ne donnait pas beaucoup de lumière mais à cause de la chaleur elle attirait plus d'insectes que d'habitude, des taons, des hannetons, des gros papillons de nuit.

Quel était en ce moment son plus grand désir ?

En ce moment son plus grand désir était que son enfant soit normal.

Quelle était en ce moment sa plus grande crainte ?

En ce moment sa plus grande crainte était que Pancho revienne et la repousse, elle et l'enfant.

Buenos Aires, 10 novembre 1938

Chère Mabel,

Je tiens ma promesse de t'écrire, comme tu me l'avais tellement recommandé, petite coquine. Avant tout, j'espère que ces lignes te trouveront en bonne santé, et ta famille de même. Je crois que c'est au Cours du Certificat que nous nous sommes fait cette promesse, quand nous avions à peine douze ans et que déjà nous ne pensions qu'à des fiancés. Et comme le hasard a voulu que ce soit moi qui parte la première en voyage de noces, c'est donc à moi de commencer.

Avant tout cependant, un grand merci pour ton si beau cadeau, quelle lampe ravissante, le tulle blanc de l'abat-jour est de toute beauté, c'en était un comme ça que j'aurais voulu pour ma robe de mariée mais impossible d'en trouver, ce doit être un tulle d'importation. Et aussi, cela va sans dire, ce cadeau signifiait bien autre chose pour moi : il voulait dire que nous n'avions jamais cessé d'être amies. Ce n'est pas que je sois matérialiste mais comment te dire, tu m'avais pourtant arrêtée dans la rue pour me féliciter, et de tout cœur, et j'avais bien senti alors que nous étions redevenues amies comme par le passé, mais lorsque la veille de mon mariage, la lampe est arrivée, je n'en finissais pas de l'admirer et j'ai appelé maman pour lui montrer que ma camarade de classe ne m'avait pas oubliée. Que tu as bien su choisir ! Mille mercis à nouveau.

Par où vais-je commencer ? De l'église nous sommes revenus à la maison pour prendre un verre et trinquer à notre bonheur avec les quelques intimes qu'il y avait et mes beaux-parents qui étaient venus de Tranque-Lauquen, et vers neuf heures et demie je me suis changée et j'ai étrenné ce tailleur neuf dont je t'avais parlé, après quoi nous sommes montés en voiture, un vieux tacot mais qui marche. Moi, jusque-là je n'étais pas émue, j'avais bien assez à faire avec ma robe longue, et les valises à fermer, sans compter les discussions avec maman qui voulait que j'emporte ma robe de mariée à Buenos Aires pour qu'on y fasse faire la photo de noces ! J'ai fini par l'écouter mais nous ne nous sommes pas encore fait photographier, demain matin j'irai demander les prix rue Callao, pardon avenue Callao, Donato se fâche beaucoup quand je confonds les noms comme ça, parce que j'y ai vu des photographes très bien. Comme je te le disais, avec la cérémonie à l'église, et le matin à la mairie, avec la robe et la coiffure qui m'avaient tellement énervée, le bonnet de tulle surtout qui m'allait si mal aux essayages, je n'éprouvais rien, j'étais seulement nerveuse, et la bouche sèche, morte de soif, mais dès que j'ai eu passé mon tailleur, je me suis sentie toute drôle et en disant au revoir à maman juste avant de monter en voiture j'ai été prise d'une telle, mais d'une telle émotion, Mabel, que je me suis mise à pleurer comme une folle. Ça me remontait du fond de la poitrine, du fond du cœur, je ne peux pas te dire. Quand la voiture a démarré, mon mari m'a regardée et il s'est mis à rire mais lui aussi était ému parce qu'il avait vu que sa mère pleurait comme moi, pauvre dame, elle a l'air très gentille. Alors moi j'ai baissé la voilette de mon chapeau et tant pis pour lui, je ne voulais pas qu'il me voie toute démaquillée. Heureusement que la route de terre avait été pas mal tassée par la pluie et que nous avons pu arriver à Lincoln avant minuit. Nous avons passé la nuit là et le lendemain après le déjeuner, nous avons continué notre voyage vers Buenos Aires. Nous y sommes arrivés à sept heures du soir, par l'avenue Rivadavia, toutes ces lumières ! Mon mari me nommait les quartiers au passage, Liniers, Flores, Caballito, que ces noms me plaisent ! pas à toi ? Place Once, jusqu'à cet hôtel de l'avenue Callao où on est descendus, très beau, quatre étages, énorme, vieux mais très bien conservé et tout près du Palais du Congrès, tu te rends compte.

Je n'étais venue que deux fois à Buenos Aires, une fois enfant et l'autre fois quand on avait emmené à l'hôpital ma grand-mère mourante. On était en deuil et on n'est allés nulle part. La première chose que j'ai faite d'ailleurs, cette fois, ça a été d'aller mettre des fleurs sur sa tombe quoique ça m'ait valu une bonne discussion avec Donato, il veut, pour tout, n'en faire qu'à sa tête mais il est quand même très gentil, je n'ai pas à me plaindre. Bon, tout cela pour te dire que je ne connaissais pour ainsi dire rien de Buenos Aires. Tu sais, l'hôtel où on est descendus est très cher mais ça en vaut la peine et puis mon mari a besoin d'être dans un hôtel bien pour recevoir, à cause de ses affaires. C'est pour ça d'ailleurs qu'on est venus passer la lune de miel à Buenos Aires, parce que ça lui permettait d'arranger certaines affaires. Et, écoute, je ne sais pas si ça porte malheur de raconter les choses avant qu'elles se fassent mais je n'y tiens plus : figure-toi que Donato ne peut pas voir Vallejos en peinture. Il dit qu'il ne connaît pas de ville plus médisante, plus étriquée, de gens plus envieux ; d'après lui, Tranque-Lauquen est peut-être en retard mais les gens y sont bien plus gentils. Et maintenant, sais-tu où il veut venir vivre ? Ici ! Tu te rends compte ! Qui eût dit qu'il serait ambitieux comme ça, mon petit gros ? Et puis, il a ici des amis de son pays, déjà établis, qui le soutiendront et nous, par la suite, la chance nous sourira aussi. Pour l'instant, on a décidé de rester une semaine de plus, au lieu de faire les achats qu'on avait projetés pour la maison ; après tout, avec les cadeaux qu'on a reçus, on a déjà pas mal de choses pour la décoration, le tout c'est de bien les arranger.

Tu vas dire que je te raconte des choses mais pas celles de la lune de miel proprement dites. Avant tout, Mabel, je dois te dire que c'est un très mais vraiment très gentil garçon. Ça ne veut pas dire qu'il n'ait pas son caractère mais il ne pense qu'à l'avenir, que nous ayons tout le confort possible, il me demande toujours ce que je veux pour que je n'aie pas beaucoup de travail à la maison et quand il a une après-midi libre, parce que le matin il est toujours occupé par ses affaires, cette après-midi là on va voir des frigidaires, des tourne-disques, on en a déjà retenu un, et si j'arrive à le convaincre, une des premières choses qu'on va s'acheter ce sera un de ces tout petits ventilateurs crème, à la dernière mode. Quand je pense que je n'aurai plus besoin d'aller au magasin ! Je n'arrive pas à le croire, pince-moi, Mabel, pour que je voie que je ne rêve pas.

Bien sûr, lorsque je reviendrai à Vallejos j'aurai beaucoup de choses à faire parce qu'avec ce mariage précipité, j'entends d'ici ce qu'ils doivent dire à Vallejos, eh bien ils en seront pour leurs frais, oui je te disais qu'on a été si bousculés que je n'ai même pas eu le temps de mettre des rideaux neufs à ma chambre. Ah, ils sont dégoûtants, tout ce qu'ils ne vont pas raconter, que Donato n'a pas un sou devant lui et qu'on est obligés d'aller vivre chez maman. Ils vont voir ce qu'ils vont voir et s'ils espèrent du nouveau avant neuf mois, ils en auront mais pas ce qu'ils croient, la nouveauté ce sera notre départ à Buenos Aires et si ça ne marchait pas, on a déjà en vue une petite villa dans le centre de Vallejos, dans une des rues goudronnées. Je te raconte tous ces détails parce que, comme tu as eu à souffrir en ton âme de la méchanceté des gens, ces derniers mois où ta famille a eu tous ces ennuis, c'est pour cela que je te le raconte, parce que toi tu peux me comprendre.

Mon mari me demande ce que je préfère à Buenos Aires, un petit appartement dans le centre ou une maison avec jardin en banlieue. Ah ! Mabel je suis si enchantée par tout ce que je vois que je veux rester dans le centre. Bien, je vais te raconter ce que je fais le matin. Le petit déjeuner, Donato veut toujours le prendre dans la chambre, on se le fait monter et, si tu veux tout savoir, c'est le moment auquel j'ai le plus de mal à m'habituer : qu'il me voie comme ça le matin quand je viens de me réveiller, pas du tout arrangée, ça me met dans une de ces rages ! Bien, lui, après il s'en va à ses affaires et moi je couds mes rideaux. Après tout, tant pis, même si on ne reste pas longtemps chez maman, c'est elle qui en profitera, elle aura bien besoin la pauvre de quelque chose qui l'égaie un peu, tu sais que papa ne va pas bien du tout. Bon, ne parlons pas de choses tristes. Je te disais que je me faisais des rideaux pour mon ancienne chambre de jeune fille, j'ai trouvé un tissu ravissant et pas cher du tout, ça m'a décidée à l'acheter et je suis en train de les faire. Après je me prépare bien pour le déjeuner et si j'arrive à empêcher Donato de faire la sieste, les fois qu'il est libre, nous sortons comme je t'ai déjà dit, et si je suis seule, je vais me promener dans tous les endroits de la capitale que j'ai envie de voir. Finalement c'est très facile, je commence à connaître le nom des rues, je suis allée seule à l'Hôtel de Ville, à la Tour des Anglais, le gratte-ciel qui est en face, à la gare du Retiro, au port où je suis montée sur un bateau de guerre qu'on pouvait visiter. Demain je descendrai à la gare Constitution pour visiter le quartier et mon mari (ah dis donc, je n'arrive pas à me faire à ce nom), bon, mon mari m'a promis de m'emmener à La Boca, le quartier du vieux port, moi je ne peux pas y aller seule parce qu'il y a beaucoup de voyous dans le coin. A sept heures je suis toujours de retour à l'hôtel et je l'attends, il revient parfois avec un homme d'affaires et on va prendre ensemble l'apéritif. Cette semaine, heureusement, j'ai eu l'idée de demander à l'hôtel s'ils donnaient la chambre avec la demi-pension seulement comme ça on peut aller dîner ailleurs, c'est bien mieux. Tu comprends, si on mange à l'hôtel, comme le repas est payé de toute façon, on se remplit la panse, et après, comme tu peux t'imaginer ce que sont les hommes pendant la lune de miel, il ne voulait plus aller nulle part.

Mais tu sais, Mabel, depuis lundi où on a commencé à dîner dehors, les choses ont changé, parce que s'il te faut payer chaque plat, tu ne manges pas autant, tu manges juste à ta faim mais pas plus et après on ne se sent pas alourdi. Bon, et moi je l'emmène se promener toujours vers le quartier de l'Obélisque, mais comme si de rien n'était, en flânant, et quand il reprend ses esprits il est déjà à l'Obélisque, le monsieur Massa. Là, il y a des restaurants en veux-tu en voilà, tu saisis ? Nous finissons de manger à neuf heures et demie, en plein quartier des théâtres et des cinémas et il ne peut tout de même pas me refuser d'y aller. Lundi ses bureaux étaient fermés et on est allés au cinéma, merveilleux, *Casbah* avec Charles Boyer et une nouvelle star dont je ne me rappelle pas le nom et qui est la femme la plus divine que j'aie jamais vue et c'est ainsi que j'ai fait connaissance avec le cinéma « Opéra » dont tu m'avais tellement parlé. Ah mon Dieu, comme tu avais raison, un luxe à ne pas en croire ses yeux, quand je suis entrée et que j'ai vu ces balcons comme ceux d'un palais, d'un luxe inouï, avec ces plantes si belles, si bien soignées, et les vitraux de couleur et au-dessus de l'écran cet arc-en-ciel, j'en suis restée muette d'étonnement et quand mon mari m'a poussée du coude et m'a fait voir le plafond... alors là j'ai failli pousser un cri, ces étoiles qui brillaient, ces nuages qui bougeaient comme dans un ciel pour de vrai ! Le film était très beau mais je ne pouvais pas m'empêcher de regarder de temps en temps en l'air et les nuages ont continué à bouger pendant toute la séance. C'est pas étonnant après ça s'ils prennent si cher.

Le mardi, après pas mal de supplications, j'ai fini par convaincre Donato d'aller voir une revue, on a échoué au « Maipo » où ils donnaient *Goodbye Obélisque*, j'ai là le programme, avec Pepe Arias, sa femme Aïda Olivier que je ne connaissais pas parce qu'elle ne joue jamais au cinéma, c'est une très bonne danseuse, Sofia Bozan qui est magnifique et cette brune si jolie mais qui fait toujours des rôles de femme mauvaise, Victoria Cuenca. Que ça me faisait drôle de les voir en chair et en os ! Mais je me suis bien repentie d'y être allée parce que ce n'étaient que des blagues très salées et je ne savais plus où me mettre. En plus il y avait des blagues sur les jeunes mariés, j'étais vraiment dans mes petits souliers. Après, le mercredi on a vu au théâtre National la compagnie Muino-Alippi qui donnait *L'Estancia de papa*, très très bon, avec une fête champêtre pour finir, le programme disait 80 personnes sur scène et je crois bien que c'est vrai. On avait tellement parlé à mon mari des marionnettes de Podreca qu'on y est allés ce soir mais c'était dans un théâtre de banlieue et juste sur la route de Vallejos. Tu ne peux pas savoir, Mabel, le cafard que j'ai à penser que dans quelques jours il va falloir reprendre ce chemin... jusqu'au bout. Quelle ingrate, diras-tu, avoir passé toute sa vie à Vallejos et ne plus vouloir y revenir. Mais, Mabel, que m'a donné Vallejos ? rien que des désillusions. Je t'ai gardé le programme des marionnettes, merveilleux, je te raconterai de vive voix, à mon retour. Et ce soir, mais tu ne vas pas me croire, sais-tu qui débute au théâtre Smart, dans une œuvre qui s'appelle *Femmes* ? Mecha Ortiz en personne ! J'ai pensé tout de suite à toi puisque c'est la seule actrice argentine que tu puisses supporter. Si on peut avoir des places, on ira ce soir, l'hôtel a téléphoné pour en réserver mais en vain, si je manque ça, je ne m'en consolerai pas. Le concierge de l'hôtel dit que c'est une première très importante, qu'il y aura des artistes de cinéma.

Bon, Mabel, si seulement on pouvait y aller ensemble, j'espère que tu vas bien et que ton papa ne se fait pas trop de souci pour ce qui lui arrive, les affaires sont les affaires, comme dit Donato. Il dit aussi que c'est pour ça qu'il faut se distraire, oublier les soucis, mais si ce n'était que de lui on dînerait tous les soirs à l'hôtel, et après au lit, mais moi je m'arrange pour arriver à voir le plus de choses possible dans ce Buenos Aires de rêve. Demain, Donato veut aller voir Camila Quiroga dans *Les ailes brisées,* il aime beaucoup les drames. Pas moi, il y a bien assez de la vie comme ça, tu ne crois pas ?

Tu vois, j'ai tenu ma promesse. Je t'embrasse très fort. A bientôt.

Nelly

Elle consulte son bracelet-montre — cadeau de son père et de sa mère pour ses fiançailles — et constate qu'il s'en faut encore de plusieurs heures avant le retour de son mari. Elle pense avec plaisir à toutes les choses qu'elle va pouvoir faire, en toute liberté et sans que personne l'épie, dans une ville comme Buenos Aires. Elle cherche dans le journal l'adresse du théâtre Smart. Elle s'arrête machinalement aux gros titres de la première page : « L'ITALIE ET LA GRANDE-BRETAGNE NE SONT PAS ARRIVÉES A UN ACCORD POUR LE RETRAIT DES TROUPES DE VOLONTAIRES EN ESPAGNE. — A Londres on considère comme insuffisant le retrait de 10 000 combattants ordonné par Mussolini (Londres - Agence Reuter). — Dans l'après-midi d'hier... » Elle pense à son père qui lira ces nouvelles quand le journal arrivera à Vallejos le jour suivant. Il est malade et il lit toujours les nouvelles d'Espagne. Peut-être la joie de la savoir bien mariée l'aidera-t-elle à supporter sa maladie. On entend des bruits dans la serrure, elle pense avec plaisir que ce doit être la femme de chambre — une personne très agréable — qui doit venir changer les serviettes comme d'habitude à cette heure-ci, la seule femme avec qui elle puisse parler à Buenos Aires, où elle est toujours entourée d'hommes. Mais c'est son mari qui entre, souriant et en train de défaire sa cravate. Elle le regarde et voyant qu'il s'apprête à se déshabiller, elle lui demande deux aspirines pour calmer une forte migraine. Il sort son portefeuille où il a toujours la précaution d'emporter une enveloppe avec des aspirines.

Dixième livraison

... tu as l'âme inquiète
d'un moineau sentimental...
(« Quartier canaille », tango)

— Allô !

— C'est la Nénette !

— Allô ? Qui est à l'appareil ?

— C'est la Nénette ! Madame Nelly n'est pas là ?

— Si, mais qui parle ?

— Nénette, la Nénette de Vallejos ! C'est vous, Nelly ?

— Oui, c'est moi, comment vas-tu, Nénette ? Il est dix heures et demie, tu m'as fait peur, si tard.

— Je suis venue travailler à Buenos Aires, vous vous souvenez de moi ?

— Bien sûr que je me souviens de toi ! Tu as ton bébé avec toi ?

— Non, je l'ai laissé à ma tante à Vallejos parce qu'elle ne travaille plus au-dehors comme bonne, elle lave du linge à la maison, comme ça elle peut me garder le petit.

— Quel âge a-t-il ton bébé après tout ce temps ?

— Il n'y a pas très longtemps que je l'ai quitté, juste une semaine, mais je vais pas pouvoir rester si longtemps sans lui, madame Nelly.

— Non, je te demande quel âge il a, il n'a pas encore un an ?

— Ah oui ! au bout d'un an j'irai sûrement le voir...

— Tu ne m'entends pas, d'où téléphones-tu ?

— Du bar du coin et tout le monde crie.

— Mets une main sur ton oreille, comme ça tu entendras mieux, essaie.

— Oui, madame Nelly, tout de suite.

— Nénette, bécassine, ne m'appelle pas madame !

— Mais c'est que vous êtes mariée maintenant.

— Ecoute-moi, quel âge a ton bébé ?

— Il va sur ses quinze mois.

— Comment s'appelle-t-il, déjà ?

— Panchito, vous croyez que j'ai eu tort de lui donner le même nom ?... vous savez bien...

— Ma foi, Nénette... Et lui, tu ne l'as pas revu ?

— Il est en train de se faire une maison là où il avait la cabane, il la fait lui-même, tu sais, Nelly, que le Pancho c'est un gros travailleur, ce qu'il veut avant tout, avant de se marier ou quoi que ce soit, c'est avoir une vraie maison, il trime comme un âne toute la journée parce qu'après le travail du commissariat il s'en va faire le maçon chez lui.

— Et il t'a promis quelque chose pour quand il l'aurait terminée ?

— Pensez-vous ! Il ne m'a plus adressé la parole parce qu'il dit que j'ai raconté partout que c'était lui le père du petit. Parce qu'il faut vous dire que je lui avais juré que je le dirais pas tant qu'il serait pas pris pour de bon au commissariat.

— Et c'est vrai que tu l'as dit ?

— Ni moi ni ma tante on n'a rien dit du tout. Et vous, vous n'attendez pas de la famille ?

— Si, ça se pourrait bien... mais parle-moi de Vallejos, tu as vu ma maman ?

— Oui, je l'ai rencontrée dans la rue, elle était avec votre papa qui est toujours bien maigre, qu'est-ce qu'il a pour avoir du mal à marcher comme ça ?

— Il est bien malade, Nénette, on a peur qu'il ne passe pas l'année. Il a un cancer, mon pauvre papa. Il est vraiment très maigre, Nénette ?

— Oui, le pauvre monsieur, il n'a plus que la peau sur les os.

— Et où allaient-ils, tu ne sais pas ?

— Au docteur sans doute... Et ta maman m'a donné ton numéro de téléphone.

— Ah, c'est elle.

— Et elle m'a dit de vous dire que vous lui répondiez au sujet de l'argent, si vous pouvez l'envoyer ou pas. Ta maman m'a dit que tu t'étais acheté des meubles pour ton salon et c'est pour ça que tu ne voulais pas lui envoyer l'argent.

— Et Célina, tu l'as pas vue ? Avec qui elle est maintenant ?

— Je sais pas si elle est avec quelqu'un, on dit que le soir elle sort devant sa porte et qu'il y en a toujours un pour lui faire la conversation en passant.

— Mais on ne sait rien de sûr ?

— On dit qu'elle est facile, la Célina, mais personne lui a encore fait d'enfant. Si on lui fait un enfant, après les gens lui diront plus bonjour, comme à moi.

— Et Jean-Charles, tu ne l'as pas vu ?

— Si, il est toujours à traîner par là. Il ne travaille pas. Et on dit maintenant qu'il s'est remis avec la veuve Di Carlo. Tu savais pas ?

— Qui te l'a dit ?

— Ben... c'est tout le monde qui le dit. Je ne peux pas venir te voir un jour ?

— Si, Nénette, il faut que tu viennes me voir mais ne viens pas sans me téléphoner avant.

— D'accord, je te téléphonerai, à moins qu'on me fiche dehors parce qu'il m'est arrivé ça.

— Qu'est-ce que tu dis ?

— Oui, que j'ai un enfant sans être mariée.

— Ne sois pas bête, Nénette, je me fâche si tu dis ces choses-là. Mais par contre quand tu viendras je te dirai un peu ce que j'en pense, de ce rien du tout.

— Qui ? Jean-Charles ou le docteur Aschero ?

— Non, le malhonnête qui t'a laissé un enfant sur les bras.

— Vous croyez qu'il l'a fait par méchanceté ? Est-ce qu'il a pas eu peur plutôt qu'on le renvoie de la police s'il épousait une fille comme moi ?

— Je vois qu'il faut que je t'ouvre les yeux, Nénette. Appelle-moi la semaine prochaine et on parlera un peu. A un de ces jours, Nénette, rappelle-moi.

— Oui, madame, je vous rappellerai.

— A bientôt, Nénette.

— Merci beaucoup, madame.

Assise sur son lit Nelly reste un moment immobile, croyant entendre les pas de son mari derrière la porte. Mais le silence est total, seul un tramway glisse sur ses rails en bas. Elle ouvre la porte et appelle. Pas de réponse. Elle va à la cuisine et y trouve son mari en train de lire le journal. Elle lui reproche de ne pas lui avoir répondu. Lui se plaint qu'on le dérange toujours quand il lit son journal.

— Allô...
— C'est la Nénette.
— Alors, qu'est-ce que tu racontes ?
— Qui est là ? C'est la Nelly ?
— Oui, comment vas-tu ? D'où téléphones-tu ?
— Du même bar que l'autre jour, et votre mari ?
— Il va bien. On a parlé de tant de choses l'autre jour que tu ne m'as même pas dit où tu travaillais.
— Dans une usine, Nelly. Je m'y plais pas, je veux retourner à Vallejos.
— Où habites-tu ?
— Dans une chambre avec une amie de ma tante, celle qui m'a procuré ce travail. Elle, ça fait déjà un an qu'elle travaille dans cette usine de savon. Vous me voulez pas comme bonne, vous ?
— Chez moi, tu veux dire ? Non, quand j'aurai un bébé j'aurai besoin d'aide mais pas pour le moment. Mon mari ne rentre même pas déjeuner en semaine.
— Vous voulez que j'aille vous voir ?
— Pas aujourd'hui, Nénette, parce que j'allais sortir. Mais un autre jour il faut que tu viennes, comme ça tu verras la maison. Quel dommage que maman ne puisse pas la voir, avec ma salle à manger et mon salon tout neufs, il y a peu de maisons à Vallejos comme la mienne, maman ne peut même pas s'imaginer.

— La Térésa elle est allée passer son dimanche avec une autre vieille comme elle qui ne m'aime pas, elles m'ont invitée mais l'autre se moque toujours de moi parce que j'ai peur de traverser les rues, alors je préfère rester seule.

— Mon mari est allé voir un match de football mais après j'espère qu'il m'emmènera quelque part, sinon je t'aurais dit de venir.

— Et un petit moment maintenant ? A quelle heure il revient ?

— Eh non, Nénette, parce que s'il te voit là il va penser que j'ai trouvé de quoi occuper mon dimanche et il ne voudra pas sortir.

— Et où il va t'emmener ?

— Au cinéma ou au théâtre, le principal c'est que j'aie pas de dîner à faire ; tous les soirs le dîner à faire, puis après au lit tout de suite, j'en ai assez.

— Et où elle est, votre maison ? elle est loin de là où je suis ? Si vous voulez venir c'est la pièce qui a un grand pot avec un buisson ardent devant et dans la cour il y a beaucoup de plantes... et on se fera un maté. Et je vous donnerai un rejet du buisson ardent.

— Non, Nénette, je te remercie beaucoup mais mon mari ne veut pas que je sorte seule.

— Et je te raconterai les choses de mademoiselle Mabel...

— Qu'est-ce qu'elle a fait ?

— Rien, mais avant que je parte, le fiancé est venu la voir, il est venu de Buenos Aires pour la voir. Il est tout petit, pas plus grand que mademoiselle Mabel et maintenant elle peut plus mettre de talons hauts.

— Ils sont fiancés officiellement ?

— Non, sans ça on l'aurait dit parce qu'après l'affaire de l'Anglais ils ont plus de quoi faire les fiers aujourd'hui. Et tu veux que je te raconte des choses du Dr Aschero ?

— Nénette ! je ne veux même plus entendre son nom !

— Et ton mari, il t'a rien dit ?

— Pourquoi ?

— Ben... pour rien.

— Raconte-moi encore de Mabel, comment il est, son fiancé ?

— Quand mademoiselle Mabel était ici à Buenos Aires, madame m'avait dit qu'elle avait rencontré un jeune homme qui l'aurait bien voulue en mariage mais qu'il ne plaisait pas à mademoiselle Mabel, elle lui trouvait pas assez de caractère.

— Tu te rappelles pas s'il était instituteur, ce jeune homme ?

— Si, je crois bien, parce que mademoiselle Mabel disait qu'il avait un métier de femme... Et moi, tant que j'ai pu donner le sein au petit je suis restée à Vallejos, ma tante avait beau me dire, je voulais pas venir ici. Est-ce qu'on le couvre assez, maintenant qu'il fait froid ?

— Bien sûr, pourquoi veux-tu...

— Nelly, moi je voudrais bien le voir mon Panchito. Quel âge il avait quand tu l'as vu, toi ?

— Un mois.

— Et t'es plus jamais venue me voir après dans ma pauvre cabane, ni toi ni mademoiselle Mabel. Moi, je t'attendais toujours et toi t'es plus jamais revenue. Et ton mari, où il va t'emmener ?

— Je ne sais pas, Nénette, je ne suis même

pas sûre qu'on sorte, rappelle bientôt, Nénette, un autre jour, tu veux ?

— Et tu lui as envoyé l'argent, à ta maman, ou pas ? Parce que moi je ne t'ai rien dit mais ta maman m'a tout raconté.

— Raconté quoi ?

— Que tu lui avais d'abord dit que tu lui enverrais de l'argent pour que ton papa puisse être soigné à la clinique et maintenant il lui faut aller à l'hôpital.

— Mais maman m'a dit qu'il avait été très bien soigné quand même à l'hôpital et moi, même si je le voulais, je ne le pourrais pas parce que je me suis mis tous ces frais sur le dos avec le salon. Et après, par simple caprice, elle l'a quand même remis à la clinique, et puis après tout, qu'elle prenne l'argent de la Caisse d'épargne, à quoi ça sert les économies, si c'est pas pour les coups durs ?

— Elle m'a dit que tu n'étais pas gentille avec ton papa et qu'elle ne t'écrirait plus. Elle t'a écrit ?

— Bien sûr qu'elle m'a écrit.

— Et quand est-ce que je te verrai ?

— Rappelle-moi un de ces jours, allez, au revoir Nénette.

— Au revoir.

Malgré sa migraine et une mauvaise humeur croissante, elle se met à faire le lit, pour la deuxième fois dans la journée, comme tous les dimanches. Son mari défait le lit après le déjeuner, tous les dimanches et jours fériés, pour se coucher avant d'aller au match de foot, ce qui provoque des discussions et pas seulement au sujet du lit défait. Nelly réfléchit et essaie de se résigner en pensant qu'heureusement il ne revient déjeuner que le dimanche et les jours de fête.

— Allô...

— C'est la Nénette ! C'est toi ?

— Oui, comment vas-tu ? Que tu es gentille de m'avoir apporté ça, Nénette, que j'ai regretté de ne pas être à la maison ce jour-là, j'étais sortie tout à fait par hasard et pourtant je sors peu. Mais je t'avais bien dit de téléphoner avant de venir.

— C'était pour te faire une surprise. Elle te plaît, la plante ?

— Oui, je l'ai vue tout de suite en entrant. Après, la concierge m'a dit que c'était elle qui t'avait ouvert.

— Elle ne voulait pas m'ouvrir d'abord mais je lui ai dit que c'était un rejet délicat et que si on sait pas le planter il dépérit. Tu aimes là où je l'ai mis ?

— Oui, et je crois qu'il a très bien pris.

— Je repars à Vallejos. Demain.

— Mais pourquoi ? Qu'est-ce qui t'est arrivé ? Surtout ne dis pas à ma maman que tu es venue chez moi !

— J'ai économisé le prix du billet et j'ai fait mon dernier jour à l'usine aujourd'hui.

— Et qu'est-ce que tu vas faire là-bas ? des lessives de nouveau ?

— Non, parce que mademoiselle Mabel est allée dire à ma tante que si je voulais revenir ils me reprendraient parce que maintenant comme ils ne peuvent plus avoir cuisinière et femme de chambre, il leur faut une bonne à tout faire. Et ils me donneront la permission d'aller voir le Panchito toutes les après-midi.

— Et ici tu n'avais pas fait de connaissances ?

— Non, j'ai peur d'aller avec des hommes que je ne connais pas.

— Tu le raconteras à maman, que tu as vu ma maison ?

— Si tu ne veux pas, je lui dirai rien.

— A quelle heure il part, ton train, demain ? Parce que si tu veux je t'apporterai des choses que je ne mets plus.

— Il part à dix heures du matin. Mais vous auriez pas plutôt quelquc chose de neuf pour le Panchito ? Il en a plus besoin que moi.

— Eh... c'est que je ne vais pas avoir beaucoup de temps, enfin, si je trouve quelque chose je le lui achèterai. Mais demain sans faute j'irai te voir à la gare. Je serai là-bas à neuf heures et demie. Viens-y tôt toi aussi, comme ça tu pourras te choisir une bonne place.

— Tu n'oublieras pas au moins, et si tu as aussi quelque chose de vieux pour moi, n'oublie pas.

— Nénette, promets-moi que tu ne diras pas à Mabel non plus que tu es venue chez moi.

— Je te le promets, et t'aurais pas par hasard un châle pour envelopper le Panchito maintenant qu'il fait froid ?

— Je verrai, Nénette. Je te quitte, j'ai des choses à faire.

— Bon, alors à demain.

— A demain et arrive tôt.

Elle se repent une fois de plus d'avoir demandé un téléphone blanc où les doigts marquent tellement. Et en plus elle a besoin d'une chaise dans la chambre pour ne pas s'asseoir chaque fois sur le lit quand elle téléphone. Elle décide d'astiquer sans délai les applications en métal de son armoire et de son lit. Pour aller à la cuisine elle traverse une pièce qui sera la salle à manger et où il n'y a pour l'instant qu'un carton contenant une lampe à abat-jour de tulle blanc. Dans le petit vestibule d'entrée qui deviendra le salon il n'y a pas de meubles non plus : elle regarde l'espace vide, se demandant si elle aura jamais assez d'argent pour acheter tout au comptant car elle a décidé de ne pas faire la dépense des intérêts supplémentaires que représenterait un achat à crédit.

— Puisque vous êtes là vous ne voudriez pas me cueillir quelques figues ? *peau verte veloutée, dedans les petits grains rouges de la pulpe, je les fais éclater sous les dents*

— Bonsoir, je ne vous avais pas vue, *son pied, les ongles vernis dépassent de la sandale, jambes minces, hanches larges*

— Bonsoir.

— Excusez-moi d'être monté sur ce mur mais si on ne met pas une antenne on n'entend pas la radio, et après les prisonniers se plaignent. *les prisonniers ils ne voient pas de femmes*

— Et vous aussi vous ne serez pas fâché de de l'écouter je suppose ? *nègre de rien, va, le cou et les oreilles qui brillent, il doit se les laver très fort pour essayer de les blanchir*

— Je mentirais en disant le contraire... Je vous cueille rien que les plus mûres ou les autres aussi ? *mon uniforme, et mes bottes qui brillent*

— Non, rien que les plus mûres, un autre jour je viendrai avec un bâton et je ferai tomber les autres. *je les mange une par une et je me couche dans l'herbe, tant pis si des bestioles me piquent*

— Appelez-moi plutôt, je mets l'échelle de l'autre côté et je suis tout de suite en haut. *je grimpe, je saute, je monte, je la touche*

— Et si vous êtes en train de faire quelque chose ? A moins que vous écoutiez la radio toute la journée... *il a fait un enfant à une bonne*

— Ce n'est pas ma faute s'il n'y a pas de voleurs ici. *d'un coup de revolver ils me font sauter la cervelle*

— Alors moi je vais aller déposer plainte qu'on vole mes poulets. *longues plumes blanches, plumes noires, jaunes, marron, recourbées, celles de la queue qui brillent, les autres remplissent la couette, bien douce, s'enfonce*

— On ne vous croira pas.

— Pourquoi ?

— Parce qu'il est tout près du commissariat, trop bien gardé, le poulailler. *une poule blanche pour le coq, il n'y a pas de coq dans le poulailler, la nuit un renard pourrait bien entrer*

— Heureusement... Dommage que vous ne puissiez pas mettre les fourmis en prison, regardez les ravages qu'elles font dans mes rosiers... *douceur de velours, pétales frais roses, ils s'ouvrent, un homme les caresse, respire leur parfum, coupe la rose*

— Qu'est-ce que vous y mettez ?

— Un poison pour les fourmis. *noires, petites, méchantes, noir, fort, avec des bras de maçon, il l'a violentée, la Nénette ?* Vous avez des nouvelles de Jean-Charles, vous qui étiez son ami ?

— Oui, il m'a écrit une lettre... *Jean-Charles demande après une garce*

— Mais aussi... il n'a jamais voulu être raisonnable, et vous, vous lui teniez bien compagnie, si je ne me trompe... *lequel des deux le plus homme ? lequel des deux le plus vigoureux ?*

— Jean-Charles était mon meilleur ami et il le sera toujours. *le maçon, il a une maison de bonnes briques, et pour moukère ? une maîtresse d'école*

— Où est-il à présent ? toujours dans ce sana si chic ? *ses yeux brun clair il les fermait à demi quand il m'embrassait*

— Non, je crois qu'il est dans une pension et qu'il voit le médecin à part.

— L'autre sanatorium était très cher.

— Oui, à ce qu'il paraît... Je cueille celles qui sont là ?

— Celles-là, oui, elles sont à point, et servez-vous aussi. *les dents jaunes et marron*

— C'est pas facile à peler. *je te pèle, peau verte claire, chair douce rouge*

— Vous me faites peur, vous allez tomber !

— Ne vous en faites pas, j'y arriverai, vous, attrapez-les... attention... très bien... elle s'est fendue ? *les poules s'effraient, caquettent, volettent contre le grillage et s'abîment les ailes, le renard, lui, s'échappe par le trou du mur*

— Attendez que j'en mange une... Racontez-moi comment vous êtes devenu ami de Jean-Charles.

métisse, peau foncée, lui était blanc, mais les bras pas si musclés, les épaules pas si larges

— Un jour quand on était gosses je l'ai défié à la lutte. *les renardos ont leur terrier bien caché, le terrier de la renarde*

— Et ça fait longtemps que vous êtes dans la police ?

— Un an et demi en comptant le stage à La Plata.

— Ça doit plaire aux filles, l'uniforme, hein ? *la Nénette va revenir de Buenos Aires, et le nègre il va sauter le mur pour la violer encore une fois ?*

— C'est des histoires tout ça, qui vous l'a dit ? *les blanches je veux bien mais les métisses elles sont noires et poilues*

— Je sais qu'il y a des filles qui ont un faible pour l'uniforme. Quand j'étais pensionnaire à Buenos Aires, mes compagnes tombaient toujours amoureuses des Saint-Cyriens. *les Saint-Cyriens et pas les simples policiers, un noiraud, en plus*

— Et pas vous ? *mais si, mais si, mais si*

— *Oui, moi aussi.* Non, moi j'étais très sage, une petite sainte. Et ne vous fatiguez pas, parce que je suis fiancée, pour de bon. *brave garçon, un pigmée comparé au noiraud*

— Lequel ? celui qui est venu cet été ? *un gringalet comme ça je te le renverse en claquant des doigts*

— Oui, qui d'autre voulez-vous que ce soit...

— Il est plutôt petit... *renarde, où il est, ton terrier ?*

— C'est à moi qu'il doit plaire, pas à vous.

— Vous voulez encore d'autres figues ?

— Si vous voulez... Celles qui sont tout en haut. *ne t'en va pas encore...*

— *Et la mère, où elle est ?* Ah mais là-haut je n'y arrive pas. Il faudrait que je descende dans votre cour et que je monte dans l'arbre, vous voulez ?

— Non, parce que si ma maman vous voit elle me grondera, mais si vous voulez, une autre fois que vous n'aurez rien à faire et que maman ne sera pas là, vous pourrez venir. *ma maman ne dit rien, rien, rien et la Nénette n'arrive que dans quelques jours*

— Mais votre maman est toujours là, non ? *la renarde je l'attrape par la queue*

— Oui, ma maman ne sort presque jamais.

— Alors.. quand est-ce que je pourrai venir ? *la nuit, la nuit*

— *la nuit, la nuit...* Je ne sais pas, maman est toujours là.

— Elle ne fait pas la sieste ?

— Non, elle ne fait pas la sieste.

— Mais la nuit elle doit dormir... *je saute le mur sans faire de bruit, les poules ne se réveilleront pas.*

— Oui, mais la nuit on n'y voit pas bien pour monter à l'arbre. *pour un type costaud comme lui ce n'est rien de grimper dans un figuier*

— Mais si, on y voit...

— Mais vous ne pourrez pas distinguer les figues mûres de celles qui ne le sont pas. *viens, viens*

— Si, parce que je les tâte et celles qui sont mûres sont plus molles et elles ont une petite goutte de miel, je crois bien que je les mangerai toutes tout seul si je viens cette nuit. A quelle heure elle s'endort, votre maman ? *je l'ai attrapée je ne la lâcherai pas*

— Vers minuit elle est sûrement endormie... *il l'a violée, la Nénette ? il a assez de force pour ça ?*

la Nénette revient et elle me trouve avec un gars des faubourgs, un noiraud

— Alors ce soir je viens sans faute. *la fiancée du gringalet*

— Et l'antenne vous l'avez placée ? *je meurs d'envie d'embrasser un vrai homme, comme ton ami*

— Oh mais ça j'ai le temps, je vais d'abord manger une figue. *je me promène dans la rue devant tout le monde avec une maîtresse d'école*

Onzième livraison

Mon âme en déroute,
dans la nuit j'écoute
le bruit de tes pas.
(« Il pleut sur la route », tango)

Juin 1939

Les mouchoirs blancs, les culottes, les chemises de corps, les caleçons et les chemises blanches, de ce côté. Cette chemise blanche, non, parce qu'elle est en soie, mais toutes les autres, de ce côté, un coup de savon et puis à la cuvette avec un peu de Javel. Les draps, il n'y en a pas aujourd'hui, le jupon blanc, attention c'est de la soie, si je le mettais à la Javel ça me le cuirait. Une chemise bleue, les mouchoirs de couleur, les serviettes à petits carreaux, tout ça dans cette bassine mais d'abord les culottes et les tricots de corps parce que c'est pas de la couleur, les mouchoirs blancs, ce soutien-gorge, comment je vais faire moi sans aller voir mon bébé de tout aujourd'hui, mais c'est pour son bien, putain qu'elle est froide l'eau. Un coup de savon dans le baquet, ma tante, elle, elle lave dehors avec l'eau de la pompe et elle est morte de froid tandis qu'ici dans ce lavoir de mademoiselle

Mabel, si on ferme la porte on est bien à l'abri du grand vent, demain si je le trouve endormi, tu vas voir comme je te le réveillerai le Panchito à sa maman... demain après-midi je fais vite les courses et puis, le train toute la nuit de Buenos Aires jusqu'à Vallejos... qu'est-ce que c'était loin de mon bébé, Buenos Aires, tandis que demain je fais vite les courses, les deux kilomètres c'est rien du tout, je joue un moment à la balle avec lui puis je retourne laver les assiettes du souper de Monsieur, de Madame et de mademoiselle Mabel. Le Panchito c'est le portrait tout craché de son père, il est là derrière ce mur avec son uniforme, le Francisco Catalino Paez, et qu'est-ce qu'il fait ? il donne un coup de fouet à un prisonnier et tous baissent la tête, de peur, et quand il a fini sa journée il met sa veste à épaulettes et au coin de la rue, cette surprise qui l'attend ! J'étends bien lisse le jupon puis la chemise blanche en soie qu'il faut pas qu'elle touche les serviettes à carreaux et demain ils seront secs. J'aurai froid au coin de la rue avec la robe neuve ? et puis le linge, là-dedans, il est bien à l'abri de la poussière noire qu'apporte le vent. Comment que tu t'appelles, on lui demandera au Panchito, « moi, je m'appelle Francisco Ramirez, et quand je serai plus grand je veux être agent de police », quand son père sera vieux il lui laissera sa place au commissariat. Mais un jour, dans la rue, je me promène avec le Panchito qui marche déjà tout seul, et jusqu'à quand il va avoir les jambes en cerceau ? il me tient bien fort par la main, mais tous les pissouilloux de son âge ils ont les pattes tordues et après, quand ils grandissent, ça leur passe, le père, je le rencontre par hasard et s'il est sur l'autre trottoir, je traverse pour lui montrer le petit. Bien sûr qu'il va le trouver beau ! puisque c'est lui tout craché, et comme ça, un de ces jours, on se marie, sans faire de fête, pas la peine de jeter l'argent par les fenêtres, comme ça le Pancho il verra que je suis revenue de Buenos Aires et après la messe de six heures, quand il n'y a plus personne à l'église, on entre par la petite porte du fond, le Pancho, moi, le parrain et la marraine, monsieur et madame je vais leur demander d'être les parrains parce que mademoiselle Mabel, le matin, elle a son travail à l'école, il va être content mon petitou d'avoir un papa et une maman, « sur son p'tit lit blanc, là-bas elle m'attend, j'ai pris ces roses blanches pour ma jolie maman », c'est une chanson triste parce que quand la mère meurt elle manque beaucoup à la maison, « au dernier printemps, le destin fatal vint frapper la blonde ouvrière, elle tomba malade et pour l'hôpital le gamin vit partir sa mère », mais comme ça au moins il lui resterait son petit, au Pancho, si je mourais, où il irait habiter, chez lui ou chez ma tante ? avec cette pince à linge je suspends la chemise bleue par les manches, les mouchoirs de couleur ils sont déjà étendus, comme ça il ne me manque plus que l'autre chemise de soie, et si je meurs il ne sera pas aussi triste puisqu'il aura le Panchito, au moins je lui aurai laissé un fils, bien beau et bien costaud, « puis à l'hôpital vint en courant, pour offrir des fleurs à sa mère, mais en le voyant, une infirmière lui dit : Tu n'as plus de maman ! » et le père il n'a plus sa femme, il reste seul, le Pancho, et je le vois, moi, du haut du Ciel, je le vois qui pleure et qui prie pour moi, je lui pardonne tout, pas vrai, bonne Vierge, qu'il faut que je lui pardonne ? le linge qui trempe dans la Javel je le sortirai quand je reviendrai et je n'aurai plus qu'à le passer à l'eau : quoique, si je meurs, il peut se remarier avec une autre mais au moins, avec moi, il aura fait son devoir, il m'aura épousée, et si je meurs ce n'est pas sa faute, c'est la volonté de Dieu, comme il est triste le petit que sa mère soit morte, « c'est aujourd'hui dimanche, tiens ma jolie maman, voici des roses blanches, toi qui les aimes tant ! » il me faudra prier pour la Nelly un de ces jours, qu'elle soit heureuse et qu'elle ait beaucoup d'enfants parce qu'elle est venue me dire au revoir à la gare et elle m'a apporté un beau coupon de tissu, tout en soie, très joli, pour l'été, au coin de la rue, en décolleté carré comme la Mabel, il pleurera, le Panchito, si je ne vais pas le voir aujourd'hui ? c'est pour ton bien, négrillou à sa maman, regarde-la, maman, dans cette glace, elle te plaît la belle robe neuve ? « A l'atelier je travaillais heureuse, je n'avais pas envie d'aller danser, mais un beau jour j'ai rencontré un homme, à ce jour-là je ne veux plus penser », les filles de l'usine, à Buenos Aires, elles pensent qu'à danser, un jour il leur arrivera comme à moi, elles peuvent faire les malines, c'est pas parce qu'elles gagnent plus... « qu'elle était douce l'harmonie de cette étrange mélodie, elle berçait mon agonie, mon cœur aimait, mon cœur saignait », le Pancho quand il me serre fort dans ses bras c'est pour ne plus me lâcher... pourquoi est-ce que son fiancé l'a abandonnée, cette fille de l'usine à Buenos Aires ? je mettrai un peigne dans mes cheveux, comme ça le vent me décoiffera moins au coin de la rue mais avec le froid qu'il fait je ne pourrai pas y aller sans manteau... « le plus beau de tous les tangos du monde c'est celui que j'ai dansé dans tes bras, j'ai dansé d'autres tangos à la ronde mais aucun n'égalera celui-là », tous les deux pas, un pas de côté, lui il avance sa jambe et il pousse la mienne, je ne sais pas bien danser le tango, toujours reculer, lui évidemment il avait qu'à avancer mais moi il me fallait reculer, ses jambes à lui poussaient mes jambes à moi pour que je recule, et quand il s'arrêtait un peu pour reprendre en mesure, une chance qu'il ne me lâchait pas parce qu'il s'arrêtait pile, d'un coup, et moi j'aurais pu tomber mais non il me tenait bien fort contre lui, la fille de l'usine, son fiancé a dû la plaquer parce qu'elle n'avait pas de robe neuve ! « près de la grève, souvenez-vous, des voix de rêve chantaient pour nous, minute brève d'un cher passé, pas encore effacé... » elle aurait pu en mourir avec son cœur qui saigne la fille de l'usine et laisser un orphelin, est-ce qu'elle pleure toutes les nuits pour le cher passé comme moi ? mais pleurer ça n'a jamais tué personne, « son souvenir me poursuit jour et nuit, et toujours je ne pense qu'à lui car il m'a fait connaître l'amour, pour toujours », on va la renvoyer de l'usine et il faudra qu'elle se place comme bonne, mais avec le bord des manches et le col tout abîmé, si je le mets, mon manteau, on remarquera pas la robe neuve, « le plus beau de tous les tangos du monde c'est celui que j'ai dansé dans tes bras, il est si tendre que nos deux corps, rien qu'à l'entendre tremblent encore... » qu'elles aillent se faire voir, ces paresseuses ! comme si elles savaient, les filles de Buenos Aires, ce que c'est que travailler, parce qu'elles sont de Buenos Aires elles s'en croient, moi d'ailleurs je resterai toujours chez mademoiselle Mabel parce que toutes les après-midi elle me donne la permission d'aller voir mon bébé et quand je reviendrai le linge de la bassine sera bien blanc, qui sait si ça suffira pour les taches de café ? si elles ne sont pas parties, je les refrotterai au savon, heureusement que j'ai pensé à mettre ce peigne, saloperie de vent, et, à sept heures, Pancho arrive au coin de la rue comme tous les soirs et il est content de me voir après tant de temps, ne me dis pas que j'aurais pu venir plus tôt, c'est parce que je voulais avoir fini cette robe, ça fait deux semaines déjà que je suis revenue de Buenos Aires, quelqu'un te l'avait dit ou tu ne le savais pas ? le tissu, c'est Nelly qui me l'a offert, tu te souviens d'elle ? et Pancho me demande après le petit mais je lui dis que je ne peux pas aller maintenant chez ma tante parce que je n'ai pas fini de rincer la lessive mais, s'il veut, il peut y aller, lui, il trouvera ma tante avec le Panchito, ça lui plaît, ce nom ? Il est content ? Il est très content que je lui aie donné le même nom que lui, pourvu que j'attrape pas une pneumonie avec tout ce vent, et si je le lui avais amené le Panchito, bien enveloppé dans le burnous que m'a donné la Nelly Fernandez il n'aurait pas eu froid et comme ça son père le voyait et après on allait à l'église parce que je lui dirai que le Panchito il est pas baptisé et lui il le croira et une fois à l'église, ça le décide et on se marie. L'uniforme, les bottes, le képi, mais c'est un gros, le commissaire ! c'est déjà sept heures ? ou il vient pour m'arrêter ? parce que j'ai eu un enfant sans être mariée ? mais le coupon, on me l'a donné, je ne l'ai pas volé ! ah ! le commissaire entre dans le café, et si un jour on m'arrête, je leur dirai d'aller demander dans les maisons où j'ai servi et qu'il demande aussi à ma patronne et à mademoiselle Mabel, pourquoi il tarde tellement, le Pancho ? « va, quand je serai grand, j'achèt'rai au marchand, toutes ces roses blanches, pour toi, jolie maman », le jupon qui dépasse ! elle m'avait pas dit, la Nelly, que c'était un tissu qui rétrécissait ! « elle aimait les fleurs, les roses surtout, et le cher bambin, le dimanche, lui apportait des roses blanches au lieu d'acheter des joujoux », elle jouait, la Célina, dans la cour, et la Mabel et la Nelly aussi, elles ont continué jusqu'au cours supérieur, à la récré elles sautaient à la corde, « un matin d'avril parmi les promeneurs, n'ayant plus un sou dans sa poche, sur un marché le pauv' mioche, furtivement vola des fleurs » ma tante elle a plein de poils sur les jambes et de la moustache aussi, si elle se rase, ça repousse encore plus, et les mains toutes noires et des varices, mais il y a une bonne, celle du maire, qui a la peau bien blanche, le Pancho, lui, il est comme nous, il a la peau foncée, comme tous ceux qui vivent dans les cabanes, « le fleuriste l'ayant surpris, en baissant la tête il lui dit : " Emporte-les, je te les donne ", il l'embrassa et l'enfant partit, tout rayonnant qu'on le pardonne », et le père de l'enfant ? un jour, il passe devant le petit et il fait comme s'il ne le voyait pas, alors le fleuriste veut lui donner un coup de couteau, à ce mauvais homme qui fait cet affront à son enfant, mais après il pense que ça va faire pleurer la mère du petit qui est malade, « puis à l'hôpital il vint en courant, pour offrir les fleurs à sa mère. Mais en le voyant, une infirmière lui dit : Tu n'as plus de maman ! » mais dès qu'on sera mariés, le petit il sera dans un berceau bien blanc et le père se met au lit bien fatigué parce qu'après toute sa journée au commissariat il a encore préparé du ciment pour commencer le mur, le mur de la salle de bains, il se lave à l'eau froide à la pompe mais bientôt il aura sa douche et le Pancho se jette sur le lit, fatigué mais bien propre, et le Panchito il se met debout tout seul dans son lit et il regarde, agrippé au rebord, ça m'est bien égal de ne pas avoir de cuisine dans la cabane, il vaut mieux d'abord que le Pancho se lève, l'envie d'avoir une vraie douche, moi je lave les assiettes dehors et aussi les casseroles et s'il y a des restes, je jette tout aux poules et quand je rentre je suis bien fatiguée, ils sont en train de jouer tous les deux, « et le gamin s'agenouillant dit devant le lit blanc : c'est aujourd'hui dimanche, tiens ma jolie maman, voici des roses blanches, toi qui les aimes tant », et cette infirmière si bonne qui serrait le gamin dans ses bras, un jour elle voit passer le père du petit et elle lui demande pourquoi il aime pas son fils, mais cet homme il est bon ou mauvais ?.... « et quand tu t'en iras au grand jardin là-bas, ces belles roses blanches tu les emporteras... » négrillou, ne tombe pas malade au moins, mange bien toute la soupette que te donne la tante, négrillou, mange-la bien ta soupette comme ça tu ne tomberas pas malade parce qu'il fait froid maintenant... que je meure moi, plutôt que mon petit, je préfère devenir aveugle pourvu qu'il n'arrive rien au petit, si je me mets de la Javel pure dans les yeux je serai aveugle, et alors le Pancho a pitié de moi et on se marie, ma tante nous fait le manger... « mes yeux innocents étaient deux miroirs où le bonheur souvent venait se regarder », ça cuit drôlement la Javel quand ça saute dans les yeux... « une nuit d'orage je devins aveugle, on trouva dans l'ombre le cristal brisé... » les vitres, elles se brisent en mille morceaux ? la chair de poule d'être venue sans manteau, « ...mon regard fut noyé par les denses ténèbres, perdue dans le noir, j'entendais ta voix, et dans la solitude de cette heure funèbre, il ne me reste plus qu'à pleurer sur toi ». Ils pleurent, les aveugles ? les larmes coulent quand même quand on n'a plus d'yeux ? et ceux qui ont un œil de verre ?... « Mais comme ces étoiles qui jamais ne s'éteignent, dans mon cœur brille ton souvenir... » je ne t'abandonnerai jamais, Nénette, je te promets que je ne t'abandonnerai jamais, je suis un maçon, un brave garçon, « il m'offre encor l'illusion de l'aube... » je t'aime, Nénette, je t'aime pour toujours... « dans la triste veille de ma cécité... » et lui, il profite que je suis aveugle pour en amener une autre plus blanche, la bonne du maire, et il me raconte qu'elle est vieille, « mes yeux innocents étaient deux miroirs où le bonheur souvent venait se regarder... une nuit d'orage je devins aveugle, on trouva dans l'ombre le cristal brisé... » les vitres cassées sautent de partout, un morceau bien pointu et la fille de l'usine saigne : un grand morceau de vitre, coupant comme un couteau, l'a blessée, il lui est passé entre les côtes et il lui a fendu le cœur en deux ! d'un bon coup de couteau je lui ai fendu les ailes au poulet, puis la tête, puis les pattes, je lui ai enlevé le foie, le gésier et le cœur, c'est tout petit, le cœur du poulet, un jour, une poule, après l'avoir plumée, je l'avais ouverte en deux et dedans elle était pleine d'œufs tout petits, frits à la poêle elle les aime bien, la mère de mademoiselle Mabel, le cœur d'une poule c'est plus gros que le cœur d'un poulet ? Ça ne fait rien s'il ne demande pas pardon, je sais que tu peux viser plus haut, va, maintenant, une fille qui soit pas une bonne, et si, quand il passe, il ne me regarde pas ? s'il se fâche et me crache dessus ? les bottes, le képi... le voilà ! avec une capote neuve ! et ma robe qui a rétréci ! Pancho, regarde le haut, pas plus, le décolleté carré et les manches courtes, ne regarde pas le bas qui a rétréci et mon jupon qui dépasse, pourquoi il est passé sur l'autre trottoir ? Il ne m'a pas vue ? Si, bien sûr qu'il m'a vue ! Pancho ! Il est entré dans le café ! il est ami du commissaire ? notre petit va devenir aveugle ! j'attrape la Javel et je me vide toute la bouteille dessus, je me brûle partout, c'est parce que j'ai mal soigné mon petit, sans père et aveugle, le pauvre, un jour il tombe de son berceau parce qu'il tient pas bien sur ses pauvres jambes tordues et il s'ouvre le front, sa petite tête se fend en deux et il est mort, ce sera notre punition ! et le père il se repentira mais trop tard, il restera tout seul au monde, il retourne à la cabane et le petit lit blanc sera vide, son fils vient de mourir, est-ce qu'il est assez blanc le linge pour que je le retire du baquet ? non, il s'en faut encore d'un peu, et si j'allais voir le petit, deux kilomètres c'est pas long et après je reviens en courant pour sortir le linge de la Javel, aujourd'hui on n'aura le temps de jouer à rien parce que je me suis retardée, pissouillou, mais demain après-midi, maman va t'envelopper dans le beau burnous et t'emmènera jusqu'à la place, tu verras passer les autos, qu'est-ce qu'il va être content le pissouillou de voir passer les autos, et un autre jour je t'emmènerai voir les canaris de mademoiselle Mabel, et un autre jour, quand j'aurai touché mon mois, je t'achèterai les petits souliers, à quelle heure il ferme, le magasin, sept heures et demie ? ton papa il m'a pas dit bonjour parce qu'il était trop pressé : il allait acheter des souliers pour nous faire une surprise, tu crois pas ? à force de marcher pieds nus j'ai peur que tes jambes elles arrivent pas à se redresser, quoique, ils ont tous les jambes en cerceau les pissouilloux de ton âge, jusqu'à deux ans au moins, il n'a pas de père mon pauvre pissouillou ? je te promets que quand je touche mon mois je t'achète les souliers et si ton papa nous voit, parce que s'il passe par là et nous fait un affront devant tout le monde... pourquoi il est entré dans le café ? parce qu'il a peur que je lui donne un coup de couteau ?... avec le grand couteau à découper je te lui ai coupé le cou comme rien au poulet, puis les ailes, les pattes, je lui ai sorti le foie et le cœur pour les faire sauter à la poêle, tous les abats on les fait sauter à la poêle, mais le poulet rôti non, je lui cours après dans le poulailler, je l'attrape, je lui étire bien le cou et d'un coup de couteau, pan ! je lui fais sauter la tête, il bat des ailes encore un peu après et même il cligne de l'œil, je lui arrache toutes les plumes et de toutes mes forces je lui donne encore un coup de couteau pour lui fendre la carcasse en deux, je tire toutes les saletés qu'il y a dedans et je le lave sous le robinet d'eau froide, un jet bien fort...

Juin 1939

...La figue mûre, la petite peau verte n'a pas de goût, et dessous la chair rouge avec les gouttes de miel, j'en ai mangé tant que j'ai pu, un plein ventre, l'étagère avec toutes les poupées, cheveux véritables, yeux qui se ferment, si je veux je peux leur tordre les bras, les jambes, la tête, très fort parce que la nuit les poupées ne peuvent pas crier, la croix de bois avec le christ de bronze, la commode, le porte-photos, l'oreiller blanc, le drap est brodé de petites fleurs mais pas des vraies, la couverture en laine d'une petite brebis qu'on a tondue, attends un peu que le boucher t'attrape, elle est bien au chaud là-dessous la grande poupée, poupée grandeur nature, je la réveille quand je veux, dans l'obscurité ses cheveux et sa bouche noire, les poupées assises sur l'étagère, elles ne bougent pas, moi je leur tords les bras, les jambes, je leur tourne la tête dans tous les sens, elles peuvent pas crier, le vieux viendrait et il me verrait : je leur tords un bras, je leur tords l'autre bras, elles n'en peuvent plus de douleur mais si elles crient tout sera découvert, ma peau noire de créole, elle a déteint sur tes draps brodés ? elle déteint sur ta bouche et sur tes oreilles, sur tout ton corps, de minuit à quatre heures du matin, et sur ta conscience j'ai pas laissé de taches ? t'as pas de remords ? ces chaussettes déjà sales, où est mon tricot de corps ? quand il fait jour je plonge le chiffon dans le cirage et je le passe sur les bottes, je brosse, je fais briller, des bottes impeccables, je cire aussi mon ceinturon, c'est elle qui devrait me le cirer, fainéante, elle dort la poupée, cheveux véritables, yeux qui se ferment, réveille-toi, je m'en vais, il faut que tu fermes la fenêtre derrière moi, il fait froid, la lune et les étoiles, la cour, on verra briller mes bottes, cette petite bouche que t'as, tu sens le bonbon acidulé, demain il faudra que tu m'en donnes plus, des bonbons, cette nuit, les crapauds ils auront pas chaud aux pattes, l'eau des canalisations va geler et ça éclatera. Qu'est-ce qu'elle fait briller mes bottes, la lune ! les crapauds, les flaques, la tonnelle, la bonne dort et n'entend rien, les plates-bandes, les rosiers, les fourmis, la gelée blanche, le figuier, le mur, cette lune elle fait briller même mes épaulettes, les boutons de métal, un chat, j'ai des frissons de froid, il y a un chat... non ce n'est rien... mais qui marche sur les feuilles ? c'est de froid que je tremble parce que moi je n'ai peur de personne... c'est un chat... t'approche pas !... j'ai cru que t'étais un chat, qu'est-ce que tu as dans la main qui brille ? le couteau de la cuisine

Cosquin, 28 juin 1939

Chérie,

Tu vas trouvé drôle que je te réponde si vite. Je viens de recevoir ta lettre avec la mauvaise nouvelle, je n'arrivais pas à le croire, pauvre garçon. Nous avons été très amis, même si dans sa jeunesse c'était qu'un va-nu-pied. Mais tu ne me donne aucun détail, je te suppli de me raconté par retour de courier comment ça s'est passé exactement. Ça a du faire du bruit dans le pays.

Formidable que quelqu'un s'intéresse à la maison, ne le laisse pas échappé, vend vite, comme ça tu pourra venir me rejoindre. Je n'ai pas encore comencé à demandé le prix des maisons par ici, je suis paresseux, quès que tu veux, mais je suis sur que tu trouvera quelque chose de très bien et qu'on pourra être ensemble. J'en ai mare de cette foutu pension.

Regarde ce que c'est que la vie, ce pauvre garçon était solide comme un roc et maintenant il est mort. Je t'assure que je vais beaucoup mieux, aujourdhui j'ai fait quatre heures de sieste et je ne me suis pas réveillé en sueur, je n'ai même pas eu les cauchemars que j'aurai pu avoir avec une pareille nouvelle, d'habitude, quand je suis nerveux, je me réveille trempé de sueur, mais pas aujourdhui. C'est signe que je guéris.

Ma belle, je t'embrasse et je te serre dans mes bras.

Jean-Charles

Il pose son porte-mine, se lève et ouvre la fenêtre pour renouveler l'air vicié de la chambre. Il voit son reflet sur la vitre, souriant sans raison. Il regarde sa montre, il est cinq heures, le ciel est noir et on ne voit déjà plus les montagnes. Il pense aux morts qui peut-être observent tout ce que font les vivants. Il pense à l'ami mort qui peut-être le regarde d'un endroit inconnu. Il pense que son ami sait peut-être que la nouvelle de sa mort au lieu de l'attrister le réjouit.

Douzième livraison

Je ne dois rien à la vie
je ne dois rien à l'amour
je veux mourir face à moi-même
sans prêtre et sans confession
cloué sur la croix de mes peines
serrant sur mon cœur la passion
(« Nada debo », tango)

POLICE DU DISTRICT DE BUENOS AIRES

Commissariat de : Coronel-Vallejos.
Destination du dossier : Tribunal de Première instance du Ministère de la Justice de la Province de Buenos Aires et Archives locales.
Date : 17 juin 1939

PROCÈS-VERBAL (Extraits)

En ce jour du 18 juin 1939, le soussigné officier de police Celedonio Gorostiaga, assisté du commissaire Benito Jaime Garcia, responsable des législations, dresse constat que par cet acte est résumé le rapport ayant trait au crime de sang par lequel l'auxiliaire de police Francisco Paez, ex-fonctionnaire de ce même commissariat, perdit la vie.

Le crime fut perpétré à l'aube du 17e jour du

présent mois de juin, comme en a témoigné le brigadier de service Domingo Lonati, lequel entendit des cris se trouvant dans la cuisine du commissariat laquelle donne sur la cour arrière dudit édifice. Les cris provenaient du jardin avoisinant, fait qui ne put être établi sur le moment parce que, lorsque le brigadier sortit dans la cour, rapport au fait que les fenêtres étaient fermées vu la basse température qui régnait dans toute la commune de Coronel-Vallejos cette nuit-là et les jours précédents, donc lorsqu'il sortit dans la cour, les cris avaient cessé et l'on n'entendait plus qu'un gémissement qui à son tour cessa.

Mettant à profit la présence d'une échelle qui se trouvait appuyée au mur, le brigadier monta dessus c'est-à-dire sur le mur et regarda dans la cour de la propriété où est sise l'habitation du sieur Antonio Saenz. Dans la cour en question il y a un grand figuier qui lui bouchait complètement la vue mais il crut voir cependant des formes qui bougeaient en direction de la porte du lavoir de la susdite habitation. Le brigadier Lonati pensa qu'il s'agissait peut-être d'une bataille entre animaux tels que chiens ou chats mais malgré la température inclémente il n'abandonna pas son poste d'observation en haut du mur. Dans les minutes qui suivirent il vit des lumières s'allumer à l'intérieur du lavoir et bouger plusieurs personnes là-dedans et c'est alors que le brigadier offrit ses services en criant à pleine voix mais cependant il n'obtint pas de réponses parce que la porte du lavoir s'était déjà refermée. Le brigadier Lonati pensa alors que le mieux était de retourner au poste de garde pour le cas où le téléphone sonnerait et c'est effectivement ce qui se passa. C'était bien le sieur Saenz qui demandait l'aide de police-secours attendu que l'auxiliaire Paez avait été trouvé mort sans recours dans la maison du sieur Saenz comme le constata par la suite le médecin légiste, Dr José Malbran. C'est alors que le soussigné commissaire, domicilié au premier étage dudit bâtiment du commissariat, fut convoqué par le brigadier Lonati et qu'ils se rendirent ensemble au domicile du sieur Saenz. Celui-ci les attendait revêtu de sa chemise de nuit et d'une robe de chambre ainsi que son épouse dame Augustine Saenz née Barraza et sa fille demoiselle Maria-Mabel Saenz. Ils déclarèrent avoir été brusquement tirés de leur sommeil par les cris de l'auxiliaire Paez blessé dans le jardin par la bonne de la maison Antoinette-Joséphine Ramirez qui ne sera plus désignée désormais que sous le nom de « la prévenue ». [...]

[... il constata que le corps était privé de vie et le déclara mort aux termes de la loi. L'infirmier avec l'aide du médecin légiste transporta la civière de l'ambulance jusqu'au susdit jardin. Avant qu'on relevât le cadavre, le soussigné dut faire preuve d'autorité envers le médecin légiste qui insistait pour qu'on enlève le cadavre avant que le soussigné ait pu prendre toutes les précautions d'usage, à savoir relever succinctement la position du cadavre au lieu exact de sa chute ainsi que noter l'état dans lequel se trouvaient les plantes circumvoisines qui en l'occurrence étaient des rosiers. L'infirmier, à la limite de la désobéissance aux autorités constituées, laissa retomber la civière sur la plate-bande, endommageant lesdits rosiers mais fort heureusement le soussigné avait déjà observé que les rosiers qui bordaient l'allée à main gauche étaient intacts alors qu'au contraire ceux de droite avaient été endommagés par la chute du défunt. En conséquence de quoi nous pouvons affirmer qu'il n'y a pas eu, à proprement parler, de lutte. L'auxiliaire a été attaqué de front mais par surprise autrement il est inexplicable qu'il n'ait pas pu sortir son revolver de son étui quoiqu'il est vrai que sa main droite était crispée sur la crosse du revolver qu'il ne put dégainer pour des raisons ignorées.]

[... à cela, le commissaire qui contresigne le présent rapport désire ajouter que ceci fait la preuve que la première blessure a été portée à l'abdomen alors que le cœur ne fut touché que lorsque la victime était déjà à terre...]

[... un coup de couteau de cuisine bien aiguisé, à la lame de 20 cm de long, pénétra droit jusqu'au cœur et ce coup qu'une femme n'aurait jamais pu porter, le défunt étant en position verticale, devint possible en position horizontale, ce qui lui permettait d'enfoncer le couteau de haut en bas sur un corps d'ores et déjà sans défense.]

[... elle était là, étendue sur son lit, sans connaissance. A ses côtés se trouvait mademoiselle Saenz. La prévenue n'était vêtue que de son jupon et de son linge de corps, le jupon présentait des restes de taches de sang lavées à l'eau mais, selon les explications de Mlle Saenz, c'est parce qu'ils avaient trouvé la prévenue, au moment des cris, à côté du défunt, debout et brandissant son arme, un couteau de cuisine comme il a été dit plus haut, et balbutiant des mots sans suite. A la suite de quoi elle se trouva mal et fut transportée sur sa couche par Mlle Saenz qui bénéficiait d'ores et déjà de l'aide de messieurs ses parents. Ils placèrent la prévenue sur son lit et lavèrent les taches de sang avec une éponge. Comme elle était raide et froide ils la recouvrirent avec les couvertures et se mirent aussitôt en devoir d'appeler le médecin et la police, à la suite de quoi...]

[D'après la déposition de Mlle Saenz, la prévenue se serait plainte à elle quelques jours auparavant de ce que le défunt (qui ne lui avait plus adressé la parole depuis qu'il avait eu vent de son état) l'avait interpellée dans la rue pour lui signifier qu'elle aurait à laisser la porte de la cour ouverte afin qu'il puisse venir la visiter nuitamment, ce à quoi la prévenue avait réagi avec mépris car vu le peu d'intérêt du défunt pour son fils, elle l'avait pris en grippe. Quant aux événements de cette nuit on ne pouvait pour l'instant avoir d'autres précisions puisque la prévenue avait été trouvée au jardin avec une crise de nerfs et n'avait rien pu expliquer.

A la suite de quoi, son intervention ayant été réclamée, le docteur Malbran examina la prévenue et la trouva exempte de traces de violences sexuelles, il recommanda par contre de ne pas la réveiller afin qu'elle retrouve ses esprits naturellement. Il fut alors décidé que le brigadier Lonati resterait en faction dans la pièce nonobstant la présence de la demoiselle Saenz assise au chevet de la prévenue.

A la suite de quoi force nous fut d'inspecter la disposition des lieux, de quoi il ressortit qu'on ne peut accéder à la grande cour que par une seule porte de part et d'autre de laquelle sont situées deux fenêtres : à la droite la fenêtre de la chambre de la demoiselle Saenz, et à la gauche la fenêtre du lavoir de la maison ; toutes les deux ayant vue sur le jardin qui prend fin au mur de clôture jouxtant le commissariat. Selon les déclarations du sieur Saenz, ladite porte d'accès à la cour était coutumièrement fermée au verrou mais en maintes occasions on l'avait laissée ouverte surtout depuis l'inauguration du nouveau commissariat qui dispensait aux habitants de la maison un sentiment de sécurité.]

[C'est dans la matinée d'hier c'est-à-dire du 16 courant à 8 h 30 que la prévenue reprit ses esprits et c'est Mlle Saenz qui lui dispensa tous les soins. A 9 h 45 le Dr Malbran estima que la prévenue était en état de subir l'interrogatoire de la police duquel ressortirent les déclarations suivantes :

Antonia Josefa Ramirez, âgée de vingt-quatre ans, avoua avoir frappé à mort l'auxiliaire de police, Francisco Catalino Paez, avec un couteau de cuisine. La confession fut plusieurs fois interrompue par des crises de larmes et à plusieurs reprises Mlle Saenz fut obligée de maintenir la prévenue pour l'empêcher plusieurs fois de se cogner la tête contre le mur. Mlle Saenz, à qui la prévenue avait déjà raconté une première fois les faits à son réveil, l'aida à combler les lacunes que sa mémoire présentait à tout moment. Les événements se sont précipités à l'aube du 16ᵉ jour lorsque la prévenue vit entrer dans sa chambre le défunt avec son uniforme d'auxiliaire de la police. Il la menaça de son revolver et lui dit de se donner à lui sur-le-champ et sur les lieux mêmes, malgré la proximité des patrons. La prévenue, pleine de rancune par le fait d'avoir été abandonnée avec un enfant naturel après avoir été séduite à base de fausses promesses, s'y refusa et allégua que cela risquait de réveiller les patrons et comme le fit remarquer opportunément Mlle Saenz, il était dans les habitudes de Mme Saenz de se lever au milieu de la nuit à cause de ses acidités d'estomac et d'aller à la cuisine. Un détail : ladite cuisine communique avec la chambre de la bonne mais il n'y a pas de porte, elle n'en est séparée que par un rideau de tissu noir car ladite chambre était à l'origine un débarras. Cet argument de la prévenue finit par convaincre le défunt de sortir dans la cour où elle ferait ce qu'il lui ordonnait, sans compter qu'elle l'avait menacé de crier s'il ne se rendait pas à ses raisons. Enfin le défunt, bien qu'en état d'ébriété — détail qu'avait révélé l'autopsie —, finit par accepter et ils se dirigèrent ensemble vers la cour. Mais ils devaient pour cela passer par la cuisine et c'est à ce moment-là que la prévenue en profita pour prendre subrepticement un couteau en passant et sans que le défunt s'aperçoive de rien. Le défunt voulait la conduire jusqu'au fond de la cour avec le propos bien arrêté d'abuser d'elle encore une fois. Quand la prévenue crut le moment venu, et une fois dans la cour, elle montra le couteau pour le faire reculer mais Paez, en état d'ébriété, n'en tint pas compte, bien au contraire...]

[... on procéda ensuite à l'examen de l'acte de naissance du jeune Francisco Ramirez, né le 28 janvier 1938 à l'hôpital de Coronel-Vallejos où il est porté de père inconnu. A la suite de quoi fut convoquée la tante de la prévenue, mademoiselle Augusta Ramirez, quarante et un ans, blanchisseuse de profession. Cette dernière déclara sous serment avoir reçu en plus d'une occasion de l'argent de Paez pour l'entretien de l'enfant et elle ajouta que plus d'une fois, c'est-à-dire en fait chaque fois qu'elle le voyait, elle lui amenait l'enfant pour qu'il le voie sous la condition expresse, imposée par le défunt, qu'elle ne dirait pas à la mère de l'enfant qu'il le voyait. D'après cette même blanchisseuse il était très affectueux avec l'enfant qui lui ressemble beaucoup il est vrai et ils se retrouvaient tôt le matin dans la campagne car le défunt avait peur d'être vu avec l'enfant. Ledit défunt menaçait la blanchisseuse de ne plus lui donner d'argent si elle disait à la prévenue qu'il voyait l'enfant. Un beau jour, le défunt arriva avec une balle en caoutchouc pour en faire cadeau à l'enfant à la condition que la blanchisseuse dise que c'était elle qui l'avait achetée avec l'argent qu'il lui donnait mais la blanchisseuse préféra dire à la prévenue qu'elle l'avait trouvée dans un caniveau car la prévenue aurait vu cette dépense d'un mauvais œil.]

[... dans l'immeuble bon marché de la blanchisseuse et il fut amené, avec la balle en caoutchouc, jusqu'au commissariat afin que l'on puisse dresser constat. On fit état de la ressemblance concluante qui existait avec le défunt. Quant à la balle, après de laborieuses recherches on put établir qu'elle avait été achetée au débit de boissons « La Créole » à une date non déterminée, entre le mois de décembre et le mois de janvier suivant, peut-être la veille du Nouvel An comme l'a déclaré sous serment le propriétaire de ce commerce, M. Camilo Pons.

Après quoi on enquêta auprès de certaines personnes pour avoir un aperçu de la moralité de la prévenue, ainsi que chez ses anciens patrons, la maîtresse d'école, Mme ...]

[Par contre une curieuse observation faite par le brigadier Lonati jeta des doutes sur la non-préméditation du crime de sang : il se rappelle avoir vu l'ex-auxiliaire de police Paez sauter le mur en direction de la maison, propriété de M. Saenz, et ce quelques jours auparavant, de même qu'il se rappelle certaines plaisanteries ou blagues de l'ex-auxiliaire quant à certaines soi-disant récréations pendant les heures de garde, plaisanteries qu'il ne précisait pas et que personne n'avait pu élucider. De là à conclure que le défunt avait déjà visité la prévenue d'autres fois il n'y avait qu'un pas mais ce pas alors détruirait l'alibi de la prévenue, à moins qu'on ne suppose que le défunt sautait le mur mais trouvait toujours fermée la porte d'accès à la maison jusqu'au jour où, pour son cruel châtiment, il la trouva ouverte.

Il ne fut pas davantage possible de trouver dans les dépendances du commissariat la bouteille d'alcool ingurgitée par le défunt à qui...]

[Sur ces faits nous considérons comme close l'information se rapportant au cas en question. La prévenue se trouve actuellement sous surveillance médicale à la cellule n° 8 dudit commissariat, au secret sauf en ce qui concerne les allées et venues du médecin de service.

Attestent la présente déclaration à toutes fins légales,

Celedonio Gorostiaga	Benito Jaime Garcia
Commissaire	Sous-Commissaire

POLICE DU DISTRICT DE BUENOS AIRES

Commissariat · Coronel-Vallejos.
Destinataire de la copie : Archives locales
Date : 19 juin 1939

Ont été arrêtés les mineurs suivants : Celestino Paez, 17 ans, et Romualdo Antonio Paez, 14 ans, frères du défunt Francisco Catalino Paez, ex-agent de ce commissariat, pour avoir lancé des pierres sur l'accusée du meurtre, Antonia Josefa Ramirez, au moment où elle montait dans le train à destination de Mercedes où elle devait être jugée pour homicide, en compagnie de l'agent Arsenio Linares. La prévenue fut atteinte par une pierre et blessée à la base du crâne bien que sans gravité mais elle fut cependant immédiatement secourue par le service d'urgence de ce même train lequel partit avec un retard dû au fait que les mineurs susdits s'étaient cachés sous les wagons. Le train partit aussitôt qu'on les eut rattrapés. Les deux mineurs sont à la disposition du Juge de Paix du Canton de Vallejos.

Benito Jaime Garcia

Sous-Commissaire, chargé d'enquête

— On peut entrer ? *ça me soulève l'estomac*

— Oui, passez je vous en prie. Je vous attendais. *elle s'est mise sur son trente-et-un, la donzelle*

— Comme vous avez de jolies plantes... *mais la maison est dégoûtante*

— C'est la seule chose que j'aurais de la peine à laisser si je quittais Vallejos... *qu'est-ce que t'as à regarder comme ça les carreaux cassés par terre ? Tirée à quatre épingles, manteau en beau lainage, chapeau de feutre*

— Quel froid n'est-ce pas ? *elle n'a pas de poêle, cette va-nu-pieds*

— Oui, la maison est très froide, je m'en excuse, venez, on va se mettre dans la salle. *si t'y trouves de la poussière t'auras de bons yeux...*

— Ecoutez, moi ça m'est égal d'aller dans la cuisine s'il y fait plus chaud... *elle a pas de poêle, déjà un double menton, des poches sous les yeux, au moins quarante-cinq ans*

— Bien, allons-y si ça vous est égal, c'est aussi propre qu'ailleurs. *tu croyais peut-être que je vivais dans la saleté, hein, espèce de naine, t'as beau te mettre un chapeau pour t'allonger t'es toujours aussi naine*

— Elle vous consomme beaucoup de bois, cette cuisinière ? *elle doit passer sa journée à l'astiquer, cette moins-que-rien*

— Ma foi oui, pas mal, mais comme je passe toute la journée dans cette pièce c'est moins grave. *oui, je mène une vie simple, ça te regarde ?*

— Vous avez de bonnes nouvelles de votre fille ? *la grosse dondon*

— Oui, elle va on ne peut mieux, merci. *elle a trouvé un mari, elle, c'est pas comme toi*

— Où est-ce qu'elle habite, déjà ? A Charlone ? *un trou perdu dans la pampa*

— Oui, son mari a un commerce à Charlone. Evidemment, Charlone ce n'est pas grand. *mais elle est mariée, mariée et pas vieille fille comme qui tu sais...*

— Vous faites bien de quitter Vallejos, qu'auriez-vous fait ici toute seule ? *comme un vieux croûton derrière une malle*

— Oui, depuis que ma fille est partie, rien ne me

retient plus ici. *par contre tout m'appelle là où est mon amour...*

— Depuis combien d'années êtes-vous veuve ? *qu'est-ce qu'il peut bien lui trouver, mon frère, elle est ordinaire, mal habillée*

— Ça va faire douze ans. La petite avait huit ans quand il est mort. J'ai beaucoup souffert dans ma vie, mademoiselle Célina. *je mérite bien de m'amuser un peu, qu'est-ce que tu crois...*

— Quel âge aviez-vous quand votre mari est mort ? *allez avoue*

— *Qu'est-ce que je vais lui dire ?* La petite avait huit ans... *tu peux toujours courir, tu ne sauras rien*

— Ecoutez, Madame, comme je vous l'ai fait dire, j'ai à m'entretenir avec vous de quelque chose de très important. *tu as une coiffure à la garçonne qui me lève le cœur, et ces anneaux dans les oreilles, toute la racaille en a*

— Parlez en toute confiance. *aidez-moi mon Dieu car cette vieille fille-là est capable de tout*

— Ecoutez, je voudrais avant tout que vous me promettiez de ne le répéter à personne, *va-nu-pieds, garce, il va t'en coûter de ne pas aller le raconter à la voisine*

— Je vous le jure sur ce que j'ai de plus sacré. *Dieu ne va-t-il pas me punir d'avoir juré ?*

— Sur qui ? *si tu jures sur la tête de mon frère je te crache à la figure*

— *Je n'ose pas dire Jean-Charles.* Sur le bonheur de ma fille.

— Bien. Ecoutez, j'ai reçu une lettre de mon frère me disant ce que vous comptez faire.

— Et qu'est-ce qu'il vous raconte ? *à quoi veut-*

elle en venir celle-là ? elle va me menacer de le raconter à ma fille ?

— A quoi bon le répéter ? *Je t'ai eue*

— Au cas où ce ne serait pas tout à fait exact, non pas que je veuille dire qu'il soit menteur mais j'aimerais autant qu'il n'y ait pas de malentendus, on ne sait jamais. *on ne sait jamais*

— Il dit que vous avez appris que nous, maman et moi, *pas toi et moi, clocharde,* ne pouvions pas envoyer davantage d'argent à Cordoba pour le nouveau traitement et que la pension où il est n'est pas bien et que la meilleure coûte les yeux de la tête, bref que vous lui aviez écrit que vous vouliez vendre votre maison d'ici pour en acheter une autre à Cosquin et le prendre en pension chez vous. *comment mon frère peut-il te supporter, vieux débris, toujours en socquettes et talons hauts*

— Oui, c'est la stricte vérité, et si je peux je prendrai même quelques autres pensionnaires, des vrais, pour m'aider à la dépense.

— Ma mère est très ennuyée. *d'avoir à traiter avec des moins-que-rien*

— Et pourquoi ? N'est-ce pas pour le bien de son fils ? *tous les gens qui s'en croient ont le cœur sec*

— Oui, mais elle souffre de ne pas pouvoir l'aider elle-même comme elle le voudrait.

— *il vaudrait mieux que tu lui envoies quelques pesos au lieu de t'acheter tant de chapeaux et de manteaux.* Evidemment, mais il ne faut pas non plus avoir tant d'orgueil, ce n'est pas bien.

— Ma mère n'est pas orgueilleuse, vous n'avez pas le droit de dire ça. Ce qu'il y a c'est que ma maman a été toujours habituée à ce que rien ne lui manque et maintenant elle en souffre, c'est normal. *tiens, attrape toujours ça !*

— *comment as-tu l'audace de m'offenser, chienne...* Oui, toutes les mères sont comme ça.

— Bien, c'est pour cela que ma mère et moi voulons vous demander quelque chose.

— Dites. *elles vont me pousser à la ruine ? me faire perdre mon amour ?*

— Vous comptez vendre vos meubles ?

— *je respire.* Non, parce qu'on ne vous en donne presque rien et s'il faut que j'en achète ensuite à Cosquin ce sera très cher. D'autant que je ne sais même pas s'il y a un magasin de meubles, là-bas, vous vous rendez compte s'il faut aller les acheter à Cordoba...

— Nous pensions, maman et moi, que vous les expédieriez d'ici.

— Oui, c'est ce que je ferai. Et j'ai même déjà une proposition pour la maison. *rien, rien ne m'arrêtera*

— Bien, ma mère, et moi aussi, nous vous demandons une chose : nous ne ferons pas opposition à votre projet mais nous vous demandons de ne dire à personne que vous partez pour Cosquin. *femme de peu, pour rejoindre un garçon plus jeune !*

— N'ayez crainte, je ne pensais pas le dire à qui que ce soit, même pas à ma fille, pas tout, du moins. Vous savez comme les gens sont mauvaises langues ici. Voyez ce qu'ils osent dire de votre amie Mabel... *tiens, à ton tour, attrape !*

— *qu'est-ce que tu veux insinuer, toi et ton double menton ?* Je n'en crois rien. Une fille de bonne famille comme Mabel ne risquait pas de fréquenter cette espèce d'Indien.

— *c'est toutes des dévergondées et toi pire que les autres.* Il se peut que ce soit des racontars. Tout de même, à l'interrogatoire, elle s'est contredite.

— C'est parce qu'elle était nerveuse... Bref, pour en revenir à notre affaire, même si vous ne dites pas que vous partez pour Cosquin, les gens finiront par s'en apercevoir si vous ne prenez aucune précaution. Les meubles, par exemple, il ne faut pas les expédier d'ici.

— Et comment faire ?

— Si vous les donnez à la compagnie de déménagement d'ici, tout le monde le saura en moins de deux. Envoyez vos meubles d'abord chez votre fille, à Charlone, puis de Charlone à Cosquin. Et prenez, pour tout, le même genre de précautions.

— *Jean-Charles, tu ne me l'enlèveras pas.* Pour quelle autre chose, par exemple ?

— Pour tout. Comme ça, personne ne saura que vous êtes avec mon frère. Car vous devez comprendre que pour ma famille c'est une honte. *ça y est, c'est dit*

— *non, il n'y a de honte qu'à voler.* Si Dieu a envoyé cette maladie à votre frère c'est que c'est Sa volonté, vous ne gagnez rien à avoir honte.

— Mais vous me promettez de faire ce que je vous ai dit pour les meubles et pour les papiers de la maison ? Il vous faut donner pour toutes les formalités l'adresse de votre fille à Charlone. Vous le promettez ?

— Je vous le promets. *et toi, naine, qui grimpes si facilement dans l'auto des voyageurs de commerce, de quel droit tu me parles sur ce ton ?*

Treizième livraison

Son souvenir me poursuit jour et nuit
et toujours je ne pense qu'à lui
car il m'a fait connaître l'amour
pour tou-jours.

(« Le plus beau tango du monde »,
tango)

C'était par une belle après-midi d'automne. Dans cette rue de Buenos Aires les arbres poussaient inclinés. Pourquoi ? De hauts immeubles de chaque côté de la rue interceptaient les rayons du soleil et les branches s'étendaient obliques vers le milieu de la chaussée comme si elles suppliaient... cherchant de la lumière. Mabel allait prendre le thé chez une amie, elle leva les yeux vers la haute cime des arbres et vit que les troncs puissants s'inclinaient, s'humiliaient.

Peut-être un vague pressentiment serra-t-il sa gorge d'une main de soie... Elle pressa sur son cœur le bouquet de roses qu'elle avait à la main et respira leur doux parfum, pourquoi lui semblait-il soudain que l'automne avait envahi la ville à jamais ? La façade de l'immeuble lui parut luxueuse, fort heureusement l'absence de tapis dans l'entrée eut tôt fait de la rassurer : l'immeuble dans lequel elle allait habiter, elle, comprenait, Dieu merci, cet objet révélateur de la classe d'un logement. L'ascenseur, il est vrai, avait une glace, elle vérifia son maquillage à travers la fine voilette de son petit feutre noir garni d'un bouquet de cerises en cellophane. Après quoi, elle lissa la fourrure de son renard...

Troisième étage, appartement B, quand son amie Nelly lui ouvrit la porte, avec sa coiffure en hauteur et ses paupières très fardées, elle lui parut un peu vieillie.

— Mabel, quel plaisir de te voir ! — et elles s'embrassèrent deux fois sur chaque joue.

— Néné ! quel adorable petit ange ! et il marche déjà ce trésor ! — elle se pencha pour embrasser l'enfant et en découvrit un autre, plus petit, dans un parc — et le bébé, qu'il est mignon !

— Non, Mabel... ils ne sont pas très beaux, tu ne trouves pas même qu'ils sont plutôt laids ? — demanda la mère dans un élan de sincérité.

— Mais non, pas du tout, ils sont si mignons, tout ronds et grassouillets, quel âge a-t-il le plus petit ?

— Huit mois et l'aîné un an et demi... Mais heureusement c'est des garçons, ça ne fait rien s'ils ne sont pas très beaux... — Nelly se sentit pauvre, elle n'avait à montrer que deux enfants sans charme.

— Mais dis donc, ils sont bien rapprochés... tu n'as pas perdu de temps, hein ?

— Mon Dieu, comme j'avais peur que tu partes en voyage de noces sans avoir le temps de venir me voir, où en es-tu de tes préparatifs ?

— Ecoute, de quoi devenir folle, littéralement folle, et encore je ne me marie pas en robe longue et ça se passe dans l'intimité... Il est très joli, ton appartement — ajouta Mabel d'une voix hérissée d'hypocrisie.

— Tu trouves ?

— Bien sûr ! Dès que je serai de retour de mon voyage de noces il faudra que tu viennes voir mon petit nid ; ça, évidemment il est très très petit, mon appartement.

— Ce doit être une bonbonnière — repartit Nelly en mettant dans un vase les roses odorantes et en les admirant — je parie que tu as oublié de m'apporter la photo de ton fiancé ?

Elles pensèrent toutes deux au visage parfait de Jean-Charles et évitèrent pendant quelques secondes de se regarder.

— Oh, tu sais, il n'est pas beau du tout, ni grand.

— Je meurs d'envie de le connaître, il doit bien y avoir une raison pour que tu l'épouses, petite maline. Ce doit être quelqu'un de très intéressant. Montre-la-moi, va, la photo de ton petit homme... — et Nelly se mordit la langue.

— Comme ils sont confortables, ces fauteuils. Non, mon chéri, pas les bas, ne touche pas !

— Loulou, attention, si ça continue je vais te faire panpan, sois sage, tiens, un biscuit — et Nelly se dirigea vers la cuisine pour faire chauffer l'eau du thé.

— Toi tu es Loulou et ton petit frère, il s'appelle comment ? — demanda Mabel au petit garçon en souriant et en cherchant sur son visage une ressemblance convaincante avec le mari de Nelly.

— Mabel, viens, je vais te montrer la maison.

Quand elles se retrouvèrent toutes les deux dans la cuisine elles ne purent éviter le flot des souvenirs. Tant d'après-midi passés dans cette autre cuisine de Nelly tandis qu'au-dehors soufflait le vent poussiéreux de la pampa.

— Sais-tu une chose, Nelly, un maté me ferait plaisir, comme au bon vieux temps... Combien d'années que nous n'avons pas pris un maté ensemble ?

— Un siècle, Mabel, presque depuis l'époque où j'avais été élue reine du printemps... et nous sommes en avril 41...

Elles se turent toutes les deux.

— Nelly, on dit que le passé est toujours plus beau et c'est bien vrai, n'est-ce pas ?

Elles se turent de nouveau et toutes les deux pensèrent à la même chose : oui, le passé avait été le meilleur temps parce que toutes les deux alors croyaient à l'amour. Au silence succéda le silence. La lumière mourante du soir entrait par la lucarne et teignait la pièce de mauve. Mabel n'était pas chez elle mais, leur mélancolie devenant insupportable, d'autorité elle alluma la petite lampe du plafond et demanda :

— Tu es heureuse ?

Nelly sentit qu'un concurrent plus malin qu'elle l'avait attaquée par surprise. Elle ne savait que répondre, elle allait dire « je ne peux pas me plaindre », ou « il y a toujours un mais », ou « oui, j'ai deux enfants maintenant », mais elle préféra hausser les épaules et sourire de façon énigmatique.

— Ça se voit, que tu es heureuse, tu as une famille que beaucoup pourraient t'envier...

— Oui, je ne peux pas me plaindre. Ce que je voudrais maintenant c'est un appartement plus grand pour avoir une chambre de bonne, parce que s'il faut en faire dormir une dans le living c'est plus un ennui qu'autre chose. Tu ne peux pas savoir le travail que me donnent les enfants ! Surtout maintenant, l'hiver, avec les rhumes qui vont commencer... Nelly préféra taire ses autres griefs : elle ne connaissait aucune boîte de nuit, elle n'était jamais montée en avion, les caresses de son mari n'étaient pas pour elle... des caresses.

— Mais ils ont l'air pourtant si bien portants... Tu sors beaucoup ?

— Non, où veux-tu que j'aille avec ces deux-là qui pleurent tout le temps ou qui font pipi ou caca. Quand tu auras des enfants, tu verras ce que c'est.

— Si tu n'en avais pas tu en voudrais, ne te plains pas — dit Mabel d'un ton forcé car elle redoutait, elle aussi, cette vie routinière de mère et d'épouse, mais valait-il mieux rester vieille fille dans une petite ville et continuer à être la cible des médisances ?

— Et toi, parle-moi de toi... Tu veux beaucoup d'enfants ?

— Nous nous sommes promis, Gustave et moi, de ne pas avoir d'enfant avant qu'il ait fini ses examens, il lui manque peu de chose mais avant qu'il se décide à les présenter...

— Qu'est-ce qu'il prépare ?

— Doctorat en sciences économiques

Nelly évalua la distance qui pouvait séparer un docteur en sciences économiques d'un adjudicateur des ventes.

— Raconte-moi quelque chose de Vallejos, Mabel.

— Tu sais, je n'ai pas de nouvelles très récentes, cela fait plus d'un mois que je suis à Buenos Aires avec tous ces préparatifs.

— Jean-Charles est toujours à Cordoba ? — Nelly se sentit rougir.

— Oui, il paraît qu'il va mieux. — Mabel regarda la flamme bleue de la cuisinière à gaz.

— Et Célina ?

— Comme ci, comme ça. A quoi bon en parler ? Elle a pris un mauvais chemin, tu le sais bien : fréquenter les voyageurs de commerce, ça ruine une réputation. Tu n'écoutes jamais de roman radiophonique l'après-midi ?

— Non, il y en a un de bien ?

— Sensationnel, à cinq heures, tu ne l'écoutes pas ?

— Non, jamais. — Nelly se rappela que son amie avait toujours découvert avant elle les meilleurs films, la meilleure actrice, le meilleur jeune premier, le meilleur roman radiophonique, pourquoi se laissait-elle toujours devancer ?

— J'ai manqué pas mal d'épisodes mais toutes les fois que je peux, je l'écoute.

— Dommage que tu le manques aussi aujourd'hui — dit Nelly qui voulait parler longuement avec Mabel, évoquer des souvenirs ; aurait-elle le courage de parler de Jean-Charles ?

— Tu n'as pas de radio ?

— Si, mais il est plus de cinq heures.

— Non, il n'est que cinq heures moins dix.

— Alors on peut l'écouter si tu veux. — Nelly se rappela qu'elle était la maîtresse de maison et qu'elle se devait de faire plaisir à son invitée.

— Oui, formidable ! Ça ne t'ennuie pas trop ? Cela ne nous empêchera pas de parler, d'ailleurs.

— Bien sûr. Comment s'appelle le roman ?

— *Le capitaine blessé,* il est presque fini, il ne

manque plus que quatre épisodes et pour le mois prochain ils annoncent *La promesse oubliée.* Tu veux que je te le raconte depuis le début ?

— Oui, mais après n'oublie pas de me parler de Nénette. Comment va-t-elle ?

— Très bien. Bon, je te raconte depuis le début sinon tu n'y comprendras rien et il est bientôt cinq heures. Et je suis sûre que demain tu écouteras la suite.

— D'accord mais dépêche-toi.

— Voilà, c'est pendant la guerre de 14, en France, un jeune capitaine de famille noble. Il est blessé au cours d'un combat près de la frontière allemande et quand il revient à lui dans la tranchée il y a un soldat allemand mort près de lui et il comprend que la place est tombée aux mains de l'ennemi. Alors il met les vêtements du soldat mort et se fait passer pour un Allemand. D'ailleurs toute cette région de France est tombée aux mains des Allemands. Ils repartent vers le village et, en passant devant une ferme, ils demandent à manger. Le fermier est un paysan borné et brutal mais il a une femme qui est très belle et qui donne aux Allemands tout ce qu'ils veulent à condition qu'ils passent vite leur chemin. Mais soudain elle le voit, lui, et elle le reconnaît. Il faut te dire que c'était une des filles du village où il avait son château, le château où il avait passé toute sa jeunesse, et cette fille avait été son premier grand amour.

— Mais quel genre de fille c'était, elle ? Sérieuse ou qui faisait la noce ?

— Tu sais, elle était tombée amoureuse de lui quand elle était petite fille, quand il s'échappait du château pour aller se baigner dans la rivière et qu'après ils allaient cueillir des fleurs ensemble, et elle avait certainement dû se donner à lui quand elle avait été plus grande.

— Alors tant pis pour elle. Elle n'était pas sérieuse.

— Mais au fond lui l'aime vraiment, seulement comme c'est une paysanne il s'est laissé faire par sa famille qui veut pour lui un mariage de convenance avec une fille de famille noble. Mais, Néné, on ne devait pas prendre du maté ?

— Ah, mon Dieu, en parlant j'ai oublié et j'ai fait du thé ! Tu veux du maté ? Et il l'aime, lui, cette fille noble ?

— Ma foi... c'est une jeune fille très jeune qui est très amoureuse de lui, elle est très fine, très racée, c'est forcé qu'elle lui plaise. Laisse, on boira du thé...

— Mais aimer ce qui s'appelle aimer, il ne peut en aimer qu'une.

Mabel préféra ne pas répondre. Nelly tourna le bouton de la radio, Mabel l'observait : non seulement à travers la voilette de sa toque mais à travers le voile des apparences elle vit clair dans le cœur de Nelly. Cela ne faisait pas l'ombre d'un doute : si elle croyait impossible d'aimer deux hommes c'est qu'elle n'avait pas pu aimer son mari, parce que Jean-Charles, lui, elle l'avait aimé.

— Et lui, il revient à l'autre parce que ça l'arrange ?

— Non, il l'aime à sa façon, il l'aime vraiment, Néné.

— Comment, à sa façon ?

— Oui, bien sûr. Pour lui, tu comprends, la patrie passe avant tout, c'est un officier qui a été décoré. Et après il y a eu un passage avec son beau-frère à elle, le frère de son mari, qui est un espion à la solde des Allemands, il va dans la grange et il découvre le jeune homme, alors l'officier est obligé de le tuer et il l'enterre de nuit dans le jardin et le chien n'aboie pas parce que sa maîtresse lui a appris à aimer le prisonnier.

— *Ici Radio Buenos Aires... votre station préférée... nous vous présentons le Radio-Théâtre de l'après-midi...*

— Je vais servir le thé... parce que les enfants ont faim.

— Oui, mais il faut que tu écoutes aussi, laisse-moi le mettre plus fort.

Une mélodie au violon égrena ses premières notes mais presque aussitôt décrût et s'effaça devant la voix bien timbrée du narrateur : *En ce froid matin d'hiver, Pierre, du haut de sa cachette dans le grenier, aperçut au loin les feux croisés des premières escarmouches. Les deux armées s'affrontaient à quelques kilomètres de là. Si seulement il pouvait voler au secours des siens, pensa-t-il. Tout à coup il entendit du bruit dans le grenier et resta immobile dans sa cachette de foin.*

— *Pierre, n'aie pas peur, c'est moi...*

— *Marie... si tôt...*

— *Ne crains rien, Pierre...*

— *Ma seule crainte c'est que tout ceci ne soit qu'un rêve et qu'en me réveillant je ne te voie plus... toi, là... te découpant dans l'encadrement de la porte, et derrière toi le ciel rose de l'aube...*

— Ah, Mabel, tu diras ce que tu voudras, il n'y a rien de plus beau que d'être amoureux.

— Chut !

— *Pierre... tu as froid ? La campagne est cou-*

verte de gelée blanche mais nous pouvons parler tranquillement, il est allé au village.

— Et pourquoi si tôt, il n'y va pas d'habitude avant midi...

— C'est parce qu'il a peur de ne pas pouvoir y aller plus tard si la bataille se rapproche. C'est pourquoi je suis venue changer ton pansement dès maintenant.

— Marie, laisse-moi te regarder... Tu as un regard étrange, aurais-tu pleuré ?

— Que dis-tu, Pierre ? Comme si j'avais le temps de pleurer.

— Et si tu l'avais ce temps ?

— Si j'avais le temps... je pleurerais en silence.

— Comme tu viens de pleurer ce matin.

— Pierre, laisse-moi changer ta bande, là, comme ça, nous allons voir si l'emplâtre d'herbes, ce pauvre remède de bonne femme, a fait de l'effet.

Marie se mit en devoir de dérouler la bande qui entourait la poitrine de son bien-aimé. Et, tout comme dans les champs de France les combats faisaient rage, dans le cœur de Marie un combat se livrait : elle voulait avant tout la guérison de son ami, couronnement de ses soins attentifs bien qu'elle n'eût guère confiance dans le pouvoir curatif de ces simples ; mais si la blessure était guérie... Pierre abandonnerait les lieux, s'éloignerait, peut-être pour toujours...

— Tu as mal quand je te défais ce bandage ?

— Non, Marie, tu ne peux pas me faire mal, tu es trop douce.

— Ne dis pas de bêtises ! Et les cris que tu poussais le jour où j'ai lavé ta blessure...

— Marie... tes lèvres par contre n'ont jamais pro-

féré une plainte. Dis-moi, que ferais-tu si j'étais tué au combat ?

— Pierre, ne parle pas ainsi, vois, mes mains tremblent et je peux te faire mal... Je n'ai plus à présent qu'à enlever l'emplâtre. Ne bouge pas.

Et devant les yeux de Marie s'étalait, sur la peau nue de son bien-aimé, la décision du Destin.

Dès que se fut arrêtée la bande sonore à rythme de valse lente, on entendit une réclame qui vantait les mérites d'une pâte dentifrice à l'action durable et rafraîchissante.

— Ça te plaît, Nelly ?

— Oui, le roman n'est pas mal, mais je trouve que l'actrice n'est pas très bonne. — Nelly n'osait pas en dire du bien parce qu'elle se rappelait que Mabel n'aimait pas les actrices argentines.

— Qu'est-ce qu'il te faut, elle est excellente ! moi je l'aime beaucoup — dit Mabel, se rappelant que Nelly n'avait jamais su juger ni le cinéma, ni le théâtre, ni la radio.

— Elle s'est donnée à lui pour la première fois dans le grenier, ou avant, quand elle n'était pas mariée ?

— Mais avant, Nelly, voyons ! Tu ne vois pas que c'est un amour qui dure depuis longtemps ?

— Bien sûr, elle ne peut pas se faire beaucoup d'illusions sur lui si elle s'est déjà donnée à lui quand ils étaient tout jeunes. Moi je pensais que si elle ne s'était pas donnée à lui avant, comme dans le grenier il ne pouvait rien se passer puisqu'il était blessé, elle aurait eu plus de chances qu'il lui revienne.

— Ça n'a rien à voir, s'il l'aime il l'aime...

— Tu es sûre ? Qu'est-ce qu'il faudrait qu'elle fasse pour qu'il revienne la chercher après la guerre ?

— Ça dépend de l'homme, si c'est un gentleman ou pas... Tais toi, ça recommence.

Devant ses yeux, s'étalait, sur la peau nue de son bien-aimé, le verdict du Destin. Marie vit avec joie, avec stupeur, avec peine... que la blessure était guérie. L'onguent avait agi et la robuste nature de Pierre avait fait le reste. Mais si Marie le décidait cette cicatrice pouvait se rouvrir, il lui aurait suffi de l'érafler de ses ongles, la peau neuve qui joignait les bords de la profonde blessure était si fine encore.

— *Marie, dis-moi, je suis guéri ?... Pourquoi ne réponds-tu pas ?*

— *Pierre...*

— *Oui, dis-moi vite, puis-je aller rejoindre mes troupes ?*

— *Pierre, tu peux partir, la blessure est guérie.*

— *Je partirai ! C'est mon devoir d'aller lutter aux côtés des miens mais après je reviendrai et s'il le faut je me battrai corps à corps avec lui pour te délivrer.*

— *Non, ça jamais, c'est une bête vile et féroce, capable de t'attaquer par-derrière.*

— Mabel, pourquoi elle s'est mariée avec un pareil homme ?

— Je ne sais pas, j'ai manqué plusieurs émissions, c'est sans doute qu'elle ne voulait pas rester seule ni devenir vieille fille.

— Elle était orpheline ?

— Mais même avec des parents, c'est normal qu'elle veuille fonder son propre foyer, non ? Laisse-moi écouter maintenant.

— *Comment peux-tu être aussi sûr que tu reviendras ?*

Dès que se fut arrêtée la bande sonore à rythme

de valse lente, on entendit une réclame qui prônait les mérites d'un savon de toilette de la même marque que le dentifrice précédemment vanté.

— Nelly ! misérable ! tu m'as empêchée d'entendre. Non, je plaisante, hum... Je prends cet éclair au chocolat ! Je vais devenir ronde comme une barrique.

— Et Nénette, comment va-t-elle ?

— Parfaitement bien, elle n'a plus voulu revenir travailler chez nous, et moi elle ne me regarde même plus, après tout ce que j'ai fait pour elle...

— Et de quoi vit-elle ?

— Elle lave du linge chez elle avec la tante. Et puis comme la femme de leur voisin est morte et qu'il a une petite propriété, elles lui font la cuisine, gardent ses enfants, elles se défendent. Mais c'est une ingrate, la Nénouille. Ces gens-là, plus tu leur en fais, plus...

Le narrateur se mit à décrire l'état des troupes françaises. Elles étaient assiégées et finiraient par devoir se rendre. Si Pierre parvenait à rejoindre leurs lignes il ne ferait que grossir le nombre des morts. Mais le hardi capitaine conçut un plan extrêmement osé : il revêtirait l'uniforme ennemi et sèmerait la confusion dans les rangs allemands. Marie entretemps affrontait son époux.

— Tu serais capable, toi, Mabel, d'un pareil sacrifice ?

— Je ne sais pas, je crois que j'aurais rouvert sa plaie, comme ça il ne serait pas reparti.

— Oui, mais s'il s'en était aperçu, après il l'aurait détestée. Il y a des fois où l'on se trouve au pied du mur, tu ne crois pas ?

— Oh moi, tu sais, je suis fataliste, je pense que

tout est écrit, tu peux bien te casser la tête à réfléchir et à faire des plans, après, tout tourne de travers.

— Tu crois ? Moi je crois qu'on doit parfois jouer le tout pour le tout, même si ce n'est qu'une fois dans sa vie. Je me repentirai toujours de n'avoir pas eu le courage de le faire.

— De quoi faire, Nelly ? De t'être mariée avec un malade ?

— Pourquoi dis-tu ça, pourquoi abordes-tu ce thème alors que je n'y pensais pas du tout ?

— Ne te fâche pas, Nelly, mais qui eût pu penser que Jean-Charles finirait ainsi ?

— Il se soigne mieux maintenant ?

— Tu es folle ! Il court les femmes plus que jamais ! Ce que je ne m'explique pas c'est comment elles n'ont pas peur de la contagion.

— Certaines ne doivent pas savoir. Et puis Jean-Charles est si beau...

— Mais non, c'est parce que c'est toutes des vicieuses.

— Qu'est-ce que tu veux dire ?

— Tu devrais le savoir.

— Quoi donc ? — Nelly pressentit l'abîme qui allait s'ouvrir quelques pas plus loin, et fut prise de vertige.

— Rien, ça se voit que tu...

— Mon Dieu, Mabel, qu'est-ce que tu veux dire ?

— Que tu n'as pas eu avec Jean-Charles... bon, ce que tu supposes.

— Tu es terrible, Mabel, tu vas me faire rougir, bien sûr qu'il n'y a rien eu. Mais je l'aimais, ça je ne le cache pas, comme fiancé je veux dire.

— Mon Dieu, ne te mets pas dans cet état, comme tu es nerveuse !

— Mais tu voulais me dire quelque chose. — Le vertige la reprenait, elle voulait savoir ce qu'il y avait au plus noir de ces profondeurs abyssales.

— Eh bien, que les femmes, quand elles ont été avec Jean-Charles, elles ne veulent plus le quitter.

— C'est parce qu'il est très beau garçon, Mabel. Et très baratineur.

— Allons ne fais pas semblant de ne pas comprendre !

— *Si les troupes françaises avancent, il nous faut filer, femme. Allez, dépêche-toi avec ces fromages, tu es de plus en plus empotée, et maintenant voilà que tu trembles de peur !*

— *Et où irons-nous ?*

— *Chez mon frère, je ne comprends pas pourquoi il n'est plus revenu nous voir.*

— *Non, pas chez lui, non.*

— *Ne me contredis pas ou tu recevras ma main sur la figure et tu sais qu'elle pèse !*

— Elle se laisse gifler, cette idiote !

— Tu sais Mabel... elle ne dit rien peut-être à cause des enfants. Elle a des enfants ?

— Je crois que oui. Si quelqu'un osait lever la main sur moi je le tuerais.

— Quels salauds, les hommes, Mabel...

— Pas tous, ma chérie.

— Les hommes qui battent leur femme, je veux dire.

Le narrateur prit congé de ses chers auditeurs au beau milieu de la violente altercation entre Marie et son époux et leur donna rendez-vous pour le jour suivant. La bande sonore se fit entendre à nouveau et, pour finir, un éloge combiné du savon et du dentifrice dont il avait déjà été question.

— Mais enfin Mabel, qu'est-ce que je ne veux pas comprendre à propos de Jean-Charles ? — Nelly continuait de courir à sa perte

— Que les femmes s'accrochaient à lui... pour des histoires de lit.

— Mais, Mabel, je ne suis pas du tout d'accord. Les femmes tombent amoureuses de lui parce qu'il est beau garçon. Mais pas pour ce qui est du lit, comme tu dis. Parce que, à te parler franchement, une fois que la lumière est éteinte on ne voit pas si le mari est beau ou laid, ils sont tous pareils.

— Tous pareils ! Mais alors, Nelly, tu ne sais pas qu'il n'y en a pas deux pareils ! — Nelly pensa au Dr Aschero et à son mari mais elle ne put établir de comparaison, les moments de luxure avec le détestable médecin avaient été trop brefs et gâchés par les incommodités.

— Mabel, qu'est-ce que tu peux en savoir, toi, une femme pas mariée ?

— Ah, Nelly, toutes mes compagnes de collège sont déjà mariées et elles n'ont pas de secrets pour moi, on se raconte tout.

— Mais qu'est-ce que tu sais, toi, de Jean-Charles ? Tu ne sais rien.

— Nelly, tu ne savais vraiment pas la réputation qu'avait Jean-Charles ?

— Mais quelle réputation ?

Mabel fit un geste obscène indiquant à peu près avec ses mains une longueur de trente centimètres.

— Mabel, tu me fais vraiment rougir ! — et Nelly vit toutes ses craintes violemment confirmées. Des craintes qu'elle avait depuis sa nuit de noces.

Elle aurait donné cher pour oublier le vilain geste qu'elle venait de voir !

— Et ça, il paraît que ça a beaucoup d'importance, Nelly, pour qu'une femme soit heureuse.

— Moi, mon mari m'a dit que non.

— Il t'a peut-être raconté des blagues pour... Bécasse, va, je te taquine, ce n'est pas ça qu'on m'a raconté sur Jean-Charles, ça je ne l'ai dit que pour te taquiner. Ce qu'on m'a raconté c'est autre chose.

— Quelle chose ?

— Excuse-moi, Néné, mais j'ai juré de ne jamais, jamais, le raconter à personne. Pardonne-moi mais je ne peux pas te le dire.

— Mabel, c'est très mal, ça. Quand on a commencé, on finit.

Mabel regarda ailleurs.

— Quand je jure une chose, je tiens parole.

Mabel partageait en deux un petit four avec sa fourchette. Nelly vit que la fourchette était un trident ; du front de Mabel sortaient les deux cornes du diable et sous la table la longue queue s'enroulait autour d'un pied de chaise. Nelly fit un effort et avala une gorgée de thé, la vision littéralement diabolique s'évanouit et la maîtresse de maison eut soudain une idée pour rendre à son amie une partie des coups qu'elle avait reçus, elle la regarda fixement dans les yeux et lui demanda à brûle-pourpoint :

— Mabel, tu es réellement amoureuse de ton fiancé ?

Mabel hésita, les quelques secondes qu'elle mit à répondre la trahirent, la comédie du bonheur était terminée. Nelly constata avec une profonde satisfaction qu'elles parlaient entre comédiennes.

— Nelly, en voilà une question...

— Oui, c'est une question stupide, je sais bien que tu l'aimes.

— Bien sûr que je l'aime — mais ce n'était pas vrai. Mabel pensa qu'avec le temps peut-être elle apprendrait à l'aimer ; mais si les caresses de son fiancé ne lui faisaient pas oublier celles d'autres hommes ? Comment seraient les caresses de son fiancé ? Pour le savoir il lui fallait attendre la nuit de noces parce qu'avant c'était trop risqué. Les hommes...

— Toi, Nelly, tu aimes plus ton mari maintenant que lorsque vous étiez fiancés ?

Le thé, sans sucre. Les petits fours, à la crème. Nelly dit qu'elle aimait beaucoup les boléros et les chanteurs mexicains qui les chantaient. Mabel approuva. Nelly ajouta qu'ils l'enthousiasmaient : les paroles semblaient s'adresser à toutes les femmes en général et à chacune en particulier. Mabel assura qu'on avait cette impression parce que les boléros disaient de grandes vérités.

A 7 heures Mabel dut prendre congé. Elle regretta de devoir partir sans avoir vu le mari de son amie — retenu à son bureau pour affaires — et sans avoir pu apprécier jusqu'à quel point tous les kilogs pris depuis son mariage l'avaient défiguré. Nelly passa l'inspection de la nappe à thé, si difficile à laver et à repasser, mais elle la trouva propre, sans aucune tache. Ensuite elle examina les fauteuils recouverts de satin, impeccables eux aussi, et se mit en devoir de remettre à chacun sa housse.

Mabel sortit dans la rue, la nuit était tombée. Comme elle l'avait projeté, elle profiterait de ce moment libre avant de dîner pour voir les vitrines d'un prestigieux grand magasin dans le quartier de Nelly et comparer les prix. Mabel réfléchissait, elle qui avait toujours été si organisée, qui n'avait jamais perdu son temps, au fond qu'avait-elle gagné avec tous ses calculs et toute sa précision ? Il aurait mieux valu peut-être se laisser emporter par un élan, peut-être le premier venu de ces hommes qui la croisaient dans la rue aurait-il pu lui apporter plus de bonheur que son incertain fiancé. Et si elle prenait le train pour Cordoba ? Là-bas, dans la montagne, il y avait quelqu'un qui l'avait aimée autrefois et avait su la faire vibrer comme personne. Dans cette rue de Buenos Aires les arbres penchaient leur front, la nuit comme le jour. Quelle humiliation inutile, il n'y avait plus de soleil, à quoi bon s'incliner pour l'atteindre ? Avaient-ils oublié, ces arbres, toute dignité, tout amour-propre ?

Nelly de son côté finit de mettre les housses aux fauteuils et desservit la table. En pliant la nappe elle découvrit qu'une cendre de la cigarette de Mabel, la seule qu'elle eût fumé, avait brûlé le tissu.

— Quelle sans-soin et quelle égoïste ! — murmura Nelly et elle aurait voulu se rouler par terre, pousser des hurlements déchirants, mais devant ses deux enfants elle ne pouvait que porter les mains à ses oreilles pour tâcher de ne plus entendre la voix obsédante de Mabel Saenz : « ...et ça, il paraît que ça a beaucoup d'importance.... Nelly, tu ne savais vraiment pas la réputation qu'avait Jean-Charles ?... bécasse, je te taquine. Ce qu'on m'a raconté c'est autre chose... mais j'ai juré... j'ai juré... juré de ne jamais le répéter à personne. Le reste je ne l'ai dit que pour te taquiner. CE QU'ON M'A RACONTÉ C'EST AUTRE CHOSE. »

Arbres qui se penchent le jour et la nuit, fines toiles brodées qu'une étincelle de cigarette peut abîmer à jamais, paysannes qui un jour, dans les bois de France, s'éprennent de qui elles ne devraient pas. Destins...

Quatorzième livraison

J'ai pleuré sur tes pas
en murmurant tout bas
la prière d'adieu
d'un départ douloureux
qui m'emplit de détresse
(« J'ai pleuré sur tes pas », tango)

Mon Père, j'ai beaucoup de péchés à confesser

Oui, cela fait plus de deux ans, je n'avais pas le courage de venir   Parce que je vais recevoir le sacrement de mariage, c'est cela qui m'a aidée à venir   Oui, aidez-moi, mon Père, parce qu'en ayant honte on n'arrive à rien, mon Père aidez-moi à confesser tout le mal que j'ai fait

J'ai menti, j'ai menti à mon futur mari

Que j'avais eu des relations avec un seul homme avant lui, un garçon que je devais épouser et puis qui est tombé malade et ce n'est pas vrai, en disant cela je le trompe, que dois-je faire, mon Père ?

Oui mais si je lui dis la vérité je vais le faire souffrir sans aucun profit pour personne   Mais quand la vérité ne sert à rien qu'à faire souffrir, faut-il la dire pareillement ?   Je le ferai mon Père mais j'ai encore un autre mensonge bien plus grave à avouer, un mensonge si grand...

Non, mon Père, le péché de luxure je l'ai déjà confessé, je suis lavée de ce péché-là, un autre m'a donné l'absolution J'ai menti devant la Justice Devant un tribunal de province

Non ! ça, mon Père, c'est impossible !

Non, la vérité ne servirait qu'à faire souffrir tout le monde davantage, moi et tout le monde

Mon Père, je vais tout vous raconter, oui, à vous je vais tout raconter Oui mon Père

Pourquoi mon Père ? Je vivais chez mes parents dans une petite ville de province et la nuit un homme venait me retrouver dans ma chambre, un homme qui travaillait au commissariat

Non, mon Père, je n'étais pas amoureuse de lui Aidez-moi, mon Père, je ne sais pas pourquoi je le faisais Oui, mon Père c'était pour en oublier un autre Oui, mon Père, l'autre je l'aimais mais il était malade et je l'ai abandonné, parce que j'ai eu peur de la contagion

Il m'avait caché qu'il crachait le sang J'ai agi pour son bien mon Père, vous ne trouvez pas ?

A ses côtés ? Je ne sais pas mon Père. Si, je l'aimais mais quand j'ai vu qu'il était malade j'ai cessé de l'aimer. Mon Père, il me faut bien être sincère, sinon à quoi bon être ici ?

Eh bien je voulais avoir une maison à moi et une famille et être heureuse, ce n'est pas ma faute, mon Père, si j'ai cessé de l'aimer ! Oui, mon Père, je suis faible et j'en demande pardon

Cet homme dont je vous ai parlé venait me rejoindre dans ma chambre Non, pas le malade, l'autre, l'agent de police Non, le malade n'était pas agent de police. Et une nuit où il faisait chaud et où j'avais laissé ma fenêtre ouverte je

l'ai vu qui me regardait au fond du jardin : il était entré chez nous   Non, je n'ai pas eu le courage de le repousser et il a pris l'habitude de venir quand il en avait envie, que dois-je faire pour être pardonnée, mon Père ?   Non, J'ai menti à la police pour une autre raison. Il se trouve que ce policier était le père d'un enfant naturel de ma bonne qui revint de Buenos Aires alors que j'avais déjà succombé à la tentation   Non, elle est revenue parce que je l'ai rappelée, ou plutôt ma maman   Non, elle avait travaillé chez nous avant, juste avant d'être enceinte   Non, je ne pouvais rien lui dire parce qu'à cette époque-là, lui, je ne le connaissais pas encore, je l'ai connu après, quand il est devenu agent de police
Non, pas pendant le procès, je l'ai connu avant parce que pendant le procès, lui était déjà mort, c'était le procès pour son assassinat   Oui, je reprends du début. Quand la bonne revint

De Buenos Aires parce que ma maman l'avait rappelée, j'ai compris que nous courions le danger qu'elle puisse nous voir   Non, pas ma maman, sa chambre était loin, la bonne ! parce qu'elle haïssait ce garçon. Alors je lui ai dit que j'avais peur mais il a continué à venir. La bonne entendit du bruit un nuit et elle sortit dans la cour. C'est alors qu'elle le vit lui, au moment où il sautait le mur du fond pour regagner le commissariat puis elle entendit le petit bruit de ma fenêtre qui se refermait
Oui, à ce moment-là c'était pendant l'hiver
Elle comprit ce qui se passait et la nuit suivante, malgré le froid terrible qu'il faisait, elle resta dans la cour, à attendre qu'il descende de ma chambre

Il partait avant qu'il fasse jour. Cette nuit fatale,

je m'étais endormie et lui m'a réveillée juste avant de partir pour que je ferme la fenêtre derrière lui. Ce fut pendant ce fameux hiver de 1939 où il fit si froid. J'étais juste en train de me recoucher quand j'ai entendu des cris de douleur épouvantables. Je me suis levée d'un bond et j'ai ouvert la fenêtre. On n'entendait plus rien, la bonne avait eu le toupet de l'attendre et elle lui avait donné deux coups de couteau Oui, j'ai appelé papa et maman parce que j'avais peur que la bonne ne me tue moi aussi, c'était logique Papa est descendu dans la cour et je l'ai vu s'approcher d'elle ; elle était agenouillée près de lui, étendu mort, un couteau de cuisine planté dans le cœur. Elle était immobile, papa lui a dit d'enlever le couteau et de le lui donner. Elle lui a obéi et mon papa, sans se salir, a saisi le couteau par la lame entre deux doigts et elle, il l'a prise par le bras pour la faire entrer dans la maison. Maman lui demanda ce qu'elle avait fait mais la bonne était comme hébétée, elle ne réagissait à rien. Maman alors m'envoya chercher du parfum et de l'alcool pour lui faire respirer. J'étais morte de peur à l'idée que papa et maman puissent deviner ce qui s'était passé. Dans la salle de bains, je vis le tube de somnifère, je pris deux pastilles et je les cachai dans ma main. Je revins en disant à maman que je ne trouvais rien, ce qui était vraisemblable parce que maman a la manie de tout ranger et on a du mal à trouver les choses alors elle est allée les chercher. Et moi je lui ai mis les pastilles dans la bouche à la bonne et je les lui ai fait avaler. Mais elle avait la gorge nouée alors quand maman est revenue elle lui a donné un verre d'eau sans comprendre pourquoi elle ne pouvait pas avaler et pourtant je vous assure que maman est loin d'être sotte. Au bout d'un instant la bonne s'endormit. Lorsque la police m'interrogea je ne sais où je pris le courage de mentir... Je leur dis que le garçon avait voulu abuser de notre bonne et qu'elle s'était défendue avec un couteau. Ah ! mon Père, tout ça je l'avais prédit plus d'une fois et lui n'a jamais voulu m'écouter   Non, la bonne ne se réveilla que le matin suivant, je passai toute la nuit à côté d'elle, et le médecin, je parvins à le persuader de ne pas la laisser emmener au commissariat, on mit un brigadier chez nous pour la surveiller mais il allait sans arrêt à la cuisine manger un morceau. Je ne sais pas si vous avez remarqué que les policiers et les médecins ne se troublent pas facilement, ils sont tellement habitués au malheur. Et les curés — pardon — et les prêtres aussi ils ont beaucoup de sang-froid. Quand elle se réveilla, la pauvre, je lui dis que si elle disait la vérité, elle serait envoyée aux travaux forcés à perpétuité et qu'elle ne verrait plus son enfant. Je le lui répétai jusqu'à ce qu'elle eût l'air de comprendre qu'elle ne devait pas dire que le garçon avait été chez moi mais qu'il avait sauté le mur pour la voir elle, pour abuser d'elle une autre fois, que cela ne valait pas la peine qu'elle se venge de moi, qu'il valait mieux qu'elle se sauve pour pouvoir élever et bien gâter — c'est une façon de parler — son bébé et je lui expliquai bien clairement tout ce qu'elle devait déclarer à la police. Elle me regardait sans répondre. Mais tout se passa bien. Elle comprit qu'il lui fallait mentir pour qu'on la relâche. Et tout le monde crut qu'elle avait agi en état de légitime défense. La vérité, il n'y a que moi qui l'ai sue et l'avocat, et aussi le garçon qui est mort Celui qui est mort Quel malade ? Non, celui que j'ai abandonné n'est pas mort, il vit encore le pauvre, je voulais dire l'autre Mais celui qu'a tué la bonne !

Non, mon Père, à quoi cela servirait-il ? Et pourquoi, si la pauvre l'a fait par ignorance ? Vous croyez que Dieu ne lui a pas pardonné ?

Et Dieu n'a pas d'autre façon de la punir ? Il faut nécessairement que ce soit la Justice qui la punisse ? Oui, mon Père, vous avez raison,

Oui, mon Père, vous avez raison, il faut il faut que la vérité se sache Bien, mon Père, je vous le promets, je dirai toute la vérité. Qui dois-je aller voir ? Je ne me rappelle plus le nom du juge Je crois qu'il n'est pas mort après le premier coup de couteau mais après le deuxième Il est possible qu'il ait vécu quelques secondes Et Dieu pardonne pour une seule seconde de repentir ? Alors je le ferai, mon Père, ainsi j'abrégerai ses souffrances au Purgatoire Vous croyez mon Père qu'il a pu avoir cette seconde de repentir ? Parce que s'il ne l'a pas eue, il est allé en enfer et là personne ne peut l'aider, quel que soit le temps que nous passions à prier Quelle chose ? Et que puis-je faire pour lui ? Oui, ils sont très pauvres Il doit avoir trois ou quatre ans

Oui, dans ces bidonvilles ils deviennent tous des voleurs, des bandits. Uniquement quand il sera en âge scolaire Oui, je vous le promets, mon Père, je vous promets les deux choses : j'irai dire toute la vérité et je me chargerai de l'éducation de ce pauvre petit Oui, mon Père, je me repens De tout mon cœur

Dix Notre Père et dix Ave Maria, plus deux rosaires tous les soirs   Oui, mon Père, je me rends compte, je sais que je suis faible   Mais est-ce ma faute si je ne l'aimais plus ? n'est-ce pas un péché de se marier avec un homme qu'on n'aime pas ? n'est-ce pas le tromper ? et le tromper n'est-ce pas un péché ?   Oui, je vous crois   Merci, mon Père, je le promets   Au nom du Père, du Fils et du Saint-Esprit. Ainsi soit-il.

Le samedi 18 avril 1947, à 15 heures, Jean-Charles Hyacinthe Eugène Etchepare avait cessé de vivre. Près de lui se trouvaient sa mère et sa sœur qu'il était venu voir pour Pâques comme tous les ans parce que le début de l'automne était l'époque recommandée par les médecins pour ses brefs séjours à Vallejos. Il n'avait pas quitté la chambre pendant les quatre derniers jours à cause d'un grand épuisement physique. A midi il avait mangé avec plus d'appétit que d'habitude mais une douleur aiguë de poitrine l'éveilla pendant sa sieste, il appela sa mère à grands cris et quelques instants plus tard il avait cessé de respirer, asphyxié par une hémorragie pulmonaire. Le Dr Malbran arriva dix minutes après et constata le décès.

Ce même samedi 18 avril 1947, à 15 heures, Nelly Henriette Massa née Fernandez passait la serpillière dans sa cuisine à Buenos Aires. Elle avait fini de laver la vaisselle du déjeuner et était satisfaite d'en avoir fait à sa tête, sans tenir compte des volontés de son mari. Il avait déploré une fois de plus que la femme de ménage ne vienne pas travailler le samedi après-midi et avait demandé à sa femme de ne faire la vaisselle qu'après la sieste. Nelly avait répliqué que la graisse froide et figée était beaucoup plus difficile à nettoyer et lui, de mauvaise humeur, avait continué à discuter, disant qu'elle le réveillerait si elle entrait plus tard dans la chambre et qu'il ne pourrait pas retrouver le sommeil, alors qu'il en avait tant besoin pour calmer ses nerfs. Nelly avait finalement répondu que pour éviter ces inconvénients, elle se coucherait dans le lit d'un des enfants après avoir fini la cuisine.

Toujours ce même samedi 18 avril 1947, à 15 heures, Maria-Mabel Catalano née Saenz, profitant de la présence de sa mère à Buenos Aires pour les vacances de Pâques, lui laissa faire la vaisselle et emmena sa fille de deux ans prendre le soleil sur la place. Comme elle le craignait, la chemiserie du coin où il y avait le jeune vendeur avec qui elle sympathisait tellement n'était pas ouverte.

Ce même samedi 18 avril 1947, à 15 heures, la dépouille mortelle de Francisco Catalino Paez gisait dans la fosse commune du cimetière de Vallejos. Il ne restait plus de lui que son squelette et il était recouvert d'autres cadavres à des stades différents de décomposition, le plus récent conservait encore le linceul dans lequel on les enveloppait avant de les jeter par l'ouverture, laquelle était fermée par une simple trappe de bois que les visiteurs du cimetière, et surtout les enfants, soulevaient pour voir ce qui se passait à l'intérieur. Le linceul se consumait peu à peu au contact de la matière en décomposition et au bout d'un certain temps on voyait apparaître les os à nu. La fosse commune se trouvait au fond du cimetière près des tombes les plus pauvres ; une plaque de fer-blanc indiquait « Ossuaire » et diverses sortes de mauvaises herbes poussaient tout autour. Le cimetière, assez éloigné de la ville, était de forme rectangulaire et bordé de cyprès. Le figuier le plus proche se trouvait dans une ferme à plus d'un kilomètre de là et, étant donné l'époque de l'année, il était couvert de fruits mûrs.

Encore ce samedi-là, 18 avril 1947, à 15 heures, Antonia Josefa Ramirez avait décidé de tuer le poulet roux du poulailler parce que le poulet gris qu'elle avait déjà mis dans un coin de la cour, les pattes attachées, était trop maigre, et la cliente lui en avait commandé un bien en chair. Elle demanda à une petite de sept ans, pieds nus, de courir après ce poulet roux et de le lui attraper. C'était la plus jeune fille du veuf avec qui elle vivait en concubinage depuis deux ans, un voisin de la cabane de sa tante. Nénette ne voulait pas déranger l'aîné des garçons, douze ans, qui était en train de bêcher le jardin, et les autres deux enfants, neuf et onze ans, travaillaient à la ville comme commissionnaires, l'un dans un magasin et l'autre dans une auberge. Son propre fils, Francisco Ramirez, avait neuf ans et travaillait comme vendeur de journaux. Il fallait bien dans ces conditions que Nénette fît appel à la plus petite car sa grossesse avancée l'empêchait de courir après les poulets.

Le cercueil qui contenait les restes de Jean-Charles Etchepare fut placé dans une des niches du grand mur blanc qu'on avait construit à cet effet, plusieurs mois auparavant, dans le cimetière de Vallejos, près de l'entrée principale. Ce mur comprenait trois rangées horizontales de niches et le cercueil fut placé dans la troisième rangée, celle qui coûtait le plus cher parce que les inscriptions étaient à hauteur d'yeux pour ceux qui visitaient le cimetière. Il y avait peu de niches occupées.

La plaque de marbre blanc était ornée de porte-bouquets soutenus par deux bras de bronze. Entre les deux bras étaient gravés le nom et les dates du défunt, sans compter quatre plaques de bronze in memoriam, un peu serrées, à cause du peu de place disponible.

La plaque placée dans l'angle supérieur gauche avait la forme d'un livre ouvert sur des branches de gui, et des pages surgissaient en relief des lettres ondulées : « JEAN-CHARLES ! AMITIÉ fut la devise de ta vie. En ta dernière demeure reçois cet hommage de pure affection. Ton image ne s'effacera jamais de la mémoire de tes camarades du collège et nous espérons que l'immense malheur de t'avoir perdu ne nous fera pas oublier le bonheur de t'avoir connu... Ton souvenir est un rosaire dont les grains commencent et finissent à l'infini. »

La plaque placée dans l'angle supérieur droit était rectangulaire. Près d'une torche en relief, l'inscription était disposée en lignes droites parallèles : « JEAN-CHARLES H.E. ETCHEPARE R.I.P. décédé le

18-4-1947. Cette vie est un songe, le réveil véritable est la mort qui nous rend tous égaux. Ses supérieurs, camarades et amis de la mairie, in memoriam. »

La plaque placée à l'angle inférieur gauche était carrée et décorée d'une simple croix : « CHARLIE ! en te perdant j'ai non seulement perdu mon frère chéri mais le meilleur ami de ma, désormais, triste existence. Ton souvenir inoubliable a en mon cœur un temple qui recevra à jamais l'encens de mes larmes... Qu'éternellement ta belle âme soit du haut du Ciel le guide de ta petite sœur

DIEU L'A VOULU. CÉLINA. »

Sur la dernière plaque, placée dans l'angle inférieur droit, figurait un ange les yeux clos et les bras croisés sur la poitrine, posé sur un nuage où tombaient des rayons venus d'en haut. L'inscription disait : « Silence ! mon petit enfant dort. Maman »

...il me regardait toujours quand je passais devant le bar, en revenant des commissions... Je vous salue Marie pleine de grâce, le Seigneur est avec vous, vous êtes bénie entre toutes les femmes et Jésus le fruit de vos entrailles est béni. Sainte Marie Mère de Dieu, priez pour nous, pauvres pécheurs, maintenant et à l'heure de notre mort, Ainsi soit-il... Faites qu'il pleuve, que l'herbe ne sèche pas, que ma grand-mère guérisse, que les sauterelles ne reviennent pas parce qu'elles mangent tout, qu'il n'y ait pas d'épidémie de phylloxera, à treize ans, Sainte Mère de Dieu, qu'est-ce que je pouvais savoir des hommes, moi ! et depuis ce moment-là tous les jours j'ai demandé qu'il meure, et maintenant je demande pardon de tout mon cœur, je me repens d'avoir souhaité sa mort à ce pauvre garçon qui est mort hier et que je haïssais si fort, il y a tant d'années de cela, le 14 septembre 1937, ça fait neuf ans, maman, et il y a une chose que je ne t'ai jamais dite mais promets-moi alors de ne pas te fâcher si je te la dis, je n'ai jamais pu le dire à personne, il me regardait toujours quand je passais devant le bar et aujourd'hui avant tout je demande la santé pour toute ma famille, de l'eau pour le verger, que les graines poussent, que la récolte de cette année soit meilleure que l'an passé, en revenant des commissions, tu sais maman, je passais devant le bar et quand il s'en rendait pas compte, moi je le regardais mais un jour je ne l'ai plus vu et plusieurs mois se sont passés sans qu'il revienne et puis la voisine l'a vu descendre de l'autobus, tout bronzé ! Où était-il allé pendant tout ce temps ?... à cinq heures il fait déjà nuit en hiver, dans une rue sombre un peu après le bar, mais est-ce qu'il me suivrait ? « Tu es de la ferme qui est derrière la voie ferrée, pas vrai ? tu es devenue une vraie demoiselle », et il a commencé à me parler... qu'il était allé passer des vacances dans une estancia, tu sais bien, maman, il était revenu la veille par l'autobus et il était dégoûté, découragé, il m'a dit, parce qu'il venait d'avoir une grande déception... à cent mètres de la maison, c'était la rase campagne maintenant, il me racontait le bal du Printemps et il me disait que ce serait sûrement moi la Reine quand j'aurais quinze ans, il était très découragé ce soir-là, il venait de se disputer avec la Nelly, tu te souviens d'elle, maman ? elle faisait les paquets au « Gagne-Petit », ça fait longtemps déjà qu'elle n'habite plus ici. « Quelle déception tu ne peux pas savoir », me disait ce garçon, puis je ne me rappelle plus rien, perdu la tête ? ivre ? endormie ? il avait l'air gentil, tu ne te le rappelles pas, maman ? j'avais treize ans, quand je suis rentrée tu m'as grondée parce que j'étais très en retard, moi je t'ai pelé les pommes de terre aussi vite que j'ai pu et j'ai haché l'oignon et j'ai pelé l'ail je l'ai coupé en tout petits morceaux, toi tu me regardais, maman, tu te rappelles pourquoi je tremblais quand je suis entrée ? parce que j'ai beaucoup couru comme j'étais en retard, c'est ce que je t'ai répondu, et si ça la rend très triste ma maman quand je lui aurai tout raconté ? ce garçon qui est mort hier, il a abusé de moi, tu entends maman ? il m'a fait la pire chose qu'un garçon puisse faire à une fille, il m'a déshonorée pour toujours, tu ne me crois pas ? Je vous demande avant tout, Seigneur, la santé pour toute la famille et si je peux tenir et ne rien dire à maman, ça vaudra mieux... je suis revenue au bar le lendemain, à cinq heures ? mais c'est que je voulais lui demander des choses... s'il était fâché pour toujours avec la Nelly... mais il ne m'a pas dit bonjour, il ne m'a pas suivie et il ne m'a jamais plus parlé, maman, il m'a raccompagnée une seule fois ! parce qu'il s'était passé l'envie, le cochon ! Je voudrais qu'il meure ! Sainte Mère de Dieu, j'ai souhaité sa mort, quelqu'un m'a-t-il entendue ?... pardonnez-moi mon péché, ce ne fut pas sa faute à lui, c'est moi qui me suis laissé tenter, au moins que je ne sois pas la cause de la mort de ce jeune homme ! maman, je ne te raconterai rien, à quoi bon ? ça ne servirait qu'à t'empoisonner la vie comme à moi, si Dieu m'aide je me tairai. Qu'est-ce qu'il avait ce soir-là ce garçon ? « Tu ne peux pas savoir comme je suis déçu », me disait-il en marchant à mes côtés, mais après ce soir-là il ne m'a plus jamais reparlé...

Dieu de mon cœur, aide-moi en ce moment car mon petit enfant est parti et je n'en peux plus de peine, je vais mourir moi aussi, et je te demande de le recevoir au royaume des cieux même s'il n'a pas eu le temps de se confesser, et il doit être chargé de péchés mais écoute-moi, mon cher Bon Dieu, car je vais te dire des prières jusqu'à ma mort et à la Très Sainte Vierge aussi qui connaît, elle, la peine que c'est de perdre un fils jeune et mon fils n'était pas un saint comme le tien, Mère de Dieu, mais il n'était pas méchant, je lui disais toujours d'aller plus souvent à la messe et de communier et le pire c'est qu'il était si... enfant ; ce qu'il voulait c'était s'amuser, toujours, aller avec les filles, c'est elles qui sont fautives plus que lui, Sainte Vierge, nous sommes des femmes toutes les deux et nous ne pouvons pas condamner un garçon parce qu'il est comme ça, tous les hommes sont comme ça, pas vrai ? Et ce sont les mauvaises femmes qui sont coupables... et moi je ne peux pas le savoir mais Dieu qui est En Haut et qui voit tout saura la vérité à propos de cet argent, Bonne Vierge du Carmen vous qui êtes la patronne de cette église, aidez-moi en ce moment parce que j'ai peur que mon fils ne repose point en paix et qu'il souffre, à cause de cet argent qu'il a pris à cette mairie de malheur, et jamais il ne s'est confessé depuis, si seulement il avait pu y aller à Cordoba mais quand je le lui ai demandé il m'a dit... parce que c'était un enfant... il m'a dit que non. L'a-t-il dit pour ne pas avoir l'air de céder ? Il y a de si jolies chapelles à Cordoba, il me disait mon petit, il a bien dû entrer dans une, une fois, pour prier et demander pardon, mais pour ne pas avoir l'air de céder il m'a menti, il m'a dit qu'il n'avait jamais plus mis les pieds à l'église et j'ai peur que Dieu lui en veuille d'être un voleur, alors que c'est plutôt quelque mauvaise femme qui a dû le pousser à prendre cet argent, sans compter que peu à peu sa sœur a tout rendu, si on rend ce qui a été volé, ça continue d'être un péché ? Bonne Vierge du Carmen parlez-lui, vous, à Notre-Seigneur, et expliquez-lui que mon pauvre petit était fou de rage qu'on lui ait refusé ce congé et il a profité d'une négligence pour prendre cet argent, ces pesos de malheur que d'ailleurs une de ces femmes devait lui demander... Bonne Vierge du Carmen, je ne sais pas si vous avez été mère vous aussi, comme la Vierge Marie, mais si vous l'êtes, vous devez savoir combien je souffre de penser qu'en ce moment peut-être il est en peine, Bonne Vierge, lui qui a tellement souffert en ce bas monde avec la toux et les étouffements, faudra-t-il qu'il souffre encore dans l'autre monde ?

Dieu Tout-Puissant, Créateur du Ciel et de la Terre, je prie pour le repos de mon défunt mari, il y a si longtemps qu'il m'a laissée seule en ce monde moi qui l'aimais tant, avec tout ce que j'ai eu à supporter après, Seigneur, comme ma vie aurait été différente si je n'étais pas restée seule. Mais ce fut ta volonté, peut-être pour qu'en souffrant je comprenne tout ce que j'avais perdu, et maintenant oui, je comprends qu'un homme de bien, ça ne se remplace pas. Il doit être en ta sainte gloire et je voulais te demander aussi de ne pas oublier ma fille, qu'elle soit toujours une bonne mère et une bonne épouse, c'est une très bonne fille, qu'elle le reste, elle tient de son père, et que mes deux petits-enfants continuent de grandir en sagesse et en santé, comme je te le demande tous les jours. Pour moi, je ne demande rien, si la pension se vend, qu'elle se vende, cela m'est égal, si on la met aux enchères, qu'on l'y mette, après tout je suis fatiguée de toutes ces montagnes, la seule chose que je demande c'est la santé pour que je puisse travailler et ne pas être une charge pour ma fille car je ne veux pas qu'elle apprenne que je suis à la rue... Je te demande la santé et aussi qu'il me reste quelque chose de la vente de la pension après avoir payé l'hypothèque, pour que je puisse le donner à ma fille, afin qu'elle ait quelque chose du peu qu'avait laissé son père... J'ai honte de demander autre chose, pour ce pauvre garçon avec qui j'ai vécu dans le péché et qui maintenant n'est plus. Pour ce qui est de moi, mon Dieu, je lui pardonne, c'était une tête en l'air et je ne veux pas lui garder rancune, il est mort, il ne peut plus faire de mal à personne et moi je ne me plains de rien, je n'ai qu'à me taire, si j'ai fait une bêtise j'en supporterai les conséquences car je mérite d'être punie. Parce que jeter par la fenêtre ce qui était à moi, c'est une chose, mais jeter l'argent qui revenait à ma fille, ça, je ne peux pas me le pardonner. Puisque je savais que c'était un panier percé ce garçon pourquoi l'ai-je écouté pour hypothéquer aussi la part de ma fille ?

Je ne demande rien pour moi, rien d'autre que la santé, que je ne sois pas une charge pour mon gendre, comme ça je pourrai travailler, n'importe quel travail. Je ne demande que pour ma fille, qu'elle se porte bien, ainsi que mes petits-enfants, et ce pauvre garçon, qu'il repose en paix, parce que moi vraiment je ne lui en veux pas.

Notre Père qui êtes aux cieux, que Votre nom soit sanctifié, que Votre règne arrive, que Votre volonté soit faite sur la terre comme au Ciel. Donnez-nous aujourd'hui notre pain quotidien et pardonnez-nous nos offenses comme nous pardonnons à ceux qui nous ont offensés. Ne nous laissez pas succomber à la tentation mais délivrez-nous du mal, Ainsi soit-il. Mais je ne peux pas me résigner, je ne peux pas, Jésus, parce que ce n'était pas sa faute, tout a été la faute d'autrui, mon frère était bon, et maintenant nous sommes seules, maman et moi, quand une maladie vous arrive par une fatalité du destin, c'est différent mais quand c'est par la faute de quelqu'un alors moi je ne peux pas me résigner : si l'autre ne l'avait pas provoqué sans arrêt, ce ne serait pas arrivé. Jésus, je te demande que justice soit faite, que cette femme ait ce qu'elle mérite, un garçon affaibli, enrhumé, et elle le faisait rester des heures et des heures devant sa porte, jusqu'à l'aube, qui sait ce qu'elle devait faire pour le retenir ainsi ! Je demande que cette femme ait vite ce qu'elle mérite, sinon je ne vais pas pouvoir survivre, tant je la hais, et je suis sûre aussi que c'est à cause d'elle qu'il a volé à la mairie, c'est sûrement elle qui le lui a demandé ! pour fuir avec lui, et c'est pour ça qu'ils ont fait semblant d'être fâchés, qu'elle ne se trouve jamais sur mon chemin parce que je ne réponds pas de mes actes ! Que le ciel m'épargne cette épreuve ! Je ne veux pas savoir où elle est, si elle est morte ou vive, mais qu'elle ne se mette pas en travers de ma route sinon je l'écraserai...

Quinzième livraison

Les fleurs finissent
le feu s'éteint
les ombres glissent
dans le jardin...
(« J'attendrai », boléro)

Coronel-Vallejos, 21 août 1947

Chère Nelly,

J'espère que ces lignes te trouveront en bonne santé. Avant tout je te demande pardon d'avoir tant tardé à te répondre mais tu peux bien en deviner la raison quand il s'agit de quelqu'un de mon âge. Des malaises de toutes sortes ma pauvre petite qui ne me laissent pas faire ce que je voudrais, et de moins en moins.

J'ai été enrhumée ces temps-ci, je ne pouvais pas aller à la poste et je ne voulais confier ce soin à personne ce qui fait que je n'ai eu tes lettres que ces jours-ci, il faut que je me méfie beaucoup de Célina : si elle venait à savoir tout ça... Cela me fait de la peine de savoir que toi aussi cela t'indigne que l'innocent nous ait été enlevé et que la coupable soit toujours en vie mais je crois qu'il nous faut laisser au destin le soin de punir cette femme de peu, ne pensons plus à ce qui aurait pu être, à quoi bon essayer de la démasquer ? le mal est fait.

Il vaut mieux que nous nous écrivions en nous racontant nos petites choses et en nous sentant de plus en plus proches. De mon côté, que pourrais-je bien te dire, ma pauvre fille ? ma vie est finie, seules m'aident encore à la supporter les amies comme toi, qui ont la gentillesse de se souvenir de moi et aussi de se souvenir de Jean-Charles, que Dieu l'ait en Sa gloire.

Dans ta dernière lettre tu as l'air un peu offensée mais ce mot-ci te fera voir que si je ne t'ai pas écrit, c'est uniquement pour des raisons de santé. Je voudrais tant que ta vie conjugale s'arrange, qu'est-ce qui vous arrive exactement à tous les deux ? Je pourrais peut-être avec mon expérience te conseiller utilement. Je crois qu'il est possible d'être heureuse même aux côtés d'un homme qu'on n'aime pas, il suffit de savoir comprendre et pardonner. A-t-il un très vilain défaut ? je veux dire des défauts de caractère. Moi aussi je connais cette tristesse de l'après-midi, toutes ces heures qui n'en finissent pas ! entre quatre et huit heures, de la tombée du jour à l'heure du dîner, je tourne à la recherche de quelque chose à faire, un raccommodage, un petit peu de couture. Et tes enfants, ils ne t'aident pas à être plus heureuse ? Ils te déçoivent ?

Pardonne-moi d'être aussi indiscrète mais comme je t'ai prise en affection je voudrais mieux connaître ta vie et essayer de t'aider ne serait-ce que dans mes prières.

Pardonne-moi aussi de t'avoir fait attendre tellement ma réponse. Je t'en prie, réponds-moi vite et crois à toute l'affection de

Leonor Etchepare

P.-S. Je te remercie de me rappeler le désir de Jean-Charles d'être incinéré. Nous devons faire taire tout égoïsme et faire sa volonté, même si ce n'est pas en accord avec nos croyances, ne crois-tu pas ?

> Avant de rédiger l'enveloppe elle regarde sa mère qui tricote assise un peu plus loin. Le cliquetis rapide des aiguilles laisse penser que la vieille dame ne se lèvera pas de sitôt. Elle s'empresse d'écrire l'adresse et court à la poste après avoir dit à sa mère qu'elle va à la pharmacie.

Coronel-Vallejos, 10 septembre 1947

Bien chère Nelly,

Quelle joie de recevoir ta lettre si affectueuse ! Je me réjouis de savoir que tu m'as pardonnée mon retard et je te remercie de la confiance que tu me témoignes pour me raconter tes difficultés. Moi aussi j'aurais besoin de quelqu'un à qui pouvoir me confier, Néné, parce que ma fille me préoccupe beaucoup ces temps-ci. Figure-toi que nous avons ici un nouveau médecin, le Dr Marengo, qui était avant à Buenos Aires et qui travaille maintenant à la nouvelle clinique, c'est un jeune homme très sympathique et de grand avenir et beau garçon qui plus est, toutes les filles lui courent après, bien, et voilà que l'autre jour il est venu me demander la main de

Célina. Mais je ne le connais pas et c'est ce qui m'ennuie, aussi lui ai-je demandé quelques mois de réflexion, au moins le temps que nous serons en deuil, pour me décider à accepter. Célina est très obéissante et a accepté mes conditions. Penses-tu que j'ai bien fait ? Pourvu que j'aie de bons renseignements sur lui parce qu'alors Célina épousera un des meilleurs partis de la ville.

Je te supplie de ne pas souffrir à cause de l'incinération de Jean-Charles, si cela se fait je te l'apprendrai au moment voulu. C'était sa volonté et nous devons la respecter, même si cela nous coûte. Je sais que tu traverses des moments difficiles, oui c'est bien dur d'être la mère de deux garçons ! Mais tu ne me dis rien de ton mari, tu ne le mentionnes même pas, cela ne va pas entre vous ? Tu sais que tu peux avoir confiance en moi.

Dans ma précédente lettre j'ai oublié de te dire que je suis en train de classer toutes les lettres de Jean-Charles que j'ai enfin retrouvées, tu peux être tranquille, je te les enverrai aussitôt que possible.

Je vais maintenant te demander un service, pourrais-tu me donner l'adresse du bureau de ton mari, tu serais bien gentille parce qu'il y a ici madame Piaggio qui va bientôt partir pour la capitale et qui voudrait y acheter un terrain. Ce serait pour elle une tranquillité si elle pouvait traiter avec quelqu'un de connu. Par avance je t'en remercie.

Je ne vois rien d'autre à te raconter pour aujourd'hui. J'attendrai impatiemment de tes nouvelles. J'en ai bien besoin, surtout depuis que je pense que ma fille va bientôt me quitter ; j'ai peut-être trouvé en toi une autre fille ? Dis-moi aussi ce que tu penses de son possible mariage (ils ne veulent pas entendre parler de fiançailles) avec ce garçon, même si tu es fâchée avec Celina je sais que tu es bonne et que tu seras contente pour elle, n'est-il pas vrai ? Mariée avec un docteur ! C'est ce dont rêvent toutes les jeunes filles.

Je t'embrasse fort.

Leonor Etchepare

Elle écrit vêtue de sa seule chemise de nuit, elle a froid et tremble. Elle pense à la maladie de son frère qui a commencé par un rhume. Sa mère dort dans le lit à côté du sien. Elle cache l'enveloppe dans un des cahiers de ses élèves. Elle se couche et cherche du pied la bouillotte. Le lendemain, à la sortie de l'école, elle passera devant la poste pour jeter la lettre à la boîte.

Coronel-Vallejos, 26 septembre 1947

Monsieur,

Je vous envoie ces lettres pour que vous sachiez quel genre de personne est votre épouse. Elle m'a déjà fait beaucoup de mal à moi et je ne permettrai pas qu'elle vous en fasse à vous ou à qui que ce soit sans recevoir le châtiment qu'elle mérite.

Il est sans intérêt pour vous de savoir qui je suis, encore que vous puissiez facilement le comprendre. Elle croit qu'elle peut toujours n'en faire qu'à sa tête, il était temps que quelqu'un lui dise ses quatre vérités.

Veuillez croire à mes meilleurs sentiments,
Une amie qui vous veut du bien.

La porte est fermée à clef, le bruit de l'eau qui coule couvre tous les autres bruits. Assise sur le bord de la baignoire, elle se met en devoir d'écrire l'adresse sur une enveloppe format commercial : « Monsieur Donato Massa Société Immobilière B.A.S.I., 873, Av. Sarmiento, Buenos Aires ». Puis elle prend deux lettres qui commencent par : « Chère doña Léonor » et sont signées « Nelly ». Dans la première lettre elle souligne le passage suivant :

« Parfois en parlant avec mes enfants, en répondant à toutes ces questions qu'ils posent à tort et à travers je prends conscience de bien des choses. Le plus petit par exemple qui n'arrête pas de poser des questions nous demandait, à son frère et à moi, quel est l'animal qui nous plaît le plus et quelle est la maison qui nous plaît le plus, et quelle est l'auto et si c'est un fusil qu'on préfère ou un revolver ou une mitraillette et l'autre jour soudain il mc demande (on était seuls tous les deux parce qu'il était enrhumé et je l'avais gardé au chaud) : « Maman, quelle est la chose qui t'a le plus plu au monde ? » et moi aussitôt j'ai pensé à une chose que je n'ai pas pu lui dire, bien sûr : le visage de Jean-Charles. Parce que pour moi ce que j'ai vu de plus beau dans ma vie c'était le visage de Jean-Charles, que Dieu le garde. Et mes petits qui sont si laids ; tout bébés, encore, ils étaient bien mignons mais à présent avec ces petits yeux, ce gros nez, ils ressemblent de plus en plus à leur père, il me semble même parfois que je ne les aime plus à les voir si laids. Et dans la rue s'il passe une mère avec un bel enfant, ça m'énerve... Mes enfants, j'aime autant qu'ils marchent devant moi, comme ça on peut croire que ce n'est pas les miens. »

Dans la deuxième lettre elle souligne ceci : « ...et dès que j'entends le bruit de ses pas dans le couloir je voudrais mourir. Rien de ce que je fais n'est bien pour lui, et lui, qu'est-ce qu'il a de parfait ? Je ne sais pas ce qu'il a en ce moment, il doit se rendre compte que je ne l'aime pas et c'est pour ça qu'il est si mauvais avec moi... Pourtant, doña Léonor, je vous jure que je fais mon possible pour lui cacher le dégoût qu'il m'inspire, mais bien sûr, quand il me rudoie, moi ou les enfants, là oui je lui souhaite la mort. Je ne sais pas comment fait Dieu pour décider qui doit vivre et qui doit mourir. Comme vous avez dû souffrir, vous, quand le fils vous est mort.

Est-ce vrai qu'un souhait ne se réalise pas si on le dit à quelqu'un ? Je vais quand même vous le dire parce que finalement c'est un peu comme si c'était à moi-même. Bon, il faut vous dire que chaque fois que les enfants voient passer un cheval blanc ils disent « cheval blanc, chance devant » et ils font deux vœux à voix basse, moi l'autre jour je revenais du marché et j'ai vu un cheval blanc alors j'ai demandé deux choses. Vous croyez vraiment que Dieu ne me les donnera pas si je les dis ? Bon, j'ai demandé d'abord que si dans l'autre monde, après le Jugement Dernier, Dieu me pardonne, parce qu'il pardonnera sûrement à Jean-Charles, alors, que nous puissions être réunis dans l'autre vie. Et la deuxième chose que j'ai demandée c'est que mes petits deviennent plus beaux en grandissant pour que je puisse les aimer davantage, je ne dis pas beaux comme Jean-Charles mais du moins pas aussi laids que leur père. Quand nous nous sommes mariés il n'était quand même pas aussi laid, mais en vieillissant et avec les kilos qu'il a pris, on ne le reconnaîtrait pas. Mais on ne sait jamais comment seront les enfants une fois grands, n'est-ce pas ? on ne peut être sûr de rien.

Si seulement vous étiez plus près pour pouvoir un peu nous soulager le cœur. La seule chose qui me console c'est que ça finira bien un jour puisque je mourrai, ça au moins c'est une chose dont on est sûr, n'est-ce pas ? un beau jour tout finira parce je mourrai moi aussi. »

> Elle replie les deux lettres, les joint à la sienne et les glisse dans l'enveloppe format commercial qu'elle avait préparée. Elle prend une autre enveloppe de même format et écrit l'adresse : Madame Nelly Massa, 4 328, rue Olleros, Buenos Aires. Elle prend six lettres commençant par « Ma chérie », etc., et signées « Jean-Charles », les met dans la deuxième enveloppe et considère sa tâche comme terminée. Elle sort de la salle de bains, les deux enveloppes cachées sous son peignoir...

— Tu en a mis du temps !

— Je me suis épilé les sourcils. Tu n'as plus que les manches à faire ?

— Oui, allume le poêle, mon petit. J'ai froid.

— Mais nous sommes au printemps, maman.

— Ça, c'est le calendrier qui le dit. Moi j'ai froid.

— Maman, on m'a raconté une chose... qui m'a fait très plaisir.

— Et quoi donc ?

— On m'a dit que cette saleté de Nelly, ça allait très mal entre elle et son mari.

— Et qui t'a dit ça ?

— Ce n'est pas bien de rapporter.

— Ne me fais pas enrager, raconte-moi.

— Non, sans rire, on m'a fait jurer de ne pas le répéter, contente-toi de la nouvelle.

— Savoir quelle vie elle a eue... Crois-tu qu'elle ait su la mort de Jean-Charles ?

— Oui, maman, sûrement.

— Elle aurait pu au moins envoyer ses condoléances ; Mabel, elle, a écrit. Elle a peut-être beaucoup à faire avec les enfants, combien en a-t-elle ? Deux ?

— Oui, maman, deux garçons.

— Elle ne sera jamais seule, alors. Il y aura toujours un homme dans la maison... Je n'arrive pas à comprendre la mère de Nelly, avoir ses deux petits-enfants à Buenos Aires et rester ici. Si tu t'étais mariée ce ne serait pas pareil...

— Je t'en prie, maman, ne commence pas. Je voudrais te dire une chose... mais alors tu ne te fâcheras pas ?

— Non, dis-moi.

— Nelly, elle a envoyé ses condoléances mais je ne t'ai pas montré la lettre pour que tu ne repenses pas à toutes ces choses d'avant.

— Tu vois, elle s'est souvenue, la pauvre.

— Oui, maman, elle s'est souvenue.

— Ah ! mon Dieu... Si j'avais des petits-enfants

je ne serais pas comme ça... Mon fils, Dieu me l'a repris, pourvu que ma fille ne reste pas seule, tu sais bien que je ne voudrais pas mourir avec ce souci.

— Maman...

— Oui, maman, maman, il te faut être un peu plus dégourdie avec les garçons, avec tous ceux que tu connais, dire que tu n'as que des amis. Flirte donc un peu !

— Et si je ne leur plais pas, qu'est-ce que tu veux que j'y fasse...

— Et ce docteur Marengo ? Tu ne m'as pas dit qu'il t'invitait souvent à danser quand tu allais au Cercle ?

— Oui, mais comme ami.

— Ma petite, je me suis laissé dire qu'on t'avait vue dans son auto, pourquoi ne me l'as-tu pas dit ?

— Mais non, ce n'était rien du tout, quelques jours avant que Jean-Charles... Je crois qu'il pleuvait et, à la sortie de la neuvaine, il m'a raccompagnée.

— Moi j'ai bien envie de le connaître, on dit qu'il est si sympathique.

— Oui, maman, mais il est fiancé, avec une fille de Buenos Aires !...

— Ce n'est pas la peine de me répondre sur ce ton.

— Mais c'est que, maman, tu me sors de mes gonds !

— Que tu es nerveuse, une fille si jeune et si nerveuse.

— Je ne suis pas si jeune que ça, oh ! et en voilà assez !

— Viens, mon tout-petit, ne te fâche pas... Ne t'enferme pas comme ça dans la chambre...

— Bonjour, je viens de la part de « l'Hostellerie Saint-Roch », est-ce ici que vivait Jean-Charles Etchepare ?

— Oui, que désirez-vous ?

— Mais ne vous ai-je pas déjà vue quelque part ?

— Je ne sais pas... Qui êtes-vous ?

— Madame Massa, avec mes deux enfants.

— Mais alors vous êtes Nelly ! Vous ne vous souvenez pas de moi ?

— Est-ce possible ! ...Elsa Di Carlo...

— Oui, c'est moi la propriétaire de la pension. Vous allez rester quelques jours à Cosquin ?

— Nous ne savons pas... Je ne crois pas... Nous avons laissé les valises à la station d'autobus.

— J'ai une chambre avec deux lits, mais asseyez-vous, Madame. Comment avez-vous trouvé ma maison ?

— J'étais allée à l'Hostellerie demander où habitait Jean-Charles pendant les dernières années, et on m'a envoyée ici.

— Ecoutez, Madame, si vous voulez, j'ajoute un petit lit dans cette chambre, comme ça vous pourrez être tous les trois bien tranquilles. Votre mari n'est pas avec vous ?

— Non, il est resté à Buenos Aires. Mais je crois que nous allons repartir pour La Falda aujourd'hui même. Y a-t-il un autobus qui y va ?

— Oui, mais il va falloir vous presser. C'est dans une demi-heure.

— Oui, il vaut mieux que nous le prenions.

— Qu'ils sont beaux vos enfants, je vois que vous avez tout pour être heureuse dans la vie. Mais ils ne vont pas à l'école ? Vous êtes partis pour longtemps ?

— Les enfants, allez un peu dans la cour, j'ai à parler avec cette dame.

— Vous savez sans doute que Jean-Charles est mort à Vallejos. Il y était allé, à la fin mars, pour passer quelques jours dans sa famille et il n'est pas revenu...

— Oui, je sais, ça fait déjà six mois qu'il est mort. Et vous, il y a longtemps que vous êtes ici ?

— Oui, quelques années déjà, j'ai ouvert cette pension et il est venu s'installer ici. Sa famille lui envoyait très peu et s'il avait dû payer une pension il n'aurait plus eu assez pour le traitement. C'est pour cela d'ailleurs que j'ai ouvert une pension mais je ne me doutais pas de ce qui m'attendait. Le travail et le souci que ça donne, une pension, on n'imagine pas... C'est pas fréquent de prendre ses vacances en octobre, mais après tout vous avez raison, il y a peu de monde et il ne fait ni trop chaud, ni trop froid.

— Jean-Charles se souvenait de moi ?

— Oui, il en parlait parfois.

— ...Et lui, il vous aimait ?

— Ne me posez pas de pareilles questions, Nelly.

— Vous savez sans doute que je l'ai aimé de toute mon âme ?

— Oui, mais personne n'a le droit de me demander des comptes, je suis une femme qui gagne son pain et qui ne demande rien à personne. Et vous,

vous êtes une femme mariée qui avez tout ce qu'il vous faut, donc... Je ne veux pas parler de Jean-Charles, qu'il repose en paix.

— Je ne suis plus une femme mariée. Je me suis séparée de mon mari c'est pour ça que je suis venue ici.

— Je ne savais pas... et pourquoi êtes-vous venue ici ?

— Jean-Charles dans ses lettres me parlait toujours de Cosquin, je voulais voir comment c'était et rencontrer quelqu'un qui puisse me parler de lui.

— Il était très maigre, Nelly, les derniers temps. Et avec ça toujours le même, toujours fourré au bar, il m'a donné bien du souci à la fin, je vous assure, bien que je ne devrais pas le dire... Il jouait aussi beaucoup, à la fin c'était la seule chose qui le distrayait, mais vous ne pouvez pas vous imaginer, ma pauvre, ce qu'il faut trimer dans une pension, il faut que je sois partout, Nelly, parce que sinon la cuisinière me dépense les yeux de la tête, et c'est moi qui fais le ménage et les courses, quand je vous dis qu'il faut que je sois partout. La seule façon qu'une pension vous rapporte un peu, c'est de tout faire soi-même, ou presque. Vous me trouvez bien vieillie, n'est-ce pas ?

— C'est qu'il y a très longtemps que je ne vous avais pas vue.

— Mais comme je suis désolée pour vous et votre mari... Qu'est-ce qui est arrivé ? Vous ne pouvez pas me le dire ?

— Oh, ce sont des choses qui arrivent. Il y a seulement deux semaines, ça ne fait pas très longtemps, c'est pour ça que je suis venue ici. Mais le foyer, c'est lui qui l'a abandonné le premier, ce n'est pas moi, de ce côté-là je suis tranquille.

— Il y avait une autre femme au milieu ?

— Non, mais il s'est rendu compte que tout était fini entre nous. Maintenant il se repent et il est venu nous dire au revoir à la gare mais je crois que ça vaut mieux comme ça. Même si ça fait perdre aux enfants quelques jours de classe, il valait mieux que je parte sinon j'aurais eu pitié et j'aurais fini par lui céder encore une fois.

— Et les enfants ? Ils ne vont pas souffrir de ne plus avoir leur père ?

— C'était encore pire quand ils nous voyaient comme chien et chat en train de nous disputer toute la journée.

— Vous êtes assez grande pour savoir ce que vous faites.

— Moi, le seul homme que j'aie jamais aimé dans ma vie, c'est Jean-Charles.

— La dernière année, surtout, il a beaucoup souffert, pauvre garçon... Il fallait que je me lève la nuit pour changer ses draps trempés de sueur, ou pour lui donner à manger, la faim le prenait à n'importe quelle heure et après il me laissait la moitié dans l'assiette. Surtout qu'ici, les bonnes, quel problème, ces filles de la montagne on ne peut pas compter dessus et moi je ne pouvais pas me passer d'une laveuse avec tant de linge à changer et les draps, je n'en avais jamais assez, Nelly, et pourtant, je ne sais pas, je n'aurais pas pu le laisser dans les mêmes draps, ça m'aurait fait quelque chose. Il y a eu des périodes où il fallait que je les lui change tous les jours. Vous voulez que je vous montre sa chambre ?

Il avait sa chambre à part, avec un petit divan, vous voulez la voir ?

— Si vous voulez...

— Et il parlait souvent de vous, Nelly.

— Et de qui d'autre encore ?

— De Mabel. Il en parlait très souvent aussi.

— Ah oui ?

— Mais il ne l'aimait pas du tout, il disait que c'était une égoïste tandis que de vous il ne disait que du bien, vous êtes la seule avec qui il ait pensé se marier, je vous le dis sans jalousie, Nelly, vous pouvez me croire, la vie a tant de détours.

— Et qu'est-ce qu'il disait encore de moi ?

— Eh bien, ça : que vous étiez très gentille et qu'il avait pensé, un moment, se marier avec vous.

— Et vous ne savez pas s'il avait envie de me voir, les derniers temps, comme amie, je veux dire...

— Ma foi... pour tout vous dire, je me fâchais quand il me parlait de filles, ce qui fait qu'à la fin il ne me disait plus grand-chose là-dessus... Venez voir sa chambre, il vous faudra bientôt partir sinon vous manquerez l'autobus.

— Je ne sais pas si je pars ou si je reste...

— Non, il vaut mieux que vous partiez, Nelly. Vous voyez quelle jolie petite pièce toute blanche, et ça c'était son lit, vous ne croyez pas qu'il vaut mieux ne pas trop remuer les choses anciennes ? Ne le prenez pas mal...

— Il restait beaucoup dans sa chambre ?

— Quand il était mal... Don Teodoro ! Arrêtez un instant ! Nelly, c'est le taxi, vous ne voulez pas le prendre ?

— Si.

— Vous avez dû me trouver bien vieillie, n'est-ce pas, Nelly ?

— Non, les années passent pour tout le monde, vous savez.

— Un petit moment, don Teodoro, on arrive !

— Venez vite, les enfants, on est en retard.

— C'est une chance, parce qu'il y a si peu de taxis par ici.

— Madame... j'ai bien envie de rester mais...

— Non, Nelly, il vaut mieux pas, et moi je ne veux plus parler des choses du passé, j'ai plutôt envie de les oublier.

— J'aurais voulu pourtant que vous me racontiez d'autres choses...

— Non, voyez-vous, je suis très déçue, sans illusions, à quoi bon vous enlever les vôtres ?... On vient, on vient, don Teodoro... il vous faut vite emmener cette dame à la station d'autobus...

« ...Tandis que de vous il ne disait que du bien et vous êtes la seule avec qui il ait pensé à semarier... » Notre Père qui êtes aux Cieux, entends cette promesse et ne l'oublie jamais ! LA FALDA 40 KILOMÈTRES, et je m'en vais de-ci de-là, sans savoir où, de-ci de-là, « Et qu'est-ce qu'il disait encore de moi ?... — Eh bien, ça : que vous étiez très gentille et qu'il avait pensé, un moment, se marier avec vous » ...Avec moi ? oui, avec moi, après tant de douleur, croire à tant de bonheur ? ATTENTION VIRAGE A 50 MÈTRES, et le cœur, lui, qui lui dit de faire attention ? Mais sans que rien nous l'ait fait pressentir on entendra au loin la trompette du Jugement Dernier et ce seront les anges qui du haut du ciel nous appellent. Seigneur ! dans la douceur du soir, ton ciel est rouge et noir LE MEILLEUR DE CORDOBA ? SON EAU MINÉRALE LA SERRANITA et le meilleur du ciel ? les anges bientôt vont me le montrer, où m'emmènent-ils ? la terre est loin tout en bas, éclipse de vie sur la terre, d'en haut je peux voir la mer, ...Seigneur, la mer où s'est miré mon cœur pourrait dire à son tour ô combien l'amour m'a coûté de pleurs. Mais au loin à nouveau une trompette ? Elle annonce que celui qui a beaucoup aimé il lui sera beaucoup pardonné ? non, le ciel est noir, les anges m'ont abandonnée... COGNAC MARZOTTO VOTRE PRÉFÉRÉ, et moi de qui suis-je la préférée ? me faudra-t-il mourir pour être adorée ? tout le monde est mort sur terre, la chair ne compte plus, la nuit qui descend ne donne plus au ciel une étoile ? le vent caressant ne donne plus à la mer une voile ? mais de toute façon je proposerai un échange à Dieu RALENTIR VIRAGE A 70 MÈTRES je ne veux pas être sauvée sans lui. Et lui, où va-t-il diriger ses pas ? j'ai pleuré sur ses pas en murmurant tout bas ma prière d'adieu mais ces nuages de suie laissent entrevoir un blanc cimetière, je crois le reconnaître... c'est la terre de la pampa... ce sont les fleurs des champs que jadis je cueillis, dans quel étrange but m'a-t-on menée ici ? est-ce un cimetière près de Vallejos ? mon père est là debout près d'une pauvre tombe, il s'approche et me dit que ses semis sont morts, que ses fleurs finissent et que le feu s'éteint parce que l'ombre de Jean-Charles se glisse dans le jardin, on croit entendre son pas ? embrasse-moi ma fille ! que je puisse oublier puisqu'on se quitte ! après un baiser sur mon front mon père se détourne et au bras de ma mère s'éloigne pas à pas, est-ce possible ce que je vois ? leur pas soulève de la poussière, les morts retrouveraient leur enveloppe charnelle ? où suis-je ? qui suis-je ? qui étais-je ? Dieu a-t-il absous mon âme de toute faute et péché ? Jean-Charles, doux nom d'espoir qui dans le soir vers moi s'élève... la vie avec ses vaisselles sales, ses langes, et les baisers de l'autre que j'aurais dû refuser... la vie voulait-elle ainsi effacer le souvenir de ton amour ? Jean-Charles ! Tu parles bien au ciel parfois... alors demande-lui si jamais faiblit mon amour pour toi, non, non... mais aujourd'hui qui sait laquelle de tes ex-amies tu choisirais ? cette vieille, tu la préfères à moi ? ou convient-il que ce soit elle et pas une autre plus belle que moi ? Vers où diriges-tu tes pas ? Moi, j'ai pleuré sur tes pas, voyant mourir déjà tout un passé d'amour fait de tant de beaux jours et de nuits de caresses... silence ! le monde s'efface car il réapparaît enfin, marchant de son pas ferme... et son beau visage reflète l'angoisse de celui qui cherche et ne trouve pas, il va le long des rues désertes, qui peut-il bien chercher ? je me cache tremblante, est-ce l'annonce de son retour qui voit fuir ma détresse ? vers où dirige-t-il ses pas ? il croise des femmes très élégantes, il les regarde et les laisse passer, où sommes-nous ? pourquoi est-il venu me chercher au magasin ? ce tablier me va si mal, ah ! et ça il fallait m'y attendre : la veuve toute noire lui barre le passage entre deux comptoirs... il la regarde... lui dit, merci pour tous les sacrifices que tu as faits pour moi... mais elle ne bouge pas... alors lui, avec douceur et fermeté l'écarte de son passage... mais de derrière le comptoir surgit la Célina et derrière elle Mabel sur son trente-et-un... pourquoi Mabel est-elle avec cette vipère ? Célina se cachait, c'est pour ça que les diables ne la trouvaient pas ! mais là où elle passe la terre tremble, elle s'ouvre, une flamme noire les enveloppe toutes deux, elles ont disparu ! je n'ose pas le regarder, j'ai beaucoup attendu et j'attendrai encore mais l'oiseau qui s'était enfui est venu chercher l'oubli... dans son nid... pourquoi as-tu mis aujourd'hui ce blouson de cuir ? mon papa se moquait de toi, l'estanciero il t'appelait... tu vois comme nous avons eu tort de tant nous en faire ? cette maladie qui te semblait un empêchement... c'est elle qui nous unit comme un serment... la haine de ta sœur, j'en ai lavé mon cœur, ta mère et son mépris c'est loin et bien fini, et l'affreux Aschero, qui se souvient de lui ? On repart à zéro... dans l'autre vie, et mon mari ? il n'était pas méchant... je ne l'ai jamais aimé... mes enfants ? ils font partie du chœur des anges... ma mère ? elle n'est plus, et mon père est parti avec elle : ils nous ont laissé cette humble maisonnette.... L'amour souvent s'enfuit au vent quand vient l'aurore mais cette nuit la lune luit et ... il fait froid, tu trouves ? j'ai rapporté de Buenos Aires des rideaux neufs, tu as raison n'attrapons pas froid, le portillon du jardin éveille en nous des souvenirs mais rentrons... car tout a commencé par un refroidissement, tu n'es plus du tout enrhumé ? Regarde, quand j'étais jeune fille, je vivais là dans cette chambrette... nous pouvons y passer le temps qui nous reste à vivre, une vie d'amour ? Celle que Dieu nous prête ! Jean-Charles, nous sommes devant Dieu, c'est ce que nous annonçait le catéchisme, ça s'appelle la Résurrection et c'est la conséquence du

Jugement Dernier. Tu n'es pas content ? Ainsi ce qu'on appelait la Résurrection de la Chair c'était ça ? mais ne suis-je pas en train de rêver ? comment faire pour s'éveiller du songe sans souffrance ? et si je me pinçais ? comment ! mes doigts ne sont pas des doigts de fantôme ? non, alors plus de peur, mes doigts touchent ma chair et je ne rêve pas car le pinçon m'aurait réveillée. Dieu nous rend à la vie, corps et âme ! c'est la volonté de Dieu, tu as honte ? il ne faut pas que tu me blâmes, et il y a du feu allumé dans le fourneau, ma maman devait être en train de préparer le repas quand elle a entendu la trompette des anges... Jean-Charles ! je vais te faire une surprise... pendant toutes ces années où nous avons été séparés... j'ai appris à faire la cuisine ! mais oui ! je peux te faire le plat que tu préfères. Jean-Charles, tu me demandes aujourd'hui de me coucher près de toi ? pour faire une sieste et dormir d'un sommeil réparateur ? tu te rappelles tu m'avais demandé dans une de tes lettres que je me couche avec mon tablier du magasin ? et ce baiser qu'est-ce ? que veut-il dire ? est-ce permis que tu m'embrasses ? Jean-Charles ! j'y vois clair enfin ! et je me rends compte à présent d'une chose !... si Dieu t'a fait si beau c'est parce qu'il connaissait ta belle âme et il t'a récompensé, et maintenant, main dans la main, agenouillés, regardons le ciel entre les volants des rideaux neufs, près de cet humble lit de jeune fille, notre nid ? et demandons ensemble à Notre Seigneur Dieu qu'il nous déclare, pour une éternité, moi ta femme et toi mon mari...

— Maman, je veux faire pipi !

— On va bientôt arriver, mon chéri, attends encore un peu.

— Mais maman, je peux plus !

— Dans cinq minutes on sera à La Falda et nous irons tout de suite, tout de suite aux cabinets de la station... attends encore un petit peu.

— Maman, moi je m'ennuie.

— Regardez par la vitre, regardez comme elle est belle la montagne, vous voyez toutes les belles choses que Dieu a créées ?

Seizième livraison

Tu mens ! tu mens ! aurais-je voulu dire
les heures qui passent ne reviennent pas.
(« Il est revenu », tango)

Avis de décès

NELLY HENRIETTE MASSA NÉE FERNANDEZ r.i.p, décédée le 15 septembre 1968. Son époux, Donato José Massa, ses fils Luis Alberto et Enrique Ruben ; sa belle-fille Monica Susana Massa née Schultz ; sa petite-fille Maria Monica ; sa future belle-fille Alicia Caracciolo ; son beau-père Luis Massa (absent), son beau-frère Esteban Francisco Massa et Clara Massa née Iriarte (absents) ; ses neveux et autres parents vous invitent à accompagner sa dépouille mortelle au cimetière de Chacarita aujourd'hui à 16 heures.
NELLY HENRIETTE MASSA NÉE FERNANDEZ, r.i.p, décédée le 15 septembre 1968. La Société Immobilière Massa & Co. vous invite à accompagner sa dépouille mortelle au cimetière de Chacarita aujourd'hui à 16 heures.

Le jeudi 15 septembre 1968, à 17 heures, Nelly Henriette Massa née Fernandez rendit le dernier soupir après l'épreuve d'une grave maladie. Elle avait cinquante-deux ans. Elle ne quittait plus son lit depuis quelques mois mais ce n'est que les derniers jours qu'elle avait compris sa fin prochaine. La veille de sa mort elle reçut l'extrême-onction, après quoi elle demanda à rester seule avec son époux.

Son fils aîné, le docteur Luis Massa, et sa belle-fille Monica, qui la soignaient depuis que les analyses avaient révélé une tumeur cancéreuse à la colonne vertébrale, sortirent de la chambre ; le fils et la belle-fille raccompagnèrent le prêtre et l'enfant de chœur jusqu'à la porte puis allèrent à la cuisine où la petite-fille de deux ans buvait un verre de lait à la vanille sous la surveillance de la bonne ; cette dernière proposa aux parents un café qu'ils acceptèrent.

Quand Nelly fut restée seule avec son mari, soulagée par la morphine mais un peu somnolente, elle lui expliqua avec difficulté que lorsqu'ils avaient acheté cet appartement où ils vivaient depuis douze ans, au moment de l'entrevue avec le notaire pour signer certains papiers, elle lui avait confié en cachette une enveloppe. Cette enveloppe contenait ses dernières volontés et des lettres vieilles de trente ans. Comme dernières volontés, elle demandait d'abord à ne pas être incinérée et ensuite que l'on plaçât dans le cercueil, entre le linceul et sa poitrine, les lettres jointes à l'enveloppe.

Mais ces volontés devaient être changées, au moins en ce qui concernait les lettres. Maintenant, son plus cher désir était que l'on mît dans sa main fermée les objets suivants : une mèche de cheveux de son unique petite-fille, la montre qu'elle avait offerte à son fils cadet pour sa première communion et l'alliance de son mari. Celui-ci lui demanda pourquoi elle lui enlevait son alliance, la seule chose qui lui resterait d'elle. Nelly répondit qu'elle tenait à emporter un souvenir de lui, qu'elle ne savait pas pourquoi elle lui demandait cet anneau en particulier mais qu'elle le lui demandait, l'en suppliait. Elle voulait d'autre part que les lettres gardées chez le notaire soient détruites et elle chargeait son mari de le faire parce qu'elle craignait que quelque jeune insolent un jour ne les lût et ne se moquât d'elle. Son mari promit de la satisfaire en tous points.

Peu après entra dans la chambre son fils cadet, l'ingénieur Enrique Ruben Massa, avec sa fiancée Alicia Caracciolo. Nelly répéta devant lui la demande au sujet de la montre, de peur que son mari ne l'oublie. Après quoi, elle perdit insensiblement conscience et demanda à un moment qu'on fît venir sa mère, morte plusieurs années auparavant. Elle ne reprit pas connaissance.

Ce même jeudi 15 septembre 1968, à 17 heures, la niche du cimetière de Vallejos où reposaient les restes de Jean-Charles Etchepare tendait comme toujours ses deux porte-bouquets, sans fleurs. Le gardien du cimetière avait enlevé récemment deux bouquets fanés. Une nouvelle plaque commémorative était venue s'ajouter aux précédentes, elle était ornée d'un soleil levant ou couchant au ras de la mer et portait cette inscription : « JEAN-CHARLES TOUTE BONTÉ
Voici vingt ans aujourd'hui que tu nous as quittés
Ta sœur qui ne t'oublie pas CÉLINA 18-4-1967 »
Les autres niches du bloc étaient toutes occupées et on avait même construit deux autres murs sem-

blables. On pouvait lire entre autres sur les plaques les noms suivants : Antonio Saenz, Juan José Malbran, Léonor Etchepare née Saldivar, Benito Jaime Garcia, Laura Pozzi, Celedonio Gorostiaga, etc.

Ce jour-là, 15 septembre 1968, à 17 heures, Maria Mabel Catalano née Saenz s'apprêtait à recevoir le dernier élève de la journée. Toutes les après-midi, après avoir donné des cours le matin dans un collège privé, elle donnait des leçons particulières chez elle à des enfants du primaire. On sonna à la porte et sa fille Maria Laura Garcia Fernandez, âgée de vingt-quatre ans, alla ouvrir. Une petite fille entra qui demanda bientôt la permission de prendre dans ses bras le petit-fils de sa maîtresse jouant dans un coin du salon. Mabel regarda dans les bras de l'élève son petit-fils Marcelo Juan, âgé de deux ans, dont les extrémités gauches étaient prises dans des appareils orthopédiques. Il avait eu une paralysie infantile, et Mabel, malgré sa retraite après ses trente ans dans l'enseignement d'Etat, avait dû se remettre à travailler pour aider à faire face aux frais médicaux. Son petit-fils était en traitement chez les meilleurs spécialistes.

Ce même jeudi 15 septembre 1968, à 17 heures, la dépouille mortelle de Francisco Catalino Paez gisait dans la fosse commune du cimetière de Vallejos. Il ne restait plus de lui que son squelette et il était recouvert d'autres cadavres à des stades différents de décomposition, le plus récent conservait encore le linceul dans lequel on les enveloppait avant de les jeter par l'ouverture, laquelle était fermée par une simple trappe de bois que les visiteurs du cimetière, et surtout les enfants, soulevaient pour voir ce qui se passait à l'intérieur. Le linceul se consumait peu à peu au contact de la matière en décomposition et au bout d'un certain temps on voyait apparaître les os à nu. La fosse commune se trouvait au fond du cimetière près des tombes les plus pauvres ; une plaque de fer-blanc indiquait « Ossuaire » et diverses sortes de mauvaises herbes poussaient tout autour. Le cimetière, assez éloigné de la ville, était de forme rectangulaire et bordé de cyprès. Le figuier le plus proche se trouvait dans une ferme à plus d'un kilomètre de là et, étant donné l'époque de l'année, il était recouvert de pousses vert clair.

Toujours ce jeudi 15 septembre 1968, à 17 heures, Antonia Josefa Ramirez veuve Lodiego allait en carriole de sa ferme au centre commercial de Vallejos, à quatorze kilomètres de là. Sa fille Ana Maria Lodiego, âgée de vingt et un ans, l'accompagnait. Elles comptaient faire des achats pour le trousseau de la jeune fille qui allait bientôt épouser le propriétaire d'une laiterie voisine. Nénette était toute contente d'aller à la ville où vivaient ses quatre beaux-fils et belles-filles, parents de onze enfants déjà, qui tous l'appelaient grand-mère. Mais sa plus grande satisfaction était d'aller voir son fils Pancho, installé dans une villa neuve. Nénette demanda à Ana Maria s'il valait mieux acheter les draps et les serviettes au « Gagne-Petit » ou « A la Maison du Blanc ». Sa fille répondit qu'elle ne voulait pas regarder à la dépense, qu'elle achèterait ce qui lui plairait le plus, question draps et serviettes, elle ne voulait pas économiser. Nénette pensa à Nelly du temps où elle faisait les paquets au « Gagne-Petit », il y avait bien longtemps qu'elle ne l'avait plus vue, combien de temps déjà qu'elle était venue lui dire au revoir à la gare de Buenos Aires ? Trente ans au moins. Elle pensa que si Nelly avait été à Vallejos elle l'aurait invitée au mariage de sa fille. Après elle pensa à Panchito, au cageot de légumes et au panier d'œufs qu'elle lui apportait. Panchito avait une maison neuve et Ana Maria allait se marier, se dit Nénette avec satisfaction. Ce soir elle dînerait chez Panchito et elle serait bien reçue parce qu'elle apportait de bonnes choses. Il y eut quelques cahots à cause de l'état de la route. Nénette jeta un regard au panier d'œufs, sa fille lui avait reproché d'en avoir tant pris. Nénette se dit qu'Ana Maria devait être jalouse de la maison de Panchito : tout avait bien marché depuis l'entrée du garçon dans cet atelier de mécanique. Le patron s'était mis à l'estimer et la fille du patron était tombée amoureuse de lui. Bien sûr Panchito, que toutes les filles trouvaient si beau garçon avec sa carrure athlétique et ses grands yeux noirs, aurait pu se permettre de choisir une femme plus jolie mais la fille du patron s'était révélée une excellente maîtresse de maison. Elle n'était pas jolie et elle avait en plus ce défaut aux yeux mais heureusement aucun des trois beaux petits-enfants n'était né bigle comme la mère. La maison de Panchito avait été construite par son beau-père au fond du terrain où il y avait déjà l'atelier. Elle avait été portée comme cadeau de mariage au nom des deux conjoints.

De retour chez lui après l'entrevue avec le notaire, Donato José Massa se sentit très fatigué. Aucune lumière dans l'appartement. La femme de ménage était partie à trois heures comme d'habitude et son fils cadet ne rentrerait que le soir. Bien qu'il eût beaucoup insisté, son fils aîné n'avait pas voulu rester avec sa femme et sa fille, comme pendant les derniers mois de la maladie de Nelly. La première année serait la plus difficile à passer — pensa monsieur Massa — après, son fils cadet se marierait et viendrait vivre ici avec sa femme dans cet appartement trop grand pour deux hommes seuls. Il alluma une vieille lampe à abat-jour de tulle et s'assit sur un canapé du salon. Les deux canapés jumeaux, recouverts de satin, n'étaient plus protégés par leur housse de toile marron. Afin qu'ils ne s'abîment pas, Nelly n'enlevait les housses qu'en de rares occasions. Sa belle-fille les avait ôtées le soir de la veillée funèbre et ne les avait pas remises. Monsieur Massa avait dans la main une enveloppe. Il l'ouvrit, y trouva deux paquets de lettres, l'un attaché d'une faveur rose et l'autre d'une faveur bleue. Il reconnut tout de suite l'écriture de Nelly sur le paquet à faveur rose. Il dénoua la faveur bleue et déplia une lettre mais il n'en lut que quelques mots. Il pensa que Nelly désapprouverait cette indiscrétion. Son regard tomba sur le satin des canapés, il avait l'air neuf et les rares taches de café et de liqueur faites pendant la veillée funèbre se voyaient à peine. La maison était silencieuse. Il pensa que Nelly laissait un vide que personne ne comblerait. Il se rappela les deux mois où ils avaient été séparés à la suite d'un incident pénible, il y avait de nombreuses années de cela. Il ne regrettait pas d'avoir fait taire tout orgueil et d'être allé la chercher à Cordoba où elle s'était réfugiée avec les deux enfants.

Devant l'incinérateur de l'immeuble, situé à côté de l'ascenseur, il mit les lettres dans l'enveloppe et les jeta dans le tuyau noir.

Les lettres avec la faveur rose brûlèrent d'un coup sans s'éparpiller. Mais les autres qui n'étaient plus retenues par la faveur bleue se dressaient en brûlant et se répandaient dans le four. Les feuilles se séparaient et la flamme qui allait les noircir et les détruire les éclairait d'abord un instant

« ...parce que demain la semaine finit... ...m'a dit de me méfier des blondes et qu'est-ce que tu lui demandes à ton oreiller?... ...une ou deux larmes de crocodile... ...au cinéma? et qui t'achètera ton esquimau... ...à la moindre blague je le saurai... ...Je t'embrasse jusqu'à ce que tu cries assez, Jean-Charles... ...si ça continue je tomberai malade pour de bon à cause du mauvais sang que je me fais... ...quand un lit est libre c'est parce que l'occupant est mort... ...Qu'est-ce qu'on va être heureux, mon rubis... ...ne dire à personne, pas même chez toi, que je reviens sans avoir fini ma cure... ...Je te fais aujourd'hui une promesse... ...de bien suivre toutes les indications des médecins... ...Ma poupée, j'arrive au bas de la feuille... ...parce que maintenant je sens que je t'aime, tellement... ...ma blonde, de parler un peu avec toi m'a déjà fait du bien, qu'est-ce que ça sera quand je te reverrai!... ...Je t'aime pour de bon... ...Il y a aussi un hôpital à Cosquin... ...il va falloir que je retourne à Vallejos... ...l'eau de la rivière à Cosquin est bonne comme tout... ...toi aussi tu es loin, mon rubis... ...chaque fois que je relis ta lettre je reprends confiance... »

DU MÊME AUTEUR

Aux Éditions Gallimard

LA TRAHISON DE RITA HAYWORTH

PUBIS ANGELICAL

MALÉDICTION ÉTERNELLE À QUI LIRA CES PAGES

L'IMAGINAIRE

GALLIMARD

Axée sur les constructions de l'imagination, cette collection vous invite à découvrir les textes les plus originaux des littératures romanesques française et étrangères.

Volumes parus

1. Raymond Queneau : *Un rude hiver.*
2. William Faulkner : *Les palmiers sauvages.*
3. Michel Leiris : *Aurora.*
4. Henri Thomas : *La nuit de Londres.*
5. Max Jacob : *Le cabinet noir.*
6. D. H. Lawrence : *L'homme qui était mort.*
7. Herman Melville : *Benito Cereno et autres contes de la Véranda.*
8. Valery Larbaud : *Enfantines.*
9. Aragon : *Le libertinage.*
10. Jacques Audiberti : *Abraxas.*
11. Jean Grenier : *Les îles.*
12. Marguerite Duras : *Le vice-consul.*
13. Jorge Luis Borges : *L'Aleph.*
14. Pierre Drieu la Rochelle : *État civil.*
15. Maurice Blanchot : *L'arrêt de mort.*
16. Michel Butor : *Degrés.*
17. Georges Limbour : *Les vanilliers.*
18. George du Maurier : *Peter Ibbetson.*
19. Joseph Conrad : *Jeunesse* suivi de *Cœur des ténèbres.*
20. Jean Giono : *Fragments d'un paradis.*
21. Malcolm Lowry : *Ultramarine.*
22. Cesare Pavese : *Le bel été.*
23. Pierre Gascar : *Les bêtes.*
24. Jules Supervielle : *L'homme de la pampa.*
25. Truman Capote : *La harpe d'herbes.*
26. Marcel Arland : *La consolation du voyageur.*
27. F. Scott Fitzgerald : *L'envers du paradis.*

28. Victor Segalen : *René Leys.*
29. Paul Valéry : *Monsieur Teste.*
30. C.-F. Ramuz : *Vie de Samuel Belet.*
31. Marguerite Yourcenar : *Nouvelles orientales.*
32. Louis-René des Forêts : *Le bavard.*
33. William Faulkner : *Absalon ! Absalon !*
34. Jean Genet : *Pompes funèbres.*
35. Ernst Jünger : *Le cœur aventureux.*
36. Antonin Artaud : *Héliogabale.*
37. Guillaume Apollinaire : *La femme assise.*
38. Juan Rulfo : *Pedro Páramo.*
39. Eugène Zamiantine : *Nous autres.*
40. Marcel Proust : *Les plaisirs et les jours.*
41. André Pieyre de Mandiargues : *Soleil des loups.*
42. Maurice Sachs : *Le Sabbat.*
43. D. H. Lawrence : *L'arc-en-ciel.*
44. Henri Calet : *La belle lurette.*
45. Rómulo Gallegos : *Doña Bárbara.*
46. Georges Lambrichs : *Les fines attaches.*
47. Ernst Jünger : *Sur les falaises de marbre.*
48. Raymond Queneau : *Les œuvres complètes de Sally Mara.*
49. Marguerite Duras : *L'après-midi de monsieur Andesmas.*
50. T. E. Lawrence : *La matrice.*
51. Julio Cortázar : *Marelle.*
52. Maurice Fourré : *La nuit du Rose-Hôtel.*
53. Gertrude Stein : *Autobiographie d'Alice Toklas.*
54. Hoffmann : *Le chat Murr.*
55. Joë Bousquet : *Le médisant par bonté.*
56. Marcel Jouhandeau : *Prudence Hautechaume.*
57. Jane Austen : *Catherine Morland.*
58. Pierre Guyotat : *Tombeau pour cinq cent mille soldats.*
59. Aragon : *Traité du style.*
60. Frédéric Prokosch : *Sept fugitifs.*
61. Henri Bosco : *Pierre Lampédouze.*
62. Paul Bowles : *Un thé au Sahara.*
63. Louis Guilloux : *La confrontation.*
64. Henri Calet : *Le tout sur le tout.*
65. Hermann Broch : *La mort de Virgile.*
66. Pierre Herbart : *Alcyon.*
67. Thomas Mann : *Les Histoires de Jacob.*
68. Thomas Mann : *Le jeune Joseph.*

69. Thomas Mann : *Joseph en Égypte.*
70. Thomas Mann : *Joseph le Nourricier.*
71. Samuel Butler : *Erewhon.*
72. René Daumal : *Le Mont Analogue.*
73. Edmond Duranty : *Le malheur d'Henriette Gérard.*
74. Vladimir Nabokov : *Feu pâle.*
75. René Crevel : *Êtes-vous fous ?*
76. Mario Vargas Llosa : *La maison verte.*
77. Stig Dagerman : *L'enfant brûlé.*
78. Raymond Queneau : *Saint Glinglin.*
79. Hugo von Hofmannsthal : *Andréas et autres récits.*
80. Robert Walser : *L'Institut Benjamenta.*
81. William Golding : *La nef.*
82. Alfred Jarry : *Les jours et les nuits.*
83. Roger Caillois : *Ponce Pilate.*
84. Thomas Mofolo : *Chaka, une épopée bantoue.*
85. Jean Blanzat : *Le Faussaire.*
86. Jean Genet : *Querelle de Brest.*
87. Gertrude Stein : *Trois vies.*
88. Mircea Eliade : *Le vieil homme et l'officier.*
89. Raymond Guérin : *L'apprenti.*
90. Robert Desnos : *La liberté ou l'amour !* suivi de *Deuil pour deuil.*
91. Jacques Stephen Alexis : *Compère Général Soleil.*
92. G. K. Chesterton : *Le poète et les lunatiques.*
93. Emmanuel Berl : *Présence des morts.*
94. Hermann Broch : *Les somnambules,* I.
95. Hermann Broch : *Les sombambules,* II.
96. William Goyen : *La maison d'haleine.*
97. Léon-Paul Fargue : *Haute solitude.*
98. Valery Larbaud : *A. O. Barnabooth, son journal intime.*
99. Jean Paulhan : *Le guerrier appliqué. Progrès en amour assez lents. Lalie.*
100. Marguerite Yourcenar : *Denier du Rêve.*
101. Alexandre Vialatte : *Battling le ténébreux.*
102. Henri Bosco : *Irénée.*
103. Luigi Pirandello : *Un, personne et cent mille.*
104. Pierre Jean Jouve : *La Scène capitale.*
105. Jorge Luis Borges : *L'auteur et autres textes.*
106. Pierre Gadenne : *La plage de Scheveningen.*
107. Ivy Compton-Burnett : *Une famille et son chef.*

108. Victor Segalen : *Équipée.*
109. Joseph Conrad : *Le Nègre du « Narcisse ».*
110. Danilo Kiš : *Jardin, cendre.*
111. Jacques Audiberti : *Le retour du divin.*
112. Brice Parain : *Joseph.*
113. Iouri Tynianov : *Le lieutenant Kijé.*
114. Jacques Stephen Alexis : *L'espace d'un cillement.*
115. David Shahar : *Un été rue des Prophètes.*
116. Léon Bloy : *L'âme de Napoléon.*
117. Louis-René des Forêts : *La chambre des enfants.*
118. Jean Rhys : *Les tigres sont plus beaux à voir.*
119. C.-A. Cingria : *Bois sec Bois vert.*
120. Vladimir Nabokov : *Le Don.*
121. Leonardo Sciascia : *La mer couleur de vin.*
122. Paul Morand : *Venises.*
123. Saul Bellow : *Au jour le jour.*
124. Raymond Guérin : *Parmi tant d'autres feux...*
125. Julien Green : *L'autre sommeil.*
126. Taha Hussein : *Le livre des jours.*
127. Pierre Herbart : *Le rôdeur.*
128. Edith Wharton : *Ethan Frome.*
129. André Dhôtel : *Bernard le paresseux.*
130. Valentine Penrose : *La Comtesse sanglante.*
131. Bernard Pingaud : *La scène primitive.*
132. H. G. Wells : *Effrois et fantasmagories.*
133. Henri Calet : *Les grandes largeurs.*
134. Saul Bellow : *Mémoires de Mosby et autres nouvelles.*
135. Paul Claudel : *Conversations dans le Loir-et-Cher.*
136. William Maxwell : *La feuille repliée.*
137. Noël Devaulx : *L'auberge Parpillon.*
138. William Burroughs : *Le festin nu.*
139. Oskar Kokoschka : *Mirages du passé.*
140. Jean Cassou : *Les inconnus dans la cave.*
141. Jorge Amado : *Capitaines des Sables.*
142. Marc Bernard : *La mort de la bien-aimée.*
143. Raymond Abellio : *La fosse de Babel.*
144. Frederic Prokosch : *Les Asiatiques.*
145. Michel Déon : *Un déjeuner de soleil.*
146. Czeslaw Milosz : *Sur les bords de l'Issa.*
147. Pierre Guyotat : *Éden, Éden, Éden.*
148. Patrick White : *Une ceinture de feuilles.*

149. Malcolm de Chazal : *Sens-plastique.*
150. William Golding : *Chris Martin.*
151. André Pieyre de Mandiargues : *Marbre ou Les mystères d'Italie.*
152. V. S. Naipaul : *Une maison pour Monsieur Biswas.*
153. Rabindranath Tagore : *Souvenirs d'enfance.*
154. Henri Calet : *Peau d'Ours.*
155. Joseph Roth : *La fuite sans fin.*
156. Marcel Jouhandeau : *Chronique d'une passion.*
157. Truman Capote : *Les domaines hantés.*
158. Franz Kafka : *Préparatifs de noce à la campagne.*
159. Daniel Boulanger : *La rose et le reflet.*
160. T. F. Powys : *Le bon vin de M. Weston.*
161. Junichirô Tanizaki : *Le goût des orties.*
162. *En mouchant la chandelle (Nouvelles chinoises des Ming).*
163. Cesare Pavese : *La lune et les feux,* précédé de *La plage.*
164. Henri Michaux : *Un barbare en Asie.*
165. René Daumal : *La Grande Beuverie.*
166. Hector Bianciotti : *L'amour n'est pas aimé.*
167. Elizabeth Bowen : *La maison à Paris.*
168. Marguerite Duras : *L'Amante anglaise.*
169. David Shahar : *Un voyage à Ur de Chaldée.*
170. Mircea Eliade : *Noces au paradis.*
171. Armand Robin : *Le temps qu'il fait.*
172. Ernst von Salomon : *La Ville.*
173. Jacques Audiberti : *Le maître de Milan.*
174. Shelby Foote : *L'enfant de la fièvre.*
175. Vladimir Nabokov : *Pnine.*
176. Georges Perros : *Papiers collés.*
177. Osamu Dazai : *Soleil couchant.*
178. William Golding : *Le Dieu scorpion.*
179. Pierre Klossowski : *Le Baphomet.*
180. A. C. Swinburne : *Lesbia Brandon.*
181. Henri Thomas : *Le promontoire.*
182. Jean Rhys : *Rive gauche.*
183. Joseph Roth : *Hôtel Savoy.*
184. Herman Melville : *Billy Budd, marin,* suivi de *Daniel Orme.*
185. Paul Morand : *Ouvert la nuit.*
186. James Hogg : *Confession du pécheur justifié.*
187. Claude Debussy : *Monsieur Croche et autres* écrits.

188. Jorge Luis Borges et Margarita Guerrero : *Le livre des êtres imaginaires.*

189. Ronald Firbank : *La Princesse artificielle* suivi de *Mon piaffeur noir.*

Ouvrage reproduit
par procédé photomécanique.
Impression S.E.P.C.
à Saint-Amand (Cher), le 23 octobre 1987.
Dépôt légal : octobre 1987.
Numéro d'imprimeur : 1746.
ISBN 2-07-071155-2. / Imprimé en France.

41729